植物たちの私生活

李承雨《イスンウ》

金順姫訳

藤原書店

식물들의 사생활(Private life of plants, 植物たちの私生活)

Originally published in Korea by 문학동네(Munhakdongne Publishing Group, 文学トンネ)

本書は韓国文学翻訳院の支援を得て刊行されました。
This book is published under the support of the Korea Literature Translation Institute.

植物たちの私生活　もくじ

植物たちの私生活

1

どうして笑うのよ?と唇に銀色の口紅を塗った町の女が目を大きく見開いて聞いた時、私はちょっと突拍子もない思いにとらわれていた。体にぴったりとくっついた短パン姿の女は気分を害しているようだった。彼女が私のことをうるさい客だと見なしている様子がしかめた表情にそのまま表れていた。もちろん私がその女の気分を窺っていたわけではなかった。口紅の色がそんな類の女にしてはかなり異例だという思いに瞬間とらわれたが、それ以上の何ものでもなかった。

私は運転席に坐っていて、女は半分ほど開け放した私の車の窓に顔を差し入れて立っていて、膝を曲げず、尻を後ろに突き出す姿勢をとっていた。ところが、私の方から彼女の尻を鑑賞することはできなかった。その代わり彼女のだぶだぶのTシャツの中の大きな乳房が露わに見えた。私は目をそらす必要を感じなかったので、そのTシャツの中を見ながら話をした。女は自分の乳房にかなりの自信を持っていて、それを見せようとわざとそんな姿勢をとっているように思えた。それなら彼女の期待に沿わないのもよくないだろうと思い続けていた。私は、背は何センチか、何歳なのか、化粧を落とす気はあるのかと聞き、後ろを向いてみろ、十歩ぐらい歩いてみろと要求した。彼女は一六〇センチで、二十二歳だと言い、どうして化粧を落とせと言うのか分からないが、ベッドの中ではそうしてもいいと蓮っ葉な笑いを浮かべながら答えた。後ろを向けという言葉の返事としては仔をたくさん産む雌馬を選びに来たの?と言い返し、十歩ぐらい歩けという話は頭ごなしに無視してしまった。寝るの、寝ないの?と食ってかかるように聞いてきた時、顔にも声にもいらいらした様子がありありと現れていた。

私の頭の中にある場面が思い浮かんだのはその瞬間だった。それは間違いなく少し突拍子もない連想だったので我知らずにやっと笑ってしまった。その笑いは形にならないまま歪んだ。

その映画をどこで観たんだろうか。家出をしてあちこちうろつきまわったこの数年の間、一晩の寝所を解決するために時々出入りしていた郊外の深夜劇場の一つだったのではなかろうか。結構有名なイラン人の監督の映画だった。アッバス・キアロスタミという変わった名前は後で知った。初めから映画を観るのが目的で入ったわけではなかったので映画の内容には関心がなかった。相当な水準の映画だと評価を受けている映画ではあるが、かといって水準の高い人だけがそんな映画を観るというわけでもないだろう。いい例が、私のような者もその映画の観客だったことだ。正直言って私はその映画を観た人たちがどこを取り上げて素晴らしいと騒いでいるのかまったく理解できない部類だ。私は暗い客席に坐るとすぐに体を横にして寝ることだけを考えていた。ところがあれこれと雑多な思いが入り乱れてわけもなく深刻になってしまう夜もあるもので、たぶんその日がそうだったようだ。なかなか寝つけなくて、上の空だったが、私はかなり長い間スクリーンを注視していた。

活劇も緊張もユーモアもない映画だった。活劇も緊張もユーモアもない映画だったので私にとっては当然退屈な映画だった。そうではあったが、何の印象も残らないほどつまらない気の抜けたものではなかったようだ。私の誠意のない心の中にも何かを刻んだように思われる。その時私の心の中に刻まれた何かが記憶のどこかに潜んでいたのだろう。こんな状況でひょいと顔を出すなんて思いも寄らないことだった。

自分の体の上に土をかけて埋葬してくれる人を物色している古びた乗用車の中の男の視線は、執拗で粘り強かった。女が私の車の窓の内に向かって「寝るの、寝ないの?」といらいらした声で話しかけてきた時、不意に私は自分がその映画の中の男とたいして違わないという思いが頭の中をかすめ、それでにやっと笑ったのだ。その男のように私も非常にゆっくりと車を運転し(見る人によってはドライブでもしているのだろうと思うかもしれない)、誰かを探し回っている。その男も私も頼みごとを聞いてくれる誰かが必要なのだ。たぶんその男は一日中そうしていたと思う。もしかしたら数日間だったかもしれない。私はそれほどではない。日が暮れる頃に家を出たので、二時間くらい経ったわけだ。この町に到着したのは四十分前だ。今まで私がしていたのは運転席の窓を半分くらい開けてゆっくりと運転しながら通り過ぎていき、街路灯に斜めにもたれている女を注意深く眺めながらずっと彼女らに声をかけることだった。

ところがどうしてその男は悲観しているように見えなかったのだろう?と私は自問した。いかに沈着であり慎重だったのか、この世を捨てると決めた人というよりは、自分が勤めている会社のために重要な任務を遂行している誠実な勤労者のように見えたではないか。私もそんな風に見えるだろうか。私も他人から見たら自分の任務を誠実に遂行している責任感の強い会社員のように見えるだろうか。

そのシーンを見た瞬間の形にならなかった笑いは、そんな質問に対する肯定でも否定でもない、肯定も否定もする必要のない私の答えだった。私は自分が悲観する理由はないと知っていたが、かといって誇らしく思う立場でもないのをよく知っていたからだ。しかし、女は私の心中を知る由もなく、私は自分の笑いの意味を充分に伝えてやる必要を感じなかった。それは不必要なことでもあり、不可能なことでもあった。

「俺が何を望んでいると思ってるんだい?」と薄ら笑いを浮かべて私は尋ねた。女は呆れた表情で質問をした私をじっと見つめた。何かを探ろうとする様子がちらっと見えたが、すぐに元の表情に戻り、いらいらして言った。

「寝るの、寝ないの?」と女はすでに三回も同じ質問をしていた。寝るのか、寝ないのか。彼女の問題はそれだった。この世にはただその二つの選択だけしかないというように、するかしないか二つのうち一つであって、それ以外の選択はないといったように彼女は私を促した。そう考えてみれば、誰にとってもそれ以外の他の問題などあるだろうか。この世の中を複雑にするのが趣味であるごく少数のソフィストたちを除いて、大部分の人たちにはこの世は限りなく簡単明瞭だ。苦悩する者の手本としてよく引用されるハムレットは、実は、生を極端に単純化させて考えた大家だった。彼は生きるべきか、死ぬべきか、と問う。それが問題だ? それだけが? どうしてそんなに簡単に言えるのだろうか。

「チェリーの香り」(私が観た映画の題名が「チェリーの香り」だった)の中の男の自殺をしなければならない決心が、どれほど確固たるものだったかは疑わしいと私は思う。するべきなのか、せざるべきなのか? 彼にはただその決断を代わってしてくれる誰かが必要だったのではなかろうか? そのため自殺を手伝ってくれる人を探し回っていたのではなかろうか? 目的の人を見つけるのに彼がそれほど慎重を極めた理由、単にスコップで土をかけてくれる人ではなく、自分の運命を任せる人を探していたのだと解釈すると理解できる。彼が探し回っていたのは、スコップを上手に使える自殺補助員ではなく、運命の裁判官だったのだ。その裁判官が土をかければ死に、土をかけなければ生きるのだ。映画の中の男性が悲観的な表情をしていなかったのは、死の確率が五〇パーセントか、それよりも少ないためだったからかもしれない。そしてもしかしてその映画の監督は、彼の姿を通して、この世で死を決心する人が別にいるわけではないことを暗示しているのかもしれない。

そうであれば私が悲観を装う理由はさらにない。私は自分の運命を審判してくれる裁判官を探しているわけではない。それこそ体内の欲情を排出する相手を選んでいるにすぎない。それに私の欲情ではない。悲観的であったり深刻になることは私の性《しょう》に合わない。そんな必要はない。

「乗れよ」と私はやっとの思いで決断をした人のように顎で横の席を指した。奇妙な笑いを浮かべながら女が私の車に乗った。当然そうでしょう、という表情が彼女の満面に浮かんでいた。女の浅薄な様子に不快感を感じた。しかし、それがその女のプライドであることを私は理解した。無意識のうちだったが、それは彼女の職業意識と関連していた。彼女の職業的なプライドを傷つけるのは本意ではなかった。私は車の窓を閉めて何も言わずに運転をした。両側に並んでいる町の灯りが流星のように明るく流れていった。

繁華街を抜け出すと女がいきなりしゃべり始めた。「男たちは笑わせるわ、見え透いているのにどうしてそうなの？」と彼女はしゃべり始めた。彼女は片方の足をもう片方の足の上に上げた。そのせいで彼女の短い半ズボンがもっと上にめくりあがり、むちむちした太ももが目に入ってきた。彼女はハイヒールを履いていて、ハイヒールには泥がこびりついていた。私は彼女のハイヒールにこびりついている泥が車を汚すのではないか気にかかったが、気にしないことにした。女のおしゃべりが続いた。「どうせエッチがしたくなっただけなのに上品ぶって。どうしてもっと露骨に挑んでこないのかしら？　あんただけがそうだというわけじゃないのよ、十人のうち八人はそうよ。あたしたちがつきまとうから仕方なく連れていかれるって風だけど、それが笑わせるじゃない？　そうしたら少しは獣らしくないから？　じゃなくて、獣ってこともないでしょ？」そこまで言って彼女は私をちらっと眺めた。相槌を打ってほしいと思ったのだろうが、私は相手にしなかった。すると彼女は「獣みたいだったらどうだっていうのよ、人間なんて獣なんだし特別なものでもないでしょ？」と言って自ら結論を出した。

「吐き気のする話はそれぐらいにして、そのごてごてした化粧でも落とせ」と私は低い声で怒鳴りつけた。自分でもどうしてそうしたのか分からないが、彼女が口にした獣という言葉が気に触ったのかもしれない。女は予想もしなかった一撃に驚いたのかしばらく横目で私の様子を窺った後、それくらいのことでびくともしないということを見せびらかすように白々しく聞き返した。

「どうして化粧を落とせって言うのよ？」私は何度も同じことを言わせるその女にいらいらした。「落とせって言ったら落とせ、その安物のイヤリングも取れ」

　私の威圧的な言葉遣いに彼女は苛立ちを読み取ったようだ。女は、「笑わせるわね、あたしがあんたの恋人だとでも思ってるの」と聞き返した。私も、恋人なんかにする気はないからそんな心配するなと言い返した。「でも、どうして恋人のようにあれこれ要求するのよ？」と女は上に上げた足をぶらぶらさせながら空を蹴った。そういえば、どうして私はあれこれと要求したのか？

　私の頭の中に一人の女性が入りこんでいた。その町を徘徊している時、いや、女を買いに行かなければならないと考えた時から一人の女性で私の頭の中はいっぱいになり、そのため私の気持ちはどうしようもなく昂揚していた。彼女がその点を指摘したわけでもないのだが、私は明らかに白けてしまった。

「俺は一時間も車を運転しながらあの町をうろついたんだ。もちろん、女を見つけようとしていたんだ。女は多かったよ。お前よりきれいな女があの町に一人もいないなんて思うな。ところで俺がどうしてお前を選んだと思う？」私の質問は偽悪の臭いを漂わせていたが、幸か不幸か彼女は感情を害さなかったようだ。「そりゃ、あたしがあんたの気に入ったんでしょ。もしかしてこの胸にまいったんじゃない？」と女は言いながら馬鹿のように笑った。そして私の方に大きな胸を押し出した。私は笑いもせず、顔も向けなかった。ある程度は彼女の言葉が合っているのかもしれない。女は胸が大きく魅力的な体つきをしていた。しかし、彼女を選ぶ時に念頭に置いたのは決して私の好みではなかった。私が胸の大きな女が好きか嫌いかは別の問題だった。

私はジャンパーの内ポケットに入れてきた金の入った封筒を女に投げてやった。「これ全部くれるの？」と乗り気のしない顔で封筒を受け取った女は中をのぞいて少し感動したような声を出した。私は彼女の感動に同調する気もなかったし、そんな準備もできていなかった。私は、化粧を落としてイヤリングもはずせとまた命令した。それによって私が彼女を買ったことを思い起こさせ、まさかその言葉の意味が分からないわけではないだろうと付け加えた。「分かってるわよ、そんなこと、なんてことでもないわ」と女はイヤリングを外して金の入った封筒といっしょにハンドバッグに入れて、ガーゼで顔を拭き始めた。金の威力を反芻しながら私は白塗りの仮面が拭い取られていく女の顔を盗み見した。

彼女が化粧を全部落とす前に車は目的地に到着した。二十五分くらい走ったようだ。都心の商店街の色とりどりの明かりが見えない通りは暗くて人影がなかった。車が速度を出して通り過ぎていくだけで、通りを歩いている人影もほとんど見られなかった。車を降りる前から草の匂いが漂っていた。たったの二十五分しか走っていないのに都心を抜け出していたのだ。都市と田舎がそれほど近くにあったのだ。

湯気がむらむらと上がっている風呂屋の表示といっしょに「エデン」という文字が空中にぷかぷか浮かんでいる様子が見えた。そのうら侘しい様子が私の目にはスリラー映画に登場する幽霊の城のように見えたが、女にはそうではないようだった。いずれにせよそれは有難いことだった。彼女は自分がとても単純な女であり、単純なだけに間が抜けている女だと自ら告白していたし、だから私の選択が間違っていなかったことを確認させてくれていた。「あんた、かっこいい……」と女が鼻声を出しながら私の腕を摑んだ。私は彼女の腕を振り解いて、湯気がむらむら上がっている建物めがけて歩いていった。女が一足遅れてついてきた。たぶん、女は私が恥ずかしがっていると思ったようだ。ちゃんちゃらおかしいとでもいうようにぷっと吹き出した笑い声がその証拠だった。彼女は誤解していた。しかし、私は素知らぬ顔をした。

私はフロントで鍵を受け取った。

2

女は興奮して息巻いていた。しかし、私はまったく罪の意識を感じていなかった。彼女は私が自分を騙したと毒づいたが、それは事実ではなかった。私は彼女を騙した覚えはなかった。私は彼女と同衾するとは言わなかった。彼女を選んだのは私だが、だからといって必ず私が彼女とどうこうしなければならないことでもなかった。彼女が誤解したことにまで私が責任を取らなければならないとは思わない。彼女は私を破廉恥な奴と非難することもできなかった。金を払わなかったわけでもなく、彼女が感動するほどの額の花代を私はすでに先払いしていた。彼女は自分がとても悔しい目に合わされたかのように（まるで詐欺にでもあったとでも言わんばかりではないか！）大騒ぎしたが、実際に悔しいのは詐欺師扱いされた私の方だった。

そこで毒づきながら飛び出してきた女の髪の毛を鷲づかみにして有無を言わさず平手打ちした後、また部屋の中に押し込んだのは私としてはあまりにも当然の行動だった。私の行動は少し乱暴だったかもしれないが、根本的に間違いが私にあるとは思わない。入るやいなやドアを開けて飛び出てくるとは！　約束を守らないのは彼女ではないか。彼女は私がドアの前を守っているとは知らず、また自分に向かって乱暴に拳骨を振り回すとは思いもしなかっただろう。彼女は呆れ驚き、すぐに私の目つきに怯えた。どこか分からないひっそりとした田舎のモーテルで、どこの誰かも分からない男にどんな目に遭わされるかも分からないという不安が、その時になって彼女を怯えさせたようだ。

「約束が違うでしょう」と女は先ほどよりはずっと気弱な声で、自分の頬を撫でながら言った。彼女の声は抗議の代わりに同情心を引き出そうとする意図の方が滲んでいた。それにもかかわらず私はまったく同情を感じなかった。「俺がお前に何を約束して守らなかったというのだ？」と私は床に倒れている女の髪の毛を鷲づかみにして尋ねた。女は泣きそうな声で、他の男だと言わなかったじゃないの、と答えた。私はせせら笑った。「俺がお前と寝ると言ったか？　よく考えてみろ。そう言ったか？」怯えきった女はすでに闘う気をなくしていた。それはそうだけど……と語尾が消え入りそうになった時、彼女はほとんど哀願するような表情になっていた。

「つべこべ言わずに部屋に入れ。お前も不具の足になりたくなかったら」彼女は私が強迫していると思ったようだが、それは事実だった。私は自分の脅迫の効果を確信していたし、そのようになった。私は彼女が単純で、単純なだけに間が抜けていて、単純で間が抜けているだけ怯えやすく、単純で間が抜けていて怯えやすいだけに従順であると断定していたが、その考えは間違っていなかった。彼女はまだ緩んでいない私の拳骨をちらっと見るとむにゃむにゃと聞き取れないひとり言を言いながら部屋の中に入っていった。

　兄の足が切断されたのは五年前のことだった。その時私は家にいなかった。家でなければどこでも構わないという思いで外でだけ過ごすようになり、そしてとうとう家出をするようになった。

足を切断した兄に会ったのは一年前のことだった。その時、私は家に戻るつもりで帰ってきたのではなかった。秋夕〔中秋、陰暦八月十五日。韓国では旧正月とともに二大祝日〕だったし、空っぽの事務室で一人ぼんやりと坐っていると、いきなり湧き起こった寒々とした感情に耐えられなくなって、家のある町まで帰ってきたのが問題といえば問題だった。私は少し寂しかったようだ。寂しいと思ったらそれまで抑えていた追憶のかけらが思い浮かび、どうしようもなくなったのだ。するとがさがさと胸が騒ぎ、家族たちに、冷たい家族であっても、会いたくなったのだろう。とはいえ町の入口で母が通っている教会の牧師に会わなかったら、その牧師から兄に関しての話を聞かなかったら家には帰らなかったかもしれない。そして足のない兄の姿を自分の目で直接見なかったら、兄のなくなった足が過ぎ去った私の屈辱の記憶を思い起こさせなかったら、兄のなくなった足が私の夢に現れ、兄がこの足がお前の足か？と尋ねなかったら、また家を出ることを止めなかっただろう。

その夢を見たのは家に帰ってから三日目の夜のことだった。夢の中で私は暗闇の中に入っていった。暗闇は深くて一寸先も見分けられず、一歩ずつ前に足を出すたびにずぶずぶと落ち込んでいくようだった。疎らで薄く見えた暗闇は歩みを進めるほど次第にぎっしりと詰まり、ねとねとし始めた。霧の中を歩いているようだったのが、泥の中を歩いているように感じ、干潟の中を歩いているように感じられた。当然次第に歩き難くなっていった。ついには膠《にかわ》の中に閉じ込められたようになった。一方の足をどうにか引き抜くと、もう一方の足がじめじめした暗闇にびくともしないようにはまった。引き返す道があるかと振り返ってみたが、道は見えずじめじめした濃い暗闇だけだった。「誰か、たすけてくれ！」と私は絶望に陥って叫んだ。当然誰も答える人はいなかった。そしてさらに絶望的なことが起こった。じめじめした膠質の暗闇の中からやっと片方の足を持ち上げたのだが、どうしたことか股の付け根の下には何もなかった。ひんやりとした空気が背筋を撫でていった。私の足がなくなっていた。慌ててもう片方の足を触ってみた。同じくその足もなかった。私は怯えと恐怖に取りつかれて悲鳴を上げた。悲鳴がいかに大きく騒々しかったか、私の声はほとんど夢の外に飛び出してしまったようだ。するとしばらくして顔が見えない人が一人暗闇の中からいきなり姿を現し声をかけてきた。その人も夢の外から入ってきたように思えた。「これがお前の足か？」と言う彼の手には一対の足があった。筋肉と毛が見栄えよく釣り合っている丈夫で美しい足だった。どんな精神の作用なのかは分からないが、その瞬間私はすぐにその足が兄のものであることが分かった。兄の足を持っている顔の見えない男が、兄であるという確信もあった。その確信とともにその確信を保証でもするかのように、兄の顔がすぐ見えた。兄の顔が見えると同時に今度は兄の足がなくなって見えなかった。私はまた悲鳴を上げた。私の悲鳴は夢の外に飛び出した。そして夢から覚めた。

夢から覚めて、まずしたのは自分の足を触ってみることだった。そして兄の部屋に入って、寝ている兄の横に寝た。寝入っている兄の傍に横たわり、私は兄から離れられないだろうと予感した。

3

そうかといって私が兄のために残りの人生を生きるというような犠牲的な決断をしたわけではない。誇らしく思えることでもないし、恥ずかしく思うことでもないが、私はそれほど立派な人間ではない。罪の意識という名でよく言われている過去の傷に対するある記憶と息子に向けた期待を根こそぎ諦め、そうするしかなかった両親（母は外に出てばかりいたし、父は一日中何も話さなかった。庭いっぱいに植えた木や草に水をやるのが父がする仕事のすべてだった。父が話すのをほとんど聞いたことがない。母は兄がそのようになった後、父は言葉を失って失語症になったようだとため息交じりで言ったことがあった）に対する一種の憐憫が私の足を捕まえたのだ。兄ほど有能でもなく、兄の役割に代わって何かができるというわけでもなかった。厳粛な眩暈が私を坐り込ませ、その後に続いた無気力がまた外に出られないようにしただけだ。

その上、彼の動物的欲情の処理のため補助役を担当するつもりなど爪の垢ほどもなかった。それは悲しくおぞましいことだった。不具になっても残っている彼の生理的な要求がおぞましく、生理的な要求で悪魔のように作用する彼の歪んだ精神が呪わしく、足のない息子を背負って娼婦街をうろつきまわる母の情が悲しかった。私はそのおぞましさと悲しさに知らない振りをするわけにはいかなかった。現場を見なかったとしたらどうか分からないが。二つの目でその場景をしっかりと目撃してしまった後にはそうすることができなかった。対象がはっきりしない憤怒に私は捉えられ、そのように生きるくらいなら死んでしまえ、と兄に向かって声を張り上げ、母を摑まえて大声で泣いた。

ある日の夕方だった。食事が終わった後、テレビの前に坐ってごろごろしていると母が兄を背負って出てきた。自分の部屋に入って父は一人で碁盤に碁石を置いていた。耳を澄ますと、碁石を置く音が居間まで漏れてきた。時々は耳を澄まさなくても聞こえた。父が置く碁石の音にある程度慣らされてしまった私の耳が自然と聞き取った。

母に背負われた兄は、嫌だといったら嫌だというのに、といらいらした声で話していた。そうしているうちにソファに坐ってじっと見つめている私と視線が合うと急いで目をそらせてしまった。そして諦めたように大人しくなり母の背中に顔を埋めた。だぶだぶのズボンの股下の部分がひるがえった。

「出かけるの?」私はあまり関心のない声で聞いた。兄は答えず母も答えなかった。それ以上聞くなという断固たる気配が二人から伝わってきて私はそれ以上聞かなかった。母は兄を車の後部座席に乗せて運転席に坐った。いつもなら私に運転を頼むのにと思い至ると、そのまま坐っているわけにはいかなかった。私の知らない何かが起こっているという予感を振り払えなかった。私は彼らに気づかれないようにタクシーに乗った。

彼らが何をするためにどこへ行くのかまったく予測ができないでいたので、母が車を止めたのが「蓮の花市場」と知った時、私はとても驚いた。何に由来したのか分からないが、人々はかなり前からその娼婦街を「蓮の花市場」と呼んでいた。びっしりと仕切りがなされていて紅い灯りがつけられた低い建物の前で、ほとんど裸に近い女たちが足をゆらゆら動かしながら、まるで娼婦はそのようにしなければならないかのようにだらしなくガムを噛んで、通り過ぎる男を呼び込んでいた。母がそこに行く理由は何だというのか。それも兄を連れて。

母は息子を背負い、息子は母の背中に顔を埋めたまま、びっしりと軒を並べる家の中の一つを選んで入っていった。母の背中に顔を埋めていた息子は痛ましく見えたが、そんな息子を背負った母はしっかりと慣れた足取りで堂々としていた。初めて来たのではないことが母の堂々と慣れた足取りから読み取れた。ガムを噛んだり足をぶらぶらさせていた女たちも、ひと言では説明しがたい複雑な感情を顔に浮かべたままその母子に道をあけてやる様子から、見慣れた場景だと分かった。

最も困惑していたのは私だったのかもしれない。私はリハーサルなしに舞台に立った不真面目な演劇俳優のようにどうしていいか分からないでいた。ずらっと並んで坐っている女たちの顔をじろじろと見たのは彼女らの心中が気になったからではなく、彼女らのとげとげしい視線は私に向けられているのではないかという自虐心からだった。彼女たちの表情から私は哀れみとともにおぞましいものを見たと感じ、その感じはどうしようもない悲しさと絶望の中に私を押し込んだ。

私は自分の心の中の激情がどうなるか予測できないため、急いでそこを抜け出そうとした。その時、ちょうど一人の女が近づいてきて私の腕を摑まえた。「遊んでいきなさいよ、サービスするから」と言う女の手を振り解きながら私は低い声で尋ねた「今、入っていったあのおばさんは一体誰だい?」女は、ああ、息子を負ぶってきたおばさんね?とすぐに分かった振りをした。「ちょっと変な感じでしょ? でも事情があるらしいのよ、あら、そんな話なんかしないであたしと遊んでいきなさいよ」女はなぜかその話はしたくないようで、私の腕を摑まえたままだった。

私はあの人たちについて知っていることをもっと話してくれと頼んだ。女は何を聞きたいのか分からないといった表情をした後、見た通りなのに何の説明が必要なのかと反問した。あの人たちはたびたび来るのかと聞いた。彼女は時々来ると言いながら少しセンチな声でひとり言のように呟いた。「聞いてみると気の毒な話なのよ。息子がとても勉強ができたみたいなの。ところが軍隊であんな風になったんだって。どうしてああなったのか……でも息子の生理の問題にまで気を使ってあげるなんて、ほんとにあんな母親いないよ。そう思わない？」女の手を振り解いて私は蓮の花市場を抜け出した。吐き気がしそうだった。あんな母はいないと私は心の中で叫んだ。どんな母もああはできない。私の内面の声は心臓をつき破ってしまいそうだった。

少し歩いたのだろう。歩いている途中で屋台に入ってがぶがぶと焼酎を飲んだのだと思う。早く酔ってしまいたいと思ったが、意識はかえって鮮明になり鋭くなった。なかなか酔えなかった。結局どうするという考えもなしに私はまた蓮の花市場に戻っていった。母はその家の前でずっと立っていた。

息子が入っていった家のガラス戸に頭をもたげてじっと目を瞑っている母の姿は初めて目にするものではなかった。私が入学試験を受けるために入っていった大学の鉄の門の前で母はそんな様子で祈っていた。母は二度も私のためそのような姿を見せてくれた。よく分からないが、おそらくもっと何度もそのような姿をしてくれていたのであろう。しかし、母はもうそれ以上そんな姿をする機会はなかった。私は士官学校というあだ名のついた、京畿道《キョンギド》北部のひっそりとした農村にセメントを塗りたくって作られている予備校で浪人生活をした。そこは軍隊のように厳格で監獄のように殺伐とした、食べて寝て外出して勉強する個人のすべての時間を徹底して統制するのが非常に独創的で画期的な教育方法でもあるかのように宣伝していた。しかし、私はその地獄のような予備校での監禁生活に耐えられなくなって塀を越えて逃げ出し、そこでの生活を放棄してしまった。それが私の最初の家出だった。

長男が自分のおぞましい体をどうにもできずに体の中の欲情を排出している間、その建物の戸の前に立って母はどんな祈りをしているのだろうか。彼女の神はそんな状況で彼女が捧げたどんな祈りを受け入れたのだろうか。彼女の祈りを受け入れた神などいるはずはないと私は断定し、だから彼女の祈りもまた偽りだと思った。すると急に母の姿に苛立ちを感じた。私は母の肩に私の顎が触れるくらいに近づいて母に声をかけた。

「母さん」と言う私の声は私の耳には猛獣がうなっているように聞こえた。瞑っていた目を開けて、垂れていた頭を上げて、声のする方に体を回した彼女の動作がスローモーションのように私の意識の中に入ってきて刻まれた。続いて母の顔に浮かんだ驚愕の表情を私は忘れられない。

見てはいけないものを見てしまった人の顔だった。しかし、見てはいけないものを見てしまったのは私の方だった。だからそんな表情を浮かべたのは母でなく私だった。しかし母は処世術に長けた手腕家らしく（これは私の評価ではない。両親と家族について知っている人たちは誰もが母の手腕に依存して暮らしていると話す。それは事実であるため家族の中で誰もその話を否定しない）自分の感情を収拾した。

「来たんだね」と彼女はまるで私たちがそこで会う約束でもしていたかのように平然とした様子で答えた。あまりにも平然としていたので私は忘れていた約束が実際にあったのではないかと疑うほどの心境だった。でも来なかった方がよかったのにと母は遠くを見るように視線を移しながら付け加えた。私がそこに現れることを予想していたかのような反応だった。兄さんが出てくる時間になったから早くお帰りと言った時の声は、驚くほど断固としていた。最近、見せていない厳格さがその声にそのままこもっていた。「母さん」そんな気持ちはなかったのに、そんな風にはしないでおこうと思っていたのに、私の声にはどうしようもなく涙が混じってしまっていた。

「お前がどうしてここに来たか分からないけど、いいことではないようだね。そしてお前が今帰らなければそれはもっと大きな間違いになるんだよ。早く帰りなさい」と母は顔を背けた。

その時、ガラス戸がぎいっと開いて若い女が顔を外に出した。女は、おばさん、終わったよ、と言ってまた顔をガラス戸の中に入れてしまった。母は瞑っていた目を開けて、背けていた顔を戻して私を見つめた。母の顔には必死の思いがこもっていた。早く帰りなさい。母は私を追い出していた。母の何かにすがるような目は、兄が外に出てきた時、私がいてはいけないことを物語っていた。私が動かないと自分も兄を連れ出しに行けないという決然とした意思が感じられた。

私は母の言う通りにしようとした。そうしなければならないと思った。そうしてこそ母ともまた会えるし、兄ともまた会えると思った。しかし、私の中の獣は私の考えに耳を傾けなかった。衝動の前では分別は劣るものだ。その事実を証明でもするかのように私の体は衝動的に前に飛び出した。母の体をすり抜けて私はガラス戸を押した。衝動は分別より速い。その事実を証明するかのように私の体は彼女が制止する隙も与えず中に入っていった。ガラス戸の中にベニヤ板を付けて作った粗末な戸が三、四個、目に入ってきた。私は一番前にある戸をぐいっと開けて、ベッド一つが辛うじて入るほどの狭い部屋にベッド一つが何とかして置かれているのを目で確認した。そしてその寝台の上に壁の方に体を向けたまま蚕のようにうずくまっている背の低い男を見つけた。

私はその男に摑みかかった。私をまともに見るように彼の体を動かして胸倉を摑まえた。私ははあはあと息を荒くしてうなっている一頭の分別のない獣だった。兄の目には涙が溜まり顔は灰色に変わっていたが、私は気にしなかった。私は彼の胸倉を摑まえて揺り動かした。そうしながらわあわあと声を張り上げた。激情に取りつかれた私の言葉は完成した文章にならず、途中で切れ切れになってしまった。下卑た言葉を吐きながら、お前の姿を見ろ、お前の汚い姿を、そして人間としての自尊心を云々し、挙句にあっさりと死んでしまえと問い詰めた。私の不完全な文章は涙声の中に入り混じっていた。

急いで入ってきた母が制止しないと、どういうことになっていたか分からない状況だった。母は自分のありったけの力を込めて私の頰を平手打ちした。獣の興奮と激情を鎮めるために必要なものは断固として確実な一撃だと母は知っていたようだ。私は母の懐に倒れ、ついに声を張り上げてわあわあ泣いてしまった。母は私を押しのけなかったが、かといって背中をさすってもくれなかった。母も泣いていたのだろうか。私は顔を上げることができなかったのでそれを確認できなかった。

4

蓮の花市場に行ってその場景を目撃したのは、実は偶然ではない。私はある人の依頼を受けてそこに行った。誰かが私に悪戯をしているのだろうか。確信はない。かえって悪戯だったらいいのにと思われるのも事実だ。なぜかうら寂しく後頭部が冷っとするのは、仮に悪戯としても、悪戯をする相手が普通の人間ではないと予感したからだ。

私は母を尾行していた。呆れた話だ。母の動静を探ることが少し前から私の仕事になっていた。単なる好奇心や病的な異常心理の作用でその現場を目撃したのではなかったという意味だ。言葉どおり、それは私の仕事だった。

顔のない私の依頼主は（彼が誰なのかいまだに私は知らない）母の動静を一つ残らず報告してほしいと依頼した。それはとんでもない話だった。私は思わず、あなたが話しているその人が私の母親であることを知っているのかと聞くところだった。そうだとしても呆れた話でそうでなくとも呆れた話だった。私は個人的に自分と親しい人が悪戯電話をかけてきたのだと思おうとした。しかし、その考えには確信が持てなかった。私は声の主の特徴を見破ろうと努めた。しばらく黙っていた後でどこでこの事務所を知ったのか聞いた。事務所とは言うものの、実は別に事務所があるわけではなく私以外に事務員がいるわけでもなかった。部屋に電話を一台置いて広告ビラを配って仕事を始めたのが五カ月くらい前だった。一度覚えたことが癖になったというか、無為徒食ばかりしてはいられないという自覚が生じた時に真っ先に、そして唯一思い浮かんだ仕事がいわゆる代理業だった。家出をしていた時、かなり長い間、私の寝食を解決してくれたのが「お客様に代わって走る人」という名前の代理業の事務所だった。主に登記所や区役所、またはソウル駅のようなところに出入りするのが私の仕事のすべてだったが、若干ルンペン気質が身についた私のような浮浪者にはぴったりの仕事でもあった。仕事の性質上、顧客との接触はほとんど電話でなされるため、別に事務所の空間を備えなくてもいいのが、自分一人の力で何かをしてみようと考えた私の興味を引いた。幾分かの経験も自信を持たせたようだ。私はすぐに電話を開通させ、商号を「蜂と蟻」と付けて、自分が付けた名前に自ら感嘆して、そしてそれらしく名刺を作った。

名刺を家族に配ることで開業式の代わりとした。母はこんなことでお金になるの、と言いながらも暮らしを立てようとする息子を密かに頼もしく思っているようだったし、兄はまた何でそんな仕事なのかと不快そうだったし、父はいつもどおりに何の関心も見せなかった。父は、おそらく、私が二、三人の子どもがいるどこの誰だか分からない女を連れてきて結婚すると言っても構わなかっただろう。

仕事の始まりがそんな風だったし、規模があまりにも小さかったので仕事がたくさん入ってくるわけもなく、入ってくる仕事をあれこれ選り好みできる立場でもなかった。それにしても自分の母親の尾行をするなんて。呆れた話としか言えなかった。世の中の出来事を予測して生きているわけではないが、そして先のことなんて分からないから世の中生きるだけのことはあるというものだが、まったく世の中いろんなことがあるものだと思われた。依頼主がいったい誰なのか、まずそこが気にかかるのは当然のことだった。というわけで、どこでこの事務所を知ったのかという私の質問は依頼主の正体に対する当然の問いかけだった。

依頼主はしばらくの間沈黙した後、『鳩』で見つけたと答えた。『鳩』は首都圏一帯に無料配布されている地方情報誌の一つだった。『鳩』に広告を出したのは事実だった。仕事を始めようと決めて、人がたくさん往来する商店街の階段の壁や電信柱、そして公衆便所のようなところにステッカーを貼ってみたが、仕事を頼んでくる人はほとんどいなかった。そこで少し金を払って地方情報誌に広告を出すことにした。家出をしていた時、事務員として働いていた「お客様に代わって走る人」でも地方情報誌に広告を出したが、特に効果はなかったので大きな期待はしていなかった。今度の仕事のようにある人を尾行してくれという依頼が入ってくるとは思いも寄らなかった。依頼の仕事の対象が自分の母親でなかったらかなり儲けになる仕事に違いなかった。

私は、その人とどういう間柄なんですか?とそれとなく質問を投げかけて依頼主の正体を確認する意思をはっきりと見せた。相手はそれを言わなければならないのか、と聞き返した。当然しなければならない手続きだと言い張るわけにもいかなかった。誰かの裏調査の依頼主であるだけにさらにそう言えなかった。こういった類の仕事の依頼主たちには特にそうだった。このような仕事を頼む依頼主の最上の条件は秘密を守ることだ。他人の秘密を知ろうとする人ほど自分の秘密が知られるのを特に願わないものだ。そういった点を誰よりもよく理解している私が、相手の身分の露出を強要するわけにはいかなかった。万が一にもそうすると容赦なく電話が切れて、それで依頼の仕事は切れてしまうものだ。そうすると、期待される相当な収入は諦めるとしても、母親の裏調査をしようとしている相手が誰であるか知る道も完全になくなってしまう。だからそうするわけにはいかなかった。

私は言ってくれれば仕事をするのに助けにはなる、と前置きしながら、でも望まないなら言わなくてもいい、と答えた。相手がそれ以上何も言わなかったので私はその問題に食い下がるわけにはいかず、仕方なく連絡する時間と場所、報告の形式についてだけ尋ねた。依頼主は自分の方から時々電話をするから、その時に得た情報を伝えてくれればいい、と答えた。私は手数料について話し、銀行の口座番号を伝えた。危険手当が含まれるので料金が高い、と付け加えた言葉を相手は聞かない振りをしていた。私は一週間に一度ずつ入金してほしいと言い、相手はそのようにする、と答えた。手付金が入金されたのを確認した後、仕事を始めます、と私は事務的に話した後、電話を切った。

相手はすぐに私の銀行口座に指示したとおりの金額を入金し、そこで公式の私の依頼主になった。その顔のない男が私を蓮の花市場に行かせ、その言葉も出ないような場景を目撃させた張本人だった。私の気分は惨憺たるものだった。その日の夜、そいつが私に電話をかけてきた時、私は自分自身が人倫に背く者に思えた。私の口から出てきた言葉は荒々しかった。

「あんた、誰だ？　どうしてこんなことさせるのか？　いったいどういう目的で尾行させるんだ？」

男は何も言い返さなかった。私はもっと腹が立って、もうこれ以上仕事をしないと、宣言してしまった。男は笑った。はっきりしたことではないが、そのように感じられた。そして契約は一方的に破棄できないものだと宥めるように言った。「あなたはお金を受け取ったでしょう。自分の仕事をしなければならないでしょう」というのが彼の言葉だった。私は怒りを抑えられず、大声でわめいたが電話はすでに切られていた。

5

蓮の花市場の騒ぎの後、一週間我が家は静かだった。あまりにも静かで息が詰まりそうだった。

私たちはお互いに顔を合わせることさえ避けた。母はいつものように朝早く家から出ていったし、私はいつも朝寝坊をした。母の代わりに家事をする家政婦が準備してくれる朝食をそそくさと食べて家を出た。仕事がある日もあったが、仕事のない日もあった。仕事がある日も外に出かけたが、仕事のない日も外に出かけた。そして夜の十二時を過ぎてから帰ってきた。兄と顔を合わせたくなかったからだ。そんなに遅く家に帰ってもドアを開けてくれる人はいなかった。もちろんドアを開けてもらう必要もなかった。私のポケットには鍵があった。

そんな時間に家中の者が寝ているわけではなかった。特に、兄が起きているのは間違いなかった。彼の部屋の前を通る時、コンピュータのキーを打つ音が聞こえたりもした。彼は自分の部屋でいつも何かをしていた。しかし、彼の部屋はいつも閉ざされていたので、部屋の中で彼が何をしているのか確認できなかった。いや、実のところ、一人ずつ自分の部屋として使っている我が家の四つの部屋はほとんどいつも閉ざされていた。他の者が入っていくこともなく、そういうことを望みもしなかった。母だけが時々その規則を破った。私たち家族は赤の他人のように暮らしていた。しかし、残念なこととも思わなかったし、不都合なことでもなかった。

一週間目になる日の夜、私は母と対話をした。話し合いたいと言い出したのは母の方だった。母は電気を消した居間で一人坐っていた。いつもどおりに夜の十二時を過ぎて鍵でドアを開けて入ってきた私がすぐに自分の部屋に入ろうとしたところ、暗闇の中で、ここに来て坐りなさい、という声が聞こえてきた。母は私を待っていたようだった。私は母の向かい側のソファに坐った。母はしばらく息を整えるかのようにじっとしていた後、話し始めた。「今日、母さんに会いに来たの？」私は急いで首を横に振った。『たんぽぽ《ミンドゥレ》』の近くでお前を見かけたと聞いたんだけど」と話す母の声は穏やかだった。まるで居間の暗い空気の中に埋まっているものを刺激しないように努めているように思えた。「たんぽぽ《ミンドゥレ》」は母が経営している高級レストランの名前だった。母は若い時に「たんぽぽ《ミンドゥレ》」で働いていたが、現在はそこの主人だった。

　私は当惑してどうして私が行ったことを知っているのかと聞いた。「たんぽぽ《ミンドゥレ》」の近くまで行ったのは事実だった。契約を破棄すると興奮して言った上、実際にそいつに母に関する情報を提供するといった仕事を続ける気持ちなどなかった。しかし、いったいそいつが何を知ろうとしているのか気になった。そして本当に母には何か調べなければならないほどのことがあるのか知りたいという心の奥深くにある要求を完全には無視できなかった。それだけでなく確かに今日はこれといった仕事もなかった。そこで昼間に「たんぽぽ《ミンドゥレ》」の近くをうろうろしていたのだ。しかし、すぐに何の役にも立たないと思って、何か惨めな気持ちにもなって、そのまま帰ってきたのだ。ところがそれをどうして母が知っていたのだろうか。

母は、話したいことがあって訪ねてきたのなら店に入ってくればいいのにどうして帰ってしまったの、と言った。母は私が何かを話しに行ったと考えていたようだ。こうなってよかったという思いがした。ところが正直言って私は母に話すことなど何もなかった。この遅い時間にこのように向かい合って坐っていると余計に話したいことなど思い浮かばなかった。私は首を横に振った。母は意外だと言うように肩をすくめて見せて、お前の兄……と話の口火を切った。その話は準備されたもののようで、お前が話さなければ私が話そうという心中がかなりはっきりと伝わってきた。

兄さんは体の具合が悪いと母は話した。それは私も知っていることだった。母は、お前も知っているようにと前置きした後で、兄さんは体だけでなく精神の具合も悪いと付け加えた。普段は何ともないのに、時折、予告もなしに精神が乱れてしまったりするのよ、そんな時は……と言った後しばらく口を閉ざした。荒々しくなる感情を宥めている感じが伝わってきた。もし兄が起きていて自分の話を聞いては大変だとでも言うように声を低くした。「そんな時は私の胸が張り裂けそうになるのよ。あんなに頭がよくて健康だった息子がどうしてあのようになってしまったのかと思うと気が狂いそうだわ。私が罪深い人間で息子をあのようにしてしまったのかとも思ったり……」母の声は高くなったり低くなったりした。波打つようなその声の不安な震えは、感情をうまく鎮めるのが思い通りにはならないという徴だった。それは私が知っている母親からは縁遠い姿だった。

「母さんは兄さんに対する期待が並大抵じゃなかったから」と私はやっとひとこと言った。

母は否定しなかった。それは事実だった。母は間違いなく兄を溺愛した。しかし、その溺愛は不当で一方的な溺愛ではなかった。兄は魅力的な性質と飛び抜けた資質で溺愛を勝ち得ていた。彼は溺愛の対象になるに充分だった。すべての面で劣っている弟とは相対的な比較を通して兄が受けた溺愛はいくらでも正当化できた。ずっと前から劣等感は私の食べ物で飲み物のようなものだった。私は兄より勉強もできなかったし運動もできなかった。顔も兄よりハンサムではなかった。世の中が公平だということを私は幼い時から信じなかった。大学入試に失敗して逃避するかのように志願した軍隊が私を受け入れてくれなかった時、私は絶望に取りつかれ、その絶望が家出をする大きな動機として作用した。兄さんだったらありうることだけど、どうしてお前がそんなにひどい乱視なの、と母は信じられないというように言った。不幸なことに、私はその言葉の中にある皮肉に気がつかないほど鈍くはなかった。兄はすべての面で私より優越していて、他の人たちよりも優越していた。彼は幼い時から母の喜びであり自慢だった。そんな息子があのようになったのだからその心情は想像を絶するものだった。私は充分に母が理解できた。他の人ならいざ知らず、私は充分に理解できた。

しかし、だからといってそんな息子を負ぶって娼婦街に行かなければならないのか。それほどまで不憫に思わなければならないのか。どうしてそんなにまでして息子に対する自分の愛を満足させようとするのだろうか。それは愛と言えるのだろうか。その点で私は理解の壁を乗り越えることはできなかった。

ひとり言のような母の話が続いた。「あの体になって病院で寝ている姿をはじめて見た時、私は死んでしまうつもりだった。ところが死ねなくて気絶してしまったの」「僕はいなかったから」と私は沈痛な面持ちで答えた。「お前はいなかった」と母は確認でもするかのように私の言葉を繰り返した。

兄が訓練中に爆発した爆弾で足を失い家に帰ってきた時、私は家にいなかった。兄が入隊するために家を発った時も私は家にいなかった。兄は強制的に軍隊に徴集されたと言った。そして軍人になって一年にもならないうちに事故に遭ったと言った。

普段は何ともないのに、時折、いったん分別を失うと……と母は話を続けた。「そういう時は服を引き裂き、自分の体を引っ掻き、体の肉をひきちぎり、頭を打ちまくり……あれ以上の騒ぎはないの。そのうち服を全部脱いで這いずり回りながら目も当てられない身振りをするのよ。口にするのも恥ずかしいことだけど……」そこまで話して少し息を整えてから、母はここまで話したのだからいっそのこと最後まで話そうと言わんばかりに急いで話し続けた。

「手で自慰をして、手当たり次第に精液を塗りたくって……目も当てられない様子なの。そして一騒ぎした後、すぐにだらりとなって死んだように寝入ってしまうのよ。病院に行ったら精神科の医者があれこれ話をしてくれたの。兄さんの病気が性の衝動の方に発散されているようだとも言ったわ。正常な調節のメカニズムが崩れてしまうと精神の内部に抑圧されたまま溜まっていた否定的な感情が、ある瞬間外部に爆発するのだけど、それを発作だと言うんだって。発作がどんな様相を帯びてどんな方法で噴出するかは人によって違うのに、兄さんの場合は、何のためかは分からないんだけど性欲の噴出として現れるようだと話してたわ。そう言いながらとても慎重な様子で、結婚をしていたのかと聞いたの。付き合っている女性はいたけど結婚していたわけではないでしょう。そこでそう話したら、その医者がこう言ったわ。『性欲は、特に男性にとって一種の生理的な排出要求のようなもので、いっぱいになると溢れるのが自然の理ではないでしょうか。だからどんな手段でも使いなさいとは言えませんが、息子さんの排出に対する要求が溢れる前に、つまり発作を通してその要求を発散しようという衝動が起こる前に性欲を処理できれば、そうできれば、それは一つの解決方法になるとは思いますが……』」母はかすかな声を出していた。

頭まで下げていたので耳を傾けないとよく聞こえないほどだった。しかし、私は母が話すことを全部理解できた。母は数日前その蓮の花市場の件を私に釈明しなければと考えたようだ。それが単純で無分別な母性愛によるものではなくて、一種の治療手段でもあったことを私に明らかにしなければと判断したようだ。

「そこで考えついた方法があれだったのですか?」と私が尋ねた。「他に方法がないでしょう?」と母が反問した。「そして効果はあるのですか?」とまた私が尋ねた。「そうしなければならないということにお前の兄さんは屈辱を感じて恥ずかしがった。でも自分でもどうすることもできないおぞましいことがいつまた起こるか分からないという恐れがいつも兄さんに取りついていて、そんな事態を避けるために自分にできるのはそれ以外にないと知っていたため、どうしようもなく私の言うとおりにしたの。確かに効果はあったわ。だからそれを止めるわけにはいかなかったの。それで……」と母は過ちを告白する人のように話した。

「止めてください。そうしなければならないと言うなら……僕が引き受けます」と私は衝動的にそのように話して席を立った。それ以上聞きたくなくてそうしたのだが、そう話した瞬間、母が私から聞きたかったのはその言葉だったのかもしれないという思いがした。私が事実を知る前は必ずしも知らせる必要もなかったのだが、どうせ知ってしまったのだから男である私に仕事を任せるのがいいという判断を母がしたとしても不快にも思わない。そのようにすることによって私にも使い道があるとしたら幸いなことではないか。

6

私が考えた方法は母の取った方法よりはある意味で洗練されたものだった。私は蓮の花市場に兄を負ぶっていく代わりに、郊外のモーテルを利用した。兄を先にモーテルの部屋に入れておいて女を選んで部屋に入れ込む方法だった。女たちの抵抗が頭痛の種だった。しかしそれくらいの大変さは前もって覚悟していたことだった。私は優しい人間ではないので女たちに前もって話をしておかない。そんな事情を全部話して従順についてくる女がいるだろうか？　私はいないと思う。そのためにも私は優しくなれなかった。

私の横で座席に深くうずくまっている兄は何も話さなかった。モーテルから帰ってくる途中だった。兄の内面に湧き起こっている複雑な感情の荒波を推し量れるようだった。屈辱と悔恨と自責と寂しさと敗北感が彼の胸の中でぐつぐつと煮えたぎっていることだろう。兄の感情を尊重しなければと考えていたので、私もやはり何も話さなかった。

「散歩したいんだが」と、ほとんど家に辿りつきかけた時、兄が静かに口を開いた。

「夜遅いのに」と兄の方に顔を向けながら私が言った。兄はそれ以上何も言わなかった。兄がそれ以上何も言わないので、私は家に帰らないで陵に向かって車を走らせた。王朝時代の王陵が家から近いところにあった。家からは大人の足で十分くらいで、兄の車椅子では二十分くらいで、車で行くと二分しかかからない距離だった。兄がそこに行くのが好きなことをよく知っていた。ところが兄は陵の中に入っていかなかった。陵を囲んだ塀に沿って小さな道が作られていた。道はくねくね曲がっていてでこぼこしていた。両側に立っている木々が空を塞いでいてその中に入っていくと、ちょうどトンネルの中のように暗かった。兄はその道が好きだった。時々、兄は私にそこに連れていってくれと頼んだりした。私は陵の入口まで兄を連れていってあげた。すると兄は「二時間後に迎えに来てくれるかい」と言った。私が「車椅子を押してあげる」と言うと、「そんな必要はない」と頭を振った。兄は一人でその道を散歩したがった。兄は正確な人だった。二時間後に迎えに行ってみると、確実に陵の入口で私を待っていた。たまに私が約束の時間より早く着いたこともあったが、そんな時はそこに立ってくねくね曲がった道を戻ってくる兄の車椅子を待たなければならなかった。兄が散歩を終える時間は大体夕暮れ時だった。

夜遅い時間に散歩すると言い出したのは初めてだった。しかし、兄の要求を無視するわけにもいかなかった。私は陵の前に車を止めて車椅子に兄を坐らせた。兄は二時間後に迎えに来いとは言わなかった。ひと安心した。私は車椅子をゆっくりと押した。

夜の空気が冷え冷えとしていた。陵の入口に街灯がいくつか立っていたが、暗闇が立ち込めていた。車椅子は厚く垂れ込んだ暗闇の中をガタガタときしみながら進んでいった。角を曲がると街灯はなくなり、暗闇が一層深くなった。私は街灯がなくなった地点で車椅子を回して戻りたかったが、兄が何も言わなかったのでそうできなかった。兄の車椅子は、暗闇の中に身をすくめた黄土の道が自ら作り上げたとても弱くかすかな光にしたがって進んでいった。

私が感じた寒気はただ夜の空気のためではないことは分かっていた。空に向かって立っている道の両側の木々は呪術的な感じを与えた。車椅子がどんどん暗闇の内臓の中に吸い込まれている思いがし、暗闇の最も奥にブラックホールがあって私たちを呑み込んでしまうかもしれないという恐れが襲いかかってきた。野生の動物のようなものが通り過ぎながらガサガサと音を立てた。ホーホーとそう遠くないところで山鳥が鳴いた。恐ろしい予感のように不意にヘンゼルとグレーテルの話が思い浮かんだ。深くて暗い森の中に大人たちから捨てられた兄妹が全身で耐えなければならなかったその暗い恐怖と深い寂しさが思い浮かんだ。私たち二人は世の中から捨てられたように感じられた。お菓子で作った家に子どもたちを誘惑する魔女がすぐに目の前に現れるだろう。夜の森こそ魔女たちの舞台ではないか。夜の森は昼の村とどれほど鋭く対立するか。夜の森は昼の村の規則と論理が通じない、まったく異なる規則と計り知れない論理の世界だ。その世界のキャラクターたちは魔女たちと幽霊たち。夜の森は現実の後ろに隠れた、現実とは違った厳然としたもう一つの現実だ。ヘンゼルとグレーテルが連れていかれたお菓子で作られたその魔女の家こそ童話で隠喩されたブラックホールに違いない……。

そしてある瞬間、兄とは違って私はこの道を非常に少ししか歩いたことがないと思い、特に、真っ暗な夜には初めてだと思い、兄はどうか知らないが私は暗闇が好きではないと思った。兄の散歩道を兄といっしょに歩いてみなければといつも思っていたが、こんな風にではなかった。こんな真っ暗な夜にこんな気分で歩こうとは思っていなかった。兄がどこまで行こうとしているのか心配になった。魔女の家が現れる前にもう帰ろうと言いたかった。しかし、私は口を開くことができなかった。兄の沈黙はあまりにも確固としていた。彼の気持ちを見守らなければと判断し、その判断が恐ろしさに勝っていた。

ここが道の行き止まりだと兄が言った時、私は初めは驚き、すぐに安堵した。驚いたのは私が夜道の幻影に取りつかれていてその声が兄の声だとは全然思いつかなかったためで、安堵したのは兄が私に向かって何かの反応を見せたのが嬉しかったためだ。どれほど奥深くまで入ってきたのか見当がつかなかった。暗闇がよそ見をさせず車椅子を押すことだけに集中させていた可能性はいくらでもあった。

「ここまでしか来れないんだ。いつもここで止まらないといけないんだ」と言う兄の声は夜霧に濡れてしっとりとしていた。「ここに立ってあの垣根越しにびっしりと木の植わった森の中を想像してみるんだ。我先に空を占めようと競い合いながら伸び上がっている大木と森のどこかにある奥深い洞窟を想像するんだ。体をこすり合いながらいっしょに暮らしている木と草、鳥や虫たち、土や獣を想像するんだ。どんどん入っていって、限りなく入っていくと、どこかに朝鮮トネリコがすっくと空に向かって立っているかもしれない。どんどん限りなく奥へ入っていくと、僕もその木を見ることができるだろうか。僕もあの中に入っていきたいと呟いたりするんだ。あの中に入っていって僕も森の中の何かになりたいと思ったりするんだ。あの中に入って、空だけでなく時間までも支えているあの巨大な朝鮮トネリコに触れることを夢見たりするんだ」

兄はひとり言のように呟いた。何かに対する切実な念願のようなものを感じたが、それが何なのかは分からなかった。いつか僕が連れていってあげるよ、とたやすいことのように言葉を投げかけたのはどう考えても適切なことではなかったようだ。兄が私の言葉を無視したからではなく自ら軽率だったと自覚したので、私は決まりが悪くなって口を閉ざしてしまった。顔に血が上った。暗闇の中だから覚られなかったが、私は赤面していたのだ。

「あの木が見えるかい」と兄は私の言葉に反応を見せないで、どこかを指差した。兄が指差している方に何かがあるのだろう。彼が木だと言ったからには何かの木があるに違いなかった。しかし、私は漆黒の厚い暗闇以外に何も見ることができなかった。暗闇は森の中を覆い尽くしていたので、黒い木々はそれぞれの個体としての特性を失ったまま一つに固まって暗闇を被っているように見えた。個別的に一つの木を指している兄の心中が分からないのは当然のことだった。どの木を見ろというのか。彼の目には何が見えているのだろうか。

「何が見える?」と、私は少し呆れたように意味のない笑いを浮かべて尋ねた。兄は私の質問を無視した。「あれは松の木だ」と兄は平然として言った。「背が高くて幹が太く、そして樹皮が厚いだろう。じゃ、その横をよく見てごらん。松の木とは全然違う木が目につくはずだ。ちょうど松の木に巻き付いているように見える、細くて滑らかで柔らかい、肌がきれいな浅黒い女を連想させるあの木を知っているかい?」「何の木だって?」と言いながら、私は暗闇の中で何も見分けられなかったが、彼の話に同調することにした。兄を散歩に誘いだし激励するものが何であるかとても気になりもした。人間に対する興味が薄くなりながら、自然に対する親しみが生じるのは奨励するべきことなのかどうかはよく分からないが、おかしなことでも責めるべきことでもなかった。

「エゴノキ」と兄は短く言った。私は「エゴノキ」と真似して言ってみた。私にとっては初めて聞く名前で、当然どんな木なのか姿を想像できなかった。目の前にその木が立っていると兄は言っているが、彼の言っているその変わった名前が付けられた木を私は識別できなかった。兄には慣れた道で見慣れた木なのだろうが、私にはそうではなかった。私はその実体を確認しない限り、何も言えないような気がした。兄がそんな私の立場を知らないわけがなかった。しかし、その瞬間、私に対する彼の思いやりを期待するのは到底無理だった。彼は私にではなく自分自身に話したいことがあるように思えた。

「滑らかな木の幹がすんなりとした女の裸身を連想させるんだ」と兄は酔ったように言った。「本当にうっとりとさせるのは白い花なんだ。五月だからもう少しすると花が咲くだろう。地面に向かって頭を垂れているエゴノキの白い花は銀の鈴のようなんだ。その下に立っていると、りんりんと鈴の音が鳴っているようなんだ」と話す彼の声が深い海に沈んでいる碇のように暗い森の中に遊泳して入っていった。私は兄の話の中に入り込むことができず、入っていく内容もなく、入っていきたくもなかった。私は、ただ、ヘンゼルとグレーテルの森を連想させる呪術的な雰囲気の漆黒の森から少しでも早く抜け出せることだけを思うのだった。

深い海に落ちていくかのような兄の話が続いた。「ところがあの滑らかですんなりしたエゴノキが、どういうわけか太く堂々とした松の木に巻きついているんだよ。只事ではないんだ」と言った後、兄は短いため息をついた。私は彼がどうしてそんな話をするのか理解できなかった。ぼんやりと推測できることがないわけでもないが（例えば、彼は自分自身を弁護するだけの論理が必要だと考えているのかもしれないが）、確信は持てなかった。何より私の目には彼が描写しているその浅黒い肌のすんなりした女を連想させるというエゴノキが見えないのが問題だった。いや、それはとても小さな問題だった。その瞬間、私は自分が摑んでいる車椅子が小刻みに揺れているのを感じた。そしてその揺れの源が兄の肩であることも分かった。厳密に言うと肩ではなかった。肩が勝手に揺れるはずがない。兄のすすり泣きが肩を震わせ車椅子を揺らしていた。

「僕の体の中の恥辱を、この悲しみを、どうすればいいのだろう？」と話す兄の声が、エゴノキが松の木に巻きついている漆黒の森の中に染み透った。私は兄の声をしっかりと聞き取ったが、聞かなかった振りをした。当惑したが、当惑していない振りをした。明るい時に来てエゴノキがどのような姿をしているか見なけりゃ、と何ともないように言ったが、粗忽にも喉が詰まって空咳をひとしきりした。どう見ても私は人目を欺くのが下手なようだ。

「もう帰ろうよ。怖いよ」私は兄の返事を聞かないまま車椅子の向きを変えた。黄土の道が白然に作っているかすかで薄い光にしたがって私は車椅子を押した。手すりを通して兄のすすり泣きが持続的に伝わってきたが、私は知らない振りをした。家に帰ってくる間、私は何も言わなかった。兄も黙っていた。私は、また暗くて深い森の中に捨てられたヘンゼルとグレーテルを思い浮かべた。

それぞれが自分の部屋に戻る時、兄も私もむっつりと黙りこくっていた。

7

明くる日、一人で兄の散歩道を歩いてみた後、私は兄にまた写真を撮ることを勧めた。

私はかなり早い足取りで陵の入口から道が行き止まりになるところまで歩いた。道は思っていたより曲がりくねっていて遠かった上、坂道も多かった。真っ暗な夜中に車椅子を押してどうしてそこまで上がっていけたか訝しいほどだった。兄は散歩道が終わる地点に到って車椅子を止め、森に対する自分の説明し難い憧憬について心の中の思いを吐き出した。そしてまるで肉体に纏わる自分の欲望を誇るように、または撫でさするように松の木に巻きついたエゴノキの愛欲について息も止まらんばかりに話した。只事じゃない、と言った。その話を聞いている私は本当に息が止まりそうになった。

　松の木に巻きついているすんなりとしたエゴノキが見たかったのか、そうでなければ木と草と蔓がいっしょになって一つの体になって生きているという、深く暗い洞窟がどこかにあり、どんどん入っていくと空を支えている一株の朝鮮トネリコにも出会えるという深い森が見たかったのか分からない。いずれにせよ私はその散歩道を一人で歩いた。朝の十時ごろだったが、その時間は散歩するには遅すぎたせいか、そうでなければあまりにも早い時間だったのか、私以外に散歩している人は見当たらなかった。

　道の行き止まりに立って見上げた前方の森は、太陽の光りが滝のように降り注いでいたが暗かった。単に暗いだけではなかった。その暗闇は重くて深い影を従えていた。何か密やかで神秘的なざわめきがその中から聞こえてくるようだった。私はかすかに眩暈を感じ、それは森に人間を惑わすだけの空気を感知したためだと知った。

　そして兄が話したその木、エゴノキが立っていた。見た途端、今まで全然見たことがないのにもかかわらず、ああ、エゴノキなんだ、と分かるほどすぐに目についた。それほど印象的だったと言おうか。兄の表現は少しも大げさではなかった。正直言って私は兄の言葉を完全に信じてはいなかった。昨晩の彼の感情や気分が客観的な事物の描写能力を取り去ってしまっているのだろうと私は判断した。しかし、目の前のエゴノキは私の判断が間違っていたことを証明していた。まさに服を脱いだ女の体のように滑らかですんなりとした木が立っていた。まさに服を脱いだ女の滑らかですんなりとした腕が男の体を抱きかかえるように、松の木に巻きついている官能的な姿をした木が立っていた。地面を掘ってみなければ分からないことだが、根は地上の幹よりもっと積極的で露骨な姿で松の木に巻きついているような、そこにそんな木が立っていることが信じられなかった。当たらなければと心の中で密やかに願っていた何か不吉な予感が当たってしまったようでくらっと眩暈を感じた。エゴノキ！　私は呻くようにその名を吐き出した。

写真のことを思いついたのは、その瞬間だったのかどうかははっきりとは言えない。その前だったような気もするし、その後、だから散歩道から帰ってきてからとも言える。私は少し当惑した。なぜかと言えば兄に写真を撮ることを勧める資格があるかどうか確信が持てなかったからだ。しかし、一度起こったその衝動はなかなか消えていきそうにもなかったので、昼食の後、しばらく自分の部屋にこもって兄に写真を撮ることを勧めようかどうかとじっくりと考えてみた。やましい気もした。図々しいと思われるかもしれないという気がかりもあった。それにもかかわらず、それが今の兄にとって最善の道だと判断され、するとある程度の心の負担は耐えなければならないという考えに急に心が傾いた。

写真をまた撮り始めてはと言う前に、私は昼に散歩道に沿って行き止まりまで上って、そこで沈黙と暗闇に包まれている豊かな森と松の木に巻きついているエゴノキを見たと言った。兄はすぐには何の反応も示さなかった。そして無反応な兄の態度はいつものことなので私は気にかけなかった。その代わりに少し大げさに、兄が話した様子と不思議なほど同じだったと、初めて見たのにすぐに見つけることができたと付け加えた。兄は、何てこともないというようにエゴノキの実には毒があると言った。「かつてはそれを溶かして川の水に流して魚を捕まえたりもしたと言っていたよ」というその話は大して重要には思われなかったので、そこで私が話したいと思っていた話を引っ張り出した。「そんなもの見たら写真撮りたくならない？　兄さん、また写真撮れよ」と言う私の話に兄は返事もせず、私を見ようともしなかった。

兄が写真を放棄したのは、記録としての写真の価値をそれ以上信頼できなくなってしまったからだ。彼が信頼して身を捧げた「記録」から闇討ちされたためだというのが真実にもっと近いだろう。

彼にとっては写真は趣味でもなく芸術でもなかった。彼にとって写真は客観的な事実と時代の真相を証明する記録だった。写真は、そこでその時何が起こったかを伝える最も正直な代弁者だった。もちろん見る目と話す口の主体がそれなりの視角と立場を持っているということは無視できない。どんな記録者も完璧に客観的だとは言えないという言葉は変わらない真実だ。すべての記録は記録する者の視角と立場を反映する。写真を撮った者はカメラのアングルや焦点を通して自分の視角と立場を表わしたのだ。そのような時、問題となるのはその視点と立場の倫理的な基盤である。写真を写す者のアングルと焦点は倫理的なアングルでなければならず、道徳的な焦点でなければならない。それが兄の写真論であって、それが、彼が写真を芸術として位置づけることに目を向けようとしない理由だった。私が知っている限り、彼は芸術家になるのを願ったことは一度もなかった。

私は覚えている。連日発射される催涙弾の白くぼやけた粉でソウルの空気が澄んだことがないその頃、毎日のようにデモ隊が町に出ていた頃、その息詰まるような時代、兄はいつも町に出ていた。町で涙や鼻水を流しながら熱心にカメラのシャッターを押していた。デモ隊に向って催涙弾を撃ったりこん棒を振り回して襲いかかる戦闘警察官たち、戦闘警察官たちの盾に向かって火炎瓶を投げるデモ隊、いきなり破裂した催涙弾を避けて苦しい表情で地下道に飛び込む市民たちの姿が兄のカメラに写されていた。戦闘警察官に胸倉を掴まれた学生の破れたTシャツも写されたし、停車している送迎バスにもたれて眠りこけている疲れきった戦闘警察官たちとその横に捨て置かれた廃品のように転がっている小銃も写され、女学生たちが拾い集めて運ぶ山のように積まれたデモ隊の前の石の山も写された。兄は数えきれないほど多くのフィルムを買って写真を撮り、印画をした。

兄の部屋に入るとそんな写真がいくらでも見れた。そんな写真を見るとわざわざ町に出てみなくても外で何が起こっているかあまりにもありありと知ることができた。新聞を読むよりかえって正確にはっきりと知ることができた。写真は活字よりもっと大きく確実な声で事実を伝えた。私が新聞を注意深く読まない癖がついたのはもしかしてその時からかもしれない。

ある写真はぞっとさせられ、ある写真は悲しく、ある写真は恐ろしかった。そしてその多くの写真はすべてある感情を呼び起こした。それは鬱憤であり憎悪であり絶望だった。私は兄の写真が忠実であろうと努めている記録性というものが分かるようだったし、倫理的なアングルと道徳的な焦点ということに対しても頷けた。そしてそれらの効果的な価値に対しても同意できるような気がした。

私は兄の写真が記録であり、記録以上のものであることをその時知った。兄の写真は記録であるだけでなく武器でもあった。記録であるために武器だった。兄が写真を撮ることは芸術や趣味生活でなく、一種の闘いだったのだ。そして何よりそれは彼にとっては使命だった。これはまったく誇張ではない。兄の写真はたびたび編集が粗雑で印刷状態がそれほど良くない印刷物に載って世の中に広まった。献身的な使命を持った兄は自分の写真に番号を打ち、日付と場所を記した。発表したものにだけそうしたのではなく自分の撮ったすべての写真に関してそうした。写真の下に簡単な説明文を付けたりした。「六月十四日、光化門《クァンファムン》地下道前、デモ隊が地下道に身を避けると戦闘警察官たちは地下道に催涙弾を撃ち込んだ」といったように。

兄の机一つをほとんど占めている多くのアルバムの中で、私はその時代の生きた歴史と出会うことができた。兄は私とほとんど話をしなかったし、兄の部屋に私が入っていくのも嫌がったが、私はアルバムを見るのを止めなかった。ある時は、実に例外としか言えないことではあったが、写真を何枚か抜き取ってしばらくの間説明をしてくれたこともあった。写真自体がすべてを説明しているにもかかわらず、自分が言葉を添えたかったそんな写真だったのかもしれない。そんな時、私は兄の話に耳を傾けた。兄が私を相手に親切に説明をしていることが、ただただ感激だったのだろう。兄が私を同類と認めてくれているということだけで胸がどきどきした。しかし、兄はいつもそのように私を感激させてくれたわけではなかった。彼はほとんどと言っていい程いつも私を無視したので、私は彼とはまったく違う存在だということを思い起こさせられた。

8

兄と私の葛藤の決定的な原因と言えばいいのか致命的な原因と言えばいいのか分からないが、私たちの間に一人の人物が入り込んだ。このように言えば兄は気分を悪くするかもしれない。彼は入り込んだのは私だと言いたいだろう。敢えて否定しようとは思わない。事の次第をよく検討してみると入り込んだのは私だという彼の話は間違っていないから。

彼女の名前はスンミだった。おかっぱ頭に、まったく化粧っ気のない素顔で、白いTシャツを好んで着ていて、そのため白い肌がもっと白く見えた。春の陽射しのように明るく笑っていて、笑った時は目じりの皺がもっと目立ち、兄の恋人で、そして歌が上手だった。

彼女はほんとうに歌が上手だった。彼女は兄のためにたびたび歌を歌った。私は兄の部屋から漏れてくる彼女の澄んだ歌声を聞くと嫉妬と妬みで胸が掻きむしられる思いがした。兄は彼女の歌が好きだった。よく分からないが彼女もやはり兄の前で歌を歌うのが好きだったのだろう。彼女が歌が上手だという物的証拠としていまだに残っている数本のカセットテープがある。その中の一つを私は持っている。彼女が手ずからギターを弾いて歌った歌を録音したものだ。兄の部屋で録音したものもあるが、彼女が別に録音して持ってきたものもあった。あまりにもたびたび聞いたので、初めから終わりまで私も覚えている彼女の歌に「私の心を写して、写真屋さん」というのがある。それは言うまでもなく兄に捧げた彼女の恋歌だった。兄は家にいる時はいつも彼女の歌を聴いていた。兄が家にいない時は私が聴いた。我が家ではいつも彼女の歌が揺れ動いていた。

いつからだったのか分からない。いつから私の心が彼女に向かって燃え上がったのか。

最初の家出から家に戻った時、両親は私に勉強しなさいともう責めたてなかった。私の家出の原因が、その監獄のような受験勉強を強要する地獄のような生活に適応できないせいだということを両親は知ったのだ。そして当然、出来の悪い息子が入試に対する重圧感に耐えられなくてまたいつ家を飛び出すか分からないと心配したのだ。もともと父は口数の少ない人だったが、母まで極度に言葉に気をつけていた。その時すでにカメラを担いで町を走り回るのに夢中だった兄は私に関心がなかった。ほとんど一カ月近くあちこちうろつき回ってから家に帰ってきたが、彼は特にこれといった話もしなかった。もしかして兄は私が家出をした後、また戻ってきたことさえ知らなかったのではなかろうか、そんな思いまでした。

いずれにせよ、どうにか自由を得た時期だったのだが、そうなると自分がどんな立場にいるのかもっと敏感に自覚するようになった。三浪という認識とともに、おかしなことに自ら進んで勉強しなければという考えが生じた。それは意外なことで、少し恥ずかしかったが、私は本を読みながら大学受験の準備をし始めた。

その頃だった。兄の恋人スンミ、彼女と初めて会ったのは家の前に咲き誇っていた桜の花がはらはらと散っている四月の末日だった。彼女がチャイムを押した時、ドアを開けたのが偶然にも私だった。彼女はおかっぱ頭に、まったく化粧っ気のない素顔で、色のあせたジーンズに白いTシャツを着ていた。こんにちは、と挨拶をする時、彼女の白い歯がチラッと見え、私は、一瞬、玄関の前がぱっと明るくなったのを感じた。誰を訪ねてきたのかと尋ねたのか、何の御用ですかと尋ねたのかはっきり憶えていない。彼女は兄の名前を言い、弟さんでしょう？と聞き、続いてお兄さんいらっしゃる、と聞いた。私は兄が家にいるかどうか分からないので、そのまま分からないと言った。彼女はお兄さんがいらっしゃるかどうか分からないんですって？と悪戯っぽく聞いた。私はちょっと叱られたような気分だったが、不快ではなかった。「たぶん写真の作業をしているんでしょう。私が行ってみますわ」と彼女はにこっと笑って私の前を通って兄の部屋に入っていった。彼女の歩みは軽快で活発だった。それが彼女と私の初めての出会いだった。

初めて会った時から彼女に惹かれたのだろうか？　そのように言いたくない。もしかしてそれは事実かもしれないが、その瞬間に彼女との私的で密やかで排他的で親密な関係まで少なくとも予感していたわけではないから。彼女が兄の女友達であることは明白だったから。彼女が兄の女友達だということを苦しい痛みの中で認めなければならない時間が間もなく近づいてくることを私は予感できなかった。彼女の歌だったのではなかろうか。彼女の歌が私の心を摑んで揺れ動かして混乱に陥れ、とどのつまりに分別を取り上げてしまったのではなかろうか。

いつだったか、兄が彼女に歌を歌ってほしいと言っている声をドアの外で聞いた。僕のために歌を歌ってくれ、と兄は言った。私は耳を傾けて盗み聞きした。彼女はくすぐったがっている少女のように笑った。実際に兄が彼女の体のどこかをくすぐっているのかもしれないと思った。「分かったって、歌うから、歌うと言ったら……」と彼女は身をよじっているような声を出した。私は彼女の歌が聞こえてくるのを待っていた。まるで私がドアの外で盗み聞きしているのを知っているかのように兄は低い声で何かを話した。兄の声は私には聞こえなかったが彼女の声は聞こえた。彼女は、そうしたら歌が歌えないわ、と言った。しかし、彼女の声には笑いがこもっていて、だから彼女が嫌がっていないことがたやすく分かった。兄が、しいー！と彼女の憚りのない大きな声を制止した。すぐに彼女の声は静かになったが、二人の笑い声はしばらくの間ドアの外に漏れてきた。

その前にいることを避けなかったのが私の過ちだった。好奇心のためにそうするしかなかったというのが私の弁解だが、今になって振り返ってみるとかならずしも低俗な好奇心のためだけではなかったようだ。分かってもらえないかもしれないが、私は心底彼女の歌を待っていた。もしかして彼女の歌を聴きたい気持ちが兄よりもっと強かったのかもしれない。一人の女性が自分が愛している誰かのために、たった一人のその男のために目の前で歌を歌うという状況自体が私の胸をときめかせた。どれほど美しくロマンチックな場面だろう！　一種の恍惚感に身震いせずにいられなかった。私にどうしてその前を通り過ぎることなどできただろうか？

しばらくして彼女が歌を歌った。耳慣れた旋律で、美しい声だった。理解できないことだが、その瞬間私の胸の中には猛烈な嫉妬の炎が燃え上がった。嫉妬だと？　どんな嫉妬だというのか？　嫉妬する資格など私にあるのか？　ところが嫉妬の炎が燃え上がるのをどうすることもできなかった。彼女の前に、兄が坐っている場所に、私が坐っていると想像するだけで体が震えた。そんな感情をどうできるというのか、この私に。

その日から私は病に罹った。恋という名の病。兄の部屋に彼女がいる時、二人が笑って騒いでいる声が外に漏れてきた時、兄の部屋で彼女が兄のためにギターを弾きながら歌を歌っているのを聞いた時、私は気が狂いそうになり、机の前に坐っていても本の内容が目に入らず、用もないのに部屋のドアの前をうろうろした。
　彼女はついに私の夢に出てきた。私の夢の中で彼女は、私の願いどおり私のため、ただ一人の聴衆である私の前で歌を歌った。美しい恍惚とした歌だった。私は彼女のギターにキスをした。彼女のギターは人間の肌のように暖かく柔らかだった。歌は彼女の腕となって私の体に巻きつき、ギターの旋律は彼女の舌となって私の口の中に入ってきた。ある日の夢では私の体がギターの穴の中に入ったりもした。ギターの内側は適当に暗くて限りなく暖かだった。迷路のような道に沿って中に入っていくと私の体に合わせて誂えたように入ることができる洞窟が一つ出てきた。私の体はその中で幼子のように安らかだった。そんな日は間違いなく夢精をした。

9

　兄に対する私の感情は日増しに荒々しくなっていった。彼女に対する胸に秘めた愛が深くなればなるほど兄に対する憎しみも増大していった。私は一人の男が一人の女を愛することは、決して過ちではないという命題にだけ偏執的に執着した。誰かを憎しむのではなく愛するのはやましくなく誇らしい上に正しいことだ。愛の対象が誰であれ。私は愛の普遍性にしがみついた。一つの観念、または抽象化した愛にすがりついていた。しかし、真空状態で包装されている愛などない。愛はいつもその愛が誘発され告白され実演される特別な状況を持っている。すべての愛は状況の中での愛なのである。すべての愛が特別なのはそのためだ。私はその点を見過ごしていたのだ。愛を成就させたいために意図的に現実を見て見ぬ振りをした。愛を勝ちとりたいという欲望が、ある真実に対して見て見ぬ振りをさせ新しい真実を創出する。

そして私は、彼女に対する私の愛がどうして過ちなのか、何が私の愛をやましくさせるのか、と自分自身に尋ねた。私は自分自身に尋ねて自ら答えた。それは兄の存在だった。私は、選りによって兄の恋人を愛するようになったのか？と尋ねず、どうして私の恋の前に兄が障害物としてあるのかと尋ねた。すべての考えは私から始まり、私を中心にめぐり、私で止まった。太古だった。私が存在する前には何も存在しなかった。私の恋がある前にはどんな恋もなく、またないのが当然なことだった。私の恋がある前にあったどんな恋も実体ではなかった。実体でないので認めるわけにはいかないものだった。私の恋がある前には兄の恋もなく、ないのが当然だった。恋があったとしてもそれは実体を認めるわけにはいかなかった……ここまでくると問題はかなり深刻ではないか。こうまで考えると危険ではないか。そうなのだ。私の恋は深刻な恋で、危険な恋だった。

兄が家にいない日、私は兄の部屋に忍び込んだ。そこに残っている何かの手がかり（それが何であれ）を探すために恋敵の部屋に侵入する私の胸はどきどきして顔は上気していた。これまでの兄の勢力を完全に覆してしまう決定的なある証拠品がそこに隠されているだろうと考えたのではないが、予想外の収穫に対する期待もまったくないわけではなかった。

兄の部屋のドアを開けた瞬間、くらっと眩暈を感じた。しばらく目の前がぼんやりとしたようで掌を額に当てたような気もした。私を床に倒れさせたのは部屋の中にこもっていた匂いだったのだが、もっとはっきり言うと、どんな経路で私の意識の中に浸透してきたか私自身もはっきりと理解できないでいるその女、スンミの匂いだった。愛の部屋でスンミの匂いがした！　私は兄の部屋で兄の匂いをかいだのではなく（兄からどんな匂いがしたのか？　私の記憶は知らないと言った）、その女の匂いをかいだのだ。それは眩暈がするほど悲しいことだった。彼らはそれほど近く親密だったのだ。私は彼女の匂いまで所有している兄に我慢できない嫉妬心を感じて、荒々しく兄の品物を探った。まだ整理されていない写真の束の中からスンミの写真が一枚出てきた。桜の下で明るく笑っている彼女の写真を見た瞬間、私はちょうどそれを探しにその部屋に入ってきたかのように、ためらいもせずその写真を抜き出した。「ウヒョンに捧げるスンミの歌」と横に書かれているカセットテープを見つけた時は、胸が張り裂けそうだった。私はそれもいっしょに持って部屋から出てきた。写真は私の手帳にはさみ、カセットテープは小型カセットデッキにセットした。本を読みながら、イヤホーンを耳に挟んで「ウヒョンに捧げるスンミの歌」を聴いた。手帳を開いて彼女の顔をひとしきり眺めたりもした。

兄が気がついたのは明くる日だった。彼は、おかしいなという風に首をかしげながら、もしかして自分の部屋に入ってこなかったかと聞いた。私は知らない振りをしてそんなことはないと答えた。「おかしいな。どこにいったんだろう?」兄は自分の机や本箱や引き出しを探し回っていた。後になって居間中探し回り、台所も探し、奥の間まで探し回った。私は彼が彼女のカセットテープと写真を探しているのを知っていた。しかし、何も知らない振りをしてイヤホーンを耳に差し込んだ。私の耳に彼女の歌が流れた。甘い声だった。私が感じた甘い気分は単にスンミの歌声だけではなかった。彼が必死になって探している、彼のために歌った彼女の歌をまさに目の前で人知れず聞いているという甘い気分だった。甘い気分を越えて私は一種の痛快さまで感じた。その瞬間には私が彼女を兄から奪い取ったように感じられた。

兄はその日から外出する時は自分の部屋のドアに鍵をかけて出かけるようになった。そうすることで私を信じていないことを遠まわしに見せつけた。ところが、我が家のすべてのドアが開けられるスペアキーの束があったので、そんなことは問題にならなかった。私が望みさえすれば私はいつでもその部屋に入ることができて、その部屋の空気のように漂っている彼女の匂いをかぐことができ、兄の品物の中に混じっている彼女の痕跡を見つけることができた。

そのために部屋に入ったのではないが、その部屋で見つけた兄が撮った写真を見ながら、私は一日のほとんどの時間を過ごした。煙たい都市の空、空を横切って飛び交う催涙弾と火炎瓶、スクラムを組んだ人間の障壁、歪みきった苦しそうな顔、空に突き出されたこん棒、旗を振る手、シュプレヒコールを叫ぶ口……そんなものだった。そんなものは私たちが住んでいる都市の街角で何が起こっているかを私に教えた。私たちがどんな世の中でどんな空気を吸って生きているのかを覚らせた。

私は兄がそんな写真を撮る理由に対してはそれ以上疑問を持たなかった。だが彼がどうして彼女の写真を撮らないのか疑問だった。彼の多くの写真から彼女の写真は一枚も出てこなかった。おそらく私が盗んだ写真も彼が撮ったものではなかったようだ。美しい風景を背景にして愛する人の写真を撮りたい気持ちが起こらないのはどうしても理解できないことだった。忠実な記録としての兄の写真論や透徹した使命感のようなものを考え合わせたとしてもそうだった。私はどうしても兄を理解できそうになかった。そんな男を愛するなんて！　彼女のことを思うと胸が痛かった。

それにもかかわらずスンミは彼に捧げる歌のテープをまた彼にプレゼントした。彼の部屋でそれを確認した。そのテープまで持ち出そうかと考えたが、そこまではできないと思い、テープを置いて出てきた。いや、出てきたのではなかった。私は彼女の新しい歌を兄の部屋で息を殺して最後まで聴いた。

ところどころ録音されている兄の悪戯っぽい声や二人の笑い声から、そのテープが兄の部屋で歌って録音したテープであることを推し量らせた。二曲を歌った後で二人はかなり長い間雑談を交わしていたが、その雑談もそのまま録音されていた。

君は僕の妖精だよと言っているのは兄で、あなたは私の野獣よとけらけら笑っているのはスンミだった。今度はそれを歌えよ、「私の心を写して、写真屋さん」と言ったのは兄で、「そうでなくてもそれを歌おうとしたの、写真屋さん」と言ったのはスンミだった。「でも、外に誰かいるんじゃない?」と尋ねたのはスンミで、「心配しないでいいよ、お袋はまだ帰っていないし、親父は散歩に出かけたし、そしてキヒョンは自分の部屋で勉強しているはずさ」と言っているのは兄だった。しばらく沈黙が流れた後、「弟さんとはどうなの?」とスンミが聞き、「何が?」と兄が聞き返した。「いろんな意味で」と短くスンミが話し、「そうだな、何が聞きたいのか分からないけど、気を使わなくてもいいよ」と兄が答えた。「私はちょっと気になるんだけど」とスンミが笑いながら言った。「何が？」と兄の声は急に深刻になった。「うまく言えないんだけど、ただ、何となく予感が……目つきのせいかな？」というスンミの言葉は私を息詰まらせた。「目つき？」兄の質問に少し不安と疑いの念が入り混じった。何かを辿っているようでもあった。自らに問いただしているようでもあった。目つき？　私は自分自身に聞いてみた。私の目つきがどうだというのだ？　私の目つきから彼女は何を読み取ったというのか？　読み取れるものがないわけではないだろう。私の目つきから読み取ったそれが彼女の居心地を悪くさせたとしたら、そうしたら彼女は私の気持ちをきちんと読み取ったというのだろうか？　そうなのだろうか？「私を眺める目つきに何かがこもっていると言ったらいいのかしら、私があまりにも敏感なのかしら？　よく分からないわ」スンミは、感じるところはあるのだが実体がはっきり摑めないという意味なのか、そうでなければぼんやりと摑んだその実体を自分が口にするのは具合が悪いとでもいうのか、語尾をうやむやにした。「ちょっとおかしなところはあるんだ」という兄の声が聞こえてきた。私は緊張した。「何でもないわ、私が余計なことを言ったわ。歌を歌うわ。私の心を写して、写真屋さん。いっしょに歌う？」と言ってスンミがギターの弦を引き締めた。「他の奴に気を移したら、分かってるだろ？」と言う兄の声がギターの音にかき消された。そして歌が始まった。あなたのためにあるのよ、私の心。ずっと前から立っていたのに見向きもしてくれない？　いつまで立っていたらいいの？　溶けてしまう前に、するすると溶けて跡形もなくなってしまう前に私の心を写して、写真屋さん……。

告白するが、私は兄の部屋に侵入するのが常習になってしまった。そうしてはいけないと思いながら（私は決して自分の行動をやましくないと思ったことはない）、その部屋からの誘惑があまりにも強烈で、うまく気持ちを調節できなかった。我知らず立ち上がって我知らず鍵の束を持って兄の部屋にたびたび向かった。私はほとんど毎日彼の部屋のドアを開けて入っていった。彼女の匂いが馥郁とこもった兄の部屋に寝転んで彼女が歌っている歌を聴いた。そうしていると胸が競馬場のトラックを走っている競走馬のようにどきどきして、風のない日の深い湖のように静まり返ったりした。胸がどきどきするのは私が興奮しているためであって、それは私の中のとてつもない嫉妬心が発作を起こしている証拠なのでかなり危険なことだったが、それでも胸が静まり返るよりは危険が少なかった。その部屋の水中のような静けさが事態を険悪なものにしてしまった。

寝入っていた私を起こしたのは兄だった。どうせいつかはそうなったのではないかと言えばそれまでだが、実際に事が明らかになってしまった時の心情はそんなに単純なものではなかった。とんとんと私の体に触る兄の足で目が覚めた後でも私はすぐには事態を把握できなかった。状況を認識するまでの短い混迷の時間があった。私を見下ろしている歪んだ顔の持ち主が誰なのかを覚ったのと同時に私が寝ているのがどこかも覚った。もはやスンミの歌は聞こえてこなかったと認識したのはその後だったが、それで状況把握が終わったわけだ。

私は当惑してがばっと身を起こした。ところが私の体は兄の足に蹴られてまた倒れてしまった。

「この野郎、他人の部屋で何をしでかしているんだ?」と兄はものすごく怒っていた。私は彼が怒るのはあまりにも当然で間違っていないと思ったので何も口答えせず身をかがめた。兄もやはり自分が怒るのがあまりにも当然で間違っていないと思ったのか、私を蹴り続けるのを止めようとしなかった。

「少し前からお前が怪しいと思っていた。外から帰ってくると必ず誰かが部屋に入って出ていった痕を感じていたんだ。無くなったものもあったし。お前じゃなくて誰がそんなことをするかと思っていたんだ。いったいどういうつもりなんだ? どうしてこんな笑い種にもならないことをするんだ? お前自身を知れ、何をどうするというんだ?」

兄は口早に荒々しく話した。兄の早くて荒々しい言葉は私に弁解する機会を与えなかった。弁解する言葉が準備されていなかったので私はその点では兄に感謝していた。兄がスンミといっしょに現れなかったのは不幸中の幸いだった。万が一彼女が兄といっしょに来ていたらどうなっていただろうか、と思うとぞっとした。兄に犬のように殴られている姿を見られたくなかった。我が家での私の存在というものがそのように取るに足らないもので、あたかも犬のような取り扱いを受けることが事実であったとしても、いや、そのためもっとそんな姿は見せたくなかった。

10

兄がいつからスンミへの私の恋愛感情に気づいていたのかは、はっきりとはしない。自分の部屋に入って寝入ってしまっていた私をまるで犬扱いで殴りつけたその日は、よく分からないが、彼が自分の予感に対してある確信を持った日だったのであろう。己の分際を知れと言った時、彼はその点を暗に示していたし、また警告していた。彼の警告が暗示的なものでしかなかったのを私はたやすく理解できた。私がスンミに対して持っている特別な感情を認めるのは、いわば一人の女をめぐって自分が私と競っているのを認めることになり、それは彼の自尊心を非常に傷つけることで、自分の口でその事実に言及したくないため必死になっているのを私は理解した。

しかし、兄に何回か足蹴にされたくらいで私の気持ちを変えることはできない。かえって以前にはなかった意地のようなものまでが加わって手のつけようがなくなってしまった。兄はミスをしたのだ。そのことがきっかけとなって、私の心の真っ暗な洞窟の中に閉じ込められていた感情を、すぐに外に引きずりださなくてはいられないような心情になってしまった。そして私は自分が愛していることを彼女にはっきりと知らせなくてはと考えるようになった。一つの考えだけに盲目的に執着させる異常な熱情はとてつもない自信を作り出した。私がこんなに彼女を愛しているのに彼女が私を愛さない理由はないという確信――私は自分の愛が作り出した幻想と熱情の虜となっていた。

彼女の家を訪ねていったのは、私自身が作り出した熱情と幻想が私を煽り立てたためだ。その日は日曜日で、規模がかなり大きい集会が都心で開かれる日だった。在野のすべての団体が結集して政権の退陣を要求する運動を起こすという話を聞いていた。兄は朝早くからカメラのかばんを肩にかけて出かけた。彼が集会が開かれる都心にいるだろうということは疑いの余地がなかった。

私は郊外に行くバスに乗ってスンミが住んでいる町に向った。初めて行く町だった。私が頼りにしたのは封筒に書かれた彼女の住所だった。言うまでもなく彼女が兄に送った手紙の封筒だった。以前、いつだったか私は封筒を開けて読みたいという気持ちをどうにか抑えて彼女の住所を手帳に控えておいた。その時、彼女に手紙を出す日が来るだろうという考えを抱いたのかもしれない。

彼女の家は大きなアパート団地の中にあって探しやすかった。私の押したインターフォンに応じたのは、たぶんスンミの母親だったようだ。私についてあれこれと問いただし、娘を訪ねてきた見慣れない男に対する疑念を比較的露骨に表わした。そして、彼女は外出中で、もしかして図書館に行ったのかもしれないが確かではないし、いつ帰ってくるか分からない、と初めは疑い深そうだったのに比べてとても親切に説明してくれた。私が家の前で待っていると言うと、彼女は娘はいつ帰ってくるか分からないと念を押した。私は構いませんと答えて、彼女がいつ帰ってこようと気にしないで待っているという意思を見せつけた。私はアパート団地をうろついたり、ベンチに坐って子どもたちが遊んでいるのをぼんやりと眺めたりして時間を過ごした。彼女が帰ってきたかどうか確認するために一時間に一度ずつチャイムを押した。日が暮れる頃になってからは、彼女のアパートの建物の前に坐り込んで待った。

夜の九時頃に彼女の家のチャイムを押した時、彼女の母親らしい女性はまだそこにいたのかと驚いた声で聞いた。彼女の声にはある種の懸念を抱いているような動揺まで感じられたが、私としては理解できないことだった。彼女が何を予感し、どんな懸念を抱いているのか推し量ることはできなかった。もう遅いから今日はこのまま帰って出直してきたらどうですかと言った時、彼女の物言いは大変な頼みごとをする時のようにとても丁重だった。私はまた、構いませんと答えた。その言葉が彼女をさらに不安にさせたことに気がつかなかった。そして彼女が感じているだろう不安の深さや恐れの強さも理解できなかった。それはある意味では当然なことだった。私は自分の熱情が、それがたとえ盲目的なものだとしても、他人に危害を与えるだろうとは想像もつかなかったから。私の熱情は、それがたとえ盲目的なものだとしても、ただ私自身だけの問題であり、だから自分自身には危害を与えるかもしれないが、他人に危害を加えることになるなんて夢にも考えられなかった。

アパートの階段に坐り込んでいる私の肩を誰かがぽんと叩いたのは十時頃だった。その瞬間、私は誰かが寝ている私を起こしたのだろうと思った。「君がスンミを訪ねてきたのか?」と、私の肩に手を置いたまま、背が高くがっしりとした体格をした背広姿の男が尋ねた。その人の顔を見ようと顔を上げた瞬間、威圧感を感じた。私は起き上がろうとしたが、起き上がれなかった。私の肩に置かれた男の手に力が加えられたからだ。それほど力を入れているようでもないのにびくともしなかった。私はいきなり惨めな気持ちになった。そうなのか?と尋ねながら男は視線を建物の方に移した。玄関のガラス戸の前に立っていた年を取った女が頷いた。彼女は何を恐れているのか自分の姿の一部分しか見せていなかった。

「お前は誰だ？　何の用でスンミを訪ねてきて騒ぎを起こすんだ？」

男は自分がその気にさえなれば私を地面に押し倒してしまうこともできるとでも言うように手に力を入れながら言った。私は、スンミさんが好きなだけだと、彼女に会って愛を告白しようとしただけだと、聞く人にはどう聞こえたか分からないが、自分なりには結構勇敢に食ってかかった。「愛？」男はお笑い種だとでも言うようにふんと鼻で笑った。私は自分の真心が嘲笑われることが理解できず、容赦することもできなかった。「どうして嘲笑んですか」と私は食ってかかるように尋ねた。「青二才が。常識も礼儀もない奴。義妹はお前のようなチンピラなど知らないって言うんだが」と、男はそう言って自分がスンミの義兄ということを明かした。たぶん、彼はスンミの母親から急いで来てほしいと連絡を受けて職場から駆けつけたのだろう。

しかし、そんなことは私にとって重要なことではなかった。私の関心はスンミにあって、スンミの言葉にあって、スンミの気持ちにあった。そんなことありません、と私は叫んだ。スンミは私を知っている。私の気持ちを知っていて私の愛を知っている。私は心の中でそう叫んだ。ひいては彼女もやはり私を愛しているという幻想に陥っていた。ただ、彼女は、私が兄を意識して感情を表現することができなかったように、兄、または何かを意識して自分の感情を隠しているだけだ。だから私が先に話さなければならない……愛よ！　執着よ！　独善の威力よ！　私はそのように話にもならない想像の中で生きていた。

「そうじゃないって?」と男はもう一度人の気分を害するような声で笑った後、振り返って、「おい、スンミ、一度言ってみろ」と言った。男が振り返った方に私も顔を向けた。そこに彼女がいるというのか。そこに立って今までこのすべての場面を見守っていたというのか。見ながら私のためにひと言も弁護の言葉を言わなかったというのか。そんな問いがあふれ出た。そして信じられなかったが、それは事実だった。そこにスンミがいた。私はうれしくもあり、寂しくもあり、恥ずかしくもあった。話してください、スンミさん、と言った時、私の気分は少しぼろぼろになっていた。

私の願いとは違って彼女は何も言わずに私の傍を通り過ぎてアパートの玄関のガラス戸の中に入っていった。恐れているようでもあり、腹を立てているようでもあった。彼女の母親が彼女を抱きかかえてさっと中に入っていく様子が、まるで誘拐されていて劇的に救出された娘を迎え入れているように見え、それが私を惨めにした。私は何なんだろう……やっと夢から覚めたように自分の置かれた立場を省みた。私はがっくりしてその場に坐り込んだ。彼女の義兄はそれ見たことかとでも言うように意気揚々とした表情でぱっぱっと手を払った。何か面白いことでも起こるのだろうかと群がり始めた見物人たちに向かって、事態は終結したことを宣言するかのような手振りだった。

「とっとと消え去れ、そしてもう現れるな。今日はそのまま帰してやるが、もう一度俺の前に現れたら生きて帰れると思うな」警告の言葉を残して男は、少し前にスンミが入っていったアパートの中に入っていってしまった。じろじろ見ていた人たちも去っていき、私の周辺には誰も残っていなかった。私はスンミたちが入っていったアパートを見上げた。彼女のアパートの居間には灯りが明るく点いていて、窓際には人影がうごめいていた。誰かが下の方を見下ろしながら状況を探っている証拠だった。もしかして彼女なのかもしれない。凄惨に爆撃された気持ちはこんなものかと思われた。スンミは私だと分かっても、まったく知らない人に接するように何も言わずに通り過ぎていったことが、私を気が狂いそうな心情に追い込んだ。私は前後の見境もなく奇声を発しながら地面を転げまわった。

11

「お前は屑だ」兄は言った。お前は人間ではない、お前は犬畜生だと兄は言った。いや、彼はほとんど何も言えなかった。あまりにも悔しくて恥ずかしかったようだ。犬畜生のような私が好きな女性を自分も同じく好きだということに耐えられないくらい嫌悪感を感じて、屑のような私、犬畜生のような私と一人の女を間において競っているような状況を受け入れるのがあまりにも屈辱的で、彼はまともに口もきけず、声だけ張り上げていた。

兄が私の前に現れたのはスンミの義兄という奴が強迫に近い警告を残してアパートの中に入っていった直後だった。私はその男から受けた侮辱より彼女から無視されたことと冷淡に扱われたことに衝撃を受けて転げまわったのに、地面に倒れて本格的に転げまわろうとしていた矢先に、兄はそんな機会もくれなかった。誰かが兄に連絡をしたのだろう。連絡をした者がスンミでないとは言えない。そしてそうだからといって不快なことではない。兄の顔は真っ赤になっていて、目はぎらぎらしていた。私の体を引きずり起こしながら何か話そうとしているのか唇をパクパクと上下に動かしたが、それは意味のない言葉にしかならなかった。彼は有無を言わさず私を引っ張ってアパート団地から連れ出した。引っ張る力がどれほど強かったか、脱け出すことができなかった。彼は私を犬畜生のように引っ張っていき、私は彼に犬畜生のように引っ張られていった。私は兄が私を殺そうとしていると思い、ひょっとするとそれは本当だったのかもしれない。

ようやく彼は私を草の上に放り投げた。アパート団地と大きな道路の間にある小さな公園だった。ところどころ街灯があったが、おおむね暗く夜遅い時間だったせいか人影も見られなかった。

万が一彼が本当に私を殺そうと思えば、最適な場所とは言えなくとも最悪の場所ではなかった。彼は私の上に跨り殴り続けた。彼が緊張していることがその殴り方を通してそのまま伝わってきた。屈辱感と羞恥心で彼の顔は灰色になっていた。彼は私を殴ってはいるが、実はどうしていいのか分からずにいるのは明らかだった。私を殺すとか、またはどうにかするという目的があってそうしているのではなく、ただどうしていいか分からず殴っているに違いなかった。そしてそれが私を何の抵抗もできないようにした。私は一方的に殴られてばかりいた。決して私が殴られるようなことをしたからと思ったからではない。そのように考えるのは条件と環境に縛られないものだと信じている愛の普遍性に対する冒瀆だった。ところが、兄は私が殴られるようなことをしたと思っているようで、私は彼の考えが私のそれと違うという理由で価値がないと無視するわけにいかなかった。私は兄の考えを尊重することにした。私の顔から血が流れた。私の服は血で汚れ兄の服も血で汚れた。しかし、私はほとんど痛みを感じなかった。

お前は屑だ、お前は犬畜生だと言う時、兄はひどくどもり、お前は障害物だ、消えてしまえ、無くなってしまえ、どうか俺の前から消え去ってくれと叫びながら、ついにすすり泣き始めた。私はじっとしているのに彼は泣いた。不幸なことに私は彼が恥辱を感じていることに気づかないほど馬鹿ではなかった。そしてさらに不幸なことに彼の恥辱の実体が彼の弟である私だと気づかないほど鈍感ではなかった。

彼がはっきりと率直に言いたいことを言ってくれればと私は思った。例えば、スンミにちょっかいを出すなとか、その女は俺の女だ、だから手出しをするな、といったように。そうすれば対話ができるようになるのだ。そうすれば私も自分の胸の内を話すことができるのだ。しかし彼はそのように話さなかった。彼は私とそんな意味のある対話を交わすことを願わなかったのだ。彼の自尊心がそのように話すことを許さなかったのだろう。私のような屑、私のような犬畜生を相手にそんな対話を交わすことができなかったのだろう。私は彼を理解した。

三日後に私が家出をしたのは、兄が私に消え去ってしまえと叫んだからではない。彼が暴力を振るったからでもなく彼が恐ろしかったわけでもない。申しわけないが私は兄にそんな力を感じなかった。彼がそれ以上私をどうするというのか。やっとのことで屑だとか犬畜生だと罵るくらいで、興奮して殴るくらいだろうし、そうして自分の感情を抑えきれずにすすり泣くくらいのことだろう。彼の傲慢な自尊心なんてどうでもよかった。それで彼にできることは自分を引っ掻いて傷つけるくらいのことでしかなかった。そんなことではなかった。私の家出の原因をつくったのは兄ではなくスンミだった。私は彼女が見せた冷淡な反応を忘れることができなかった。見物人に混じって体を半分隠した彼女の顔に浮かんだその深い不信と疑惑と不安、彼女の母親に抱えられるようにアパートの中に去っていきながら、ひょいと後ろを振り返った時の彼女の表情にまざまざと浮かんだ氷のような、間違いなく私に向けた冷笑、その様子が消え去らなかった。目を瞑っても浮かんできたし、目を開けてもちらちらした。その日、兄に一方的に殴られながらも何の痛みも感じなかったのは彼女のそんな表情が私の全身に麻酔をかけたためかもしれない。そしてその麻酔はなかなか覚める気配を見せなかった。麻酔が覚める気配がなかったので正常な生活をすることができなかった。朦朧とした状態で時間が過ぎていった。ようやく決心して始めた入試の勉強も麻酔状態では不可能だった。

そうするとこれ以上家で兄といっしょに過ごす自信がなくなった。兄は絶え間なく彼女を思い出させることだろうから。その上決定的なことに母のひと言が家出を決行させるように煽り立てた。母は私に人倫に背いた者に対するように振舞った。「どうしてそんなことができるの？　兄さんがお前に何か悪いことでもしたというのかい……」

母は、私が思っている以上に憤慨していた。母の反応を見ていると、私が父の女に手を出したかのような錯覚に陥るほどだった。しかし、もちろんそれは事実ではなかった。母が介入することではないと私は思ったし、もし介入しようとするなら厳正に中立を守らなければならないと考えた。しかし、母に厳正な中立は期待できないことで、したがって母はその問題に介入してはいけなかった。私は自暴自棄になり、この家がぞっとするほど嫌になり、この家でなければどこでもいいという心境に陥ってしまった。そんな状況の中で一度家を出た経験があった私にとって家出はたやすい選択だった。

家を出る時、私は自分の家出を記念する象徴的な儀式として兄のカメラを選んだ。当時の私の素朴で幼稚な考えではそれが兄の一番大切な物で、物と言えないくらい大切な物で、だからそれを取ってしまうことは兄から一番大切な物、物と言えないくらい大切な物、言ってみれば彼の精神のひとかけらを剥ぎ取るのと同じことだった。カメラは彼の目であり彼の口だった。最も正確な目であり、最も正直な口だった。カメラ無しには彼は何も見ることができず何も言えなかった。そんなカメラが無くなってしまったことを知った時、兄が受ける衝撃と興奮と憤怒を前もって推し量るのは難しいことではなかった。私は兄の目であり口であるカメラを持って家を出ることによって、兄の衝撃と興奮と憤怒を惹き起こして自ら家に戻れる道を遮断しようとした。退路を閉ざして前にだけ進撃しなければならない将軍の悲壮感を私は自分に与えた。カメラの値段がとても高く、そのためあちらこちらとさすらっている時に何かの助けにはなるだろうという期待もまったく無かったとは言えない。兄のカメラケースを肩にかけて家を出る時、私は何度もにやにや笑った。何とも言えない妙な快感が肩をくすぐりながら体の中にむずむずと広がっていったからだ。

カメラ屋の主人は満足げだった。あれこれ調べながら、「貴重な物でしょうに、どうして売ろうとするんですか」と聞いたものの、間違いなく欲しがっている様子だった。兄の頼みで母が日本を旅行した時買ってきたもので、ニコンFMⅡモデルにその後一つずつ買い足した一三五ミリと二〇〇ミリレンズは当時としてはかなり貴重な品物だった。単に楽しんで写真を写す人のカメラではないことにすぐに気づいたはずだった。価格を先に言う前に、「いくらで売ろうと思っているのですか」と私に向かって打診してきたのは、そのような認識からくるその人なりの礼儀を弁えた態度ではなかったかと思われる。しかし、私はその人が考えているような人間ではなく、カメラについては何も知らない上に愛情もまったくない人間だった。私は乗り気のしない顔で、払えるだけ払ってほしいと言った。男は私の顔をちらっと眺めたが、その瞬間、私の口調と表情がとても気分を害している人のように見えたのかもしれない。彼は、たぶん私の表情が、急に困った事情が生じて命よりも大切にしていた品物をどうしようもなく処分しなければならなくなった人の表情だと思ったようだった。そんな客の苦しい心情を理解するとでも言うように彼は、カメラを見ながら、「実によく手入れしていらっしゃいますね」と何の足しにもならないような話をした。続けてこのモデルは中古品と新品の価格の差がほとんどないと大言壮語しながら、自分が払える金額を言った。私が考えていたより多い金額だった。つい口が滑って「このカメラがそんなに高いものなのですか」と聞いてしまうところだった。しかし、私は苦しい事情が生じて自分の体のように大切にしていたカメラを処分しに来た写真愛好家の気の毒で残念な気分を演じながら頷いた。主人は苦しい事情が生じて自分の体のように大切にしていたカメラを処分しに来た写真愛好家に対して、気の毒で残念な気分を充分に理解するカメラ屋の主人を演じようと努めながら金庫を開けた。私たちは二人とも演技者だった。そう言ってみればこの世で演技者でない人なんているだろうか。私たちが演技をせざるを得ないのは相手がすでに固有の配役を担っているからで、私もやはり固有の配役を担っているとみなされているからだ。それぞれの役割を担っている劇の舞台だ、世の中は。

金を渡す前に彼は、形式的なことにすぎないが、万が一の場合に備えて名前と連絡先を書いてほしいと言った。そんな簡単なことを断る理由は無かった。「分かりました。書きましょう」と私は彼が差し出した購買帳簿に家の住所と電話番号を書いて、少しためらった後、自分の名前の代わりに兄の名前を書いた。兄の持ち物をこっそりと売り払ってしまうのは申しわけないことだが、所有者の名前まで偽るのは道理ではないような気がしたからだ。主人は名前と連絡先の記入が形式的なことにすぎないことを証明でもするかのように、私が書いた内容を確認もしないで金を払ってくれた。「数えてみてください」と言ったが、私はそのままポケットに押し込んだ。「また、いつでもお寄りになってください。当店ほどいい品物を大量に確保している店はこの鐘路《チョンロ》界隈ではないでしょう」と彼はなんだか重苦しい笑いを浮かべながら挨拶し、私はちょっと顔をしかめたまま頷いて頭を下げ、店を後にした。最後の瞬間まで私たちは割り当てられた役割に忠実だった。

「カメラの中にフィルムが入っているのではないですか？」店を出ようとしている私の背中に向かって主人が言った最後のひと言だった。「どうでもいいです」と言って私は振り返りもしないで店を出てきた。まるでどうでもいいことを威張るかのように。カメラの中に入っているフィルムが私と何の関係があるというのか。そのフィルムが兄と私の演劇に入り込んできて、ある役割をすることになるとは、その瞬間、私は予想もできなかった。

私服刑事たちが家を訪ねてきて、兄の部屋を隅から隅までひっくり返して調べたことを後で聞かされた。彼らは兄の写真をすべて持っていった。それが兄と兄の同僚を連行する理由となり、兄は軍隊に引っ張られていき、兄の足は切断され、そして兄から写真を奪い去るとは誰が知りえただろうか？

兄は足を失い、写真も失った。その後彼は写真を撮らなくなった。そして兄はスンミまで失ってしまった。彼女とどのように別れたかは私は知らない。私が知っているのは、現在兄の傍には彼女がいないことだ。私はカメラだけ持って出ていったが、彼はあまりにも多くのものを失ってしまった。私が売り払ったカメラの中のフィルムと、その日私が購買帳簿に記入した兄の名前と住所が、そのすべての不幸な事件にあるきっかけを提供したという強迫観念に私は耐えられないほど苦しんだ。

それが私の借りの内容だ。私は債務者だ。私の借りは大きくて重い。時々、私は私の残りの人生が兄に対して負っている借りを返すためにあるように感じる。

12

私が数年前に売り払ったものとまったく同じ種類のカメラを購入して兄に差し出した時、兄は何も言わず視線を移してしまった。若干、怪訝なようでもあり、呆れているようにも見えた。それよりどのような表情をすればいいのか困り果てているようでもあった。私は兄の様子を窺いながら、兄に写真をまた撮り始めたらいいのに、と口をもぐもぐさせながら言った。その話をする時、胸がひりひりと熱くなった。それで心の借りを返せるとは思ってもいないことはもちろんだ。

私は心から兄がまた写真への意欲を持つことを願った。写真をまた撮り始めることにより本来の自信満々で堂々とした、ある程度は傲慢なほどであった兄の姿を取り戻すことができることを願った。

それにもかかわらず兄の前にカメラを差し出すのはたやすいことではなかった。破廉恥なことのようでもあり、屈辱の時間を思い出させるようでもあり、兄の気分を害したらという憂慮も生じた。ためらい続けた挙句のことだった。カメラは私の部屋の机の上に三日間何かの装飾品のように置かれていた。本当にそこにふさわしくない装飾品だった。私はその品物を置くに最もふさわしい場所をよく知っていたから、それ以上ためらっているわけにはいかなかった。ついに私は勇気を奮ってカメラを持って兄の部屋に入っていった。

「これを買おうと鐘路《チョンロ》界隈を隈なく探し回ったよ」兄が黙り続けているので無性に恥ずかしくなり、どうでもいい話をあれこれ並べ立てた。鐘路《チョンロ》界隈を探し回ったのは本当だった。正体の分からない顧客が私が提示した手付金を入金したので、ちょうど手元にかなりの額の金があった。そいつの仕事を引き受けないと声を荒げて怒鳴った私としては、その金を使うのはずいぶん気の進まないことだった。当然返さないといけない金だった。しかし、返金する方法がはっきりしない上に、そいつが有無を言わせず仕事を進めることを強要していた。拒絶の意思がそんなに強固ではなかったのか、いざ通帳に記入されたかなりの額の金を見ると私の心も揺れ動いた。とりあえずその金を使ってみようと気持ちが動いたのは何といっても自分の立場が切羽詰っていたせいもあるが、その時ちょうど兄にカメラを買ってやらなくてはという義務感も生じたためでもあった。もしかして兄にカメラを買ってあげるためにまとまった金ができたのかもしれないという想像をして、その顧客の気まずい金に手をつける理由を作った。

ずっと前に兄のカメラを売り飛ばした店を探して鐘路《チョンロ》に行った。簡単に見つけ出せると思っていたのに、小さな看板を出して狭い路にぎっしりとくっついているカメラ店は、この店が探している店のよう思え、あの店がその店のように思えたりして、到底区別がつかなかった。看板の大きさもそうだが、店名も似たり寄ったりでまったく勘違いするのにお誂え向きだった。店の主人を見つけると店が分かるだろうと思っていたのだが、そうでもなかった。背が低く少し髪の毛が薄くて腰が太い赤ら顔の四十代の男はなかなか目に入ってこなかった。その店を探して何度も堂々巡りをした私は、ある瞬間、かならずしもその店でなくても良いのではと考え、その考えは正しいと思って、すぐに疲れた足を引きずって歩き回るのを止めてしまった。その店と店の主人を見つけたからといって数年前に私が売り払ったそのカメラを手に入れることができるというわけではなかった。兄の手垢のついた、手垢だけでなく心まで染み込んだカメラを見つけ出せたらそれ以上の感激はなかっただろうが、そのカメラが今まで保管されていることは期待できなかった。同じモデルの他のカメラを買うことで充分だと思うようになった。私は目の前にある店に入っていって、かなりの金を払ってニコンFMⅡを買った。

兄の気まずい沈黙の前で私はそのいきさつを大げさに、どもりながら話をした。「つまらないことをした」私の話を聞き終えた兄はそれだけ言った。写真をまた撮り始めたらという私の勧めに対する拒否の意思であることははっきりしていたが、私は聞き取れない振りをしてずっと前から準備していた話をした。初めはどもったが、いざ話し始めるとすらすらと話せた。

「憶えてるかい？　兄さんが撮った写真を見ようと兄さんの部屋に入ったりしたね。たまに兄さんが写真の説明をしてくれたこともあったっけ。興奮した声で写真に写っている真実を見てみろと言ったりしただろう。これが真実だ、と兄さんは言ったよね。俺は真実を写して伝え証拠とするために写真を撮る、と話す時、兄さんは堂々としていて頼もしかったよ。兄さんの写真を通して俺は兄さんが話す時代の真実というものを体得したんだ。俺は新聞を読まなかったし、読む必要も感じなかったんだ。というのは兄さんの写真以上に真実で正直な新聞はなかったから。俺は兄さんの写真の中に真実の赤裸々な姿を見たんだ。時代の悲しさと絶望、時代に向けた憤怒と涙に慣れたんだ」私の声が部屋の空気を重くした。私は深刻になるのが嫌だったが、深刻になってしまうのを自分でもどうしようもなかった。どうしてある記憶は歳月が流れても軽くなっていかないのだろうか。「だけど……兄さんの写真を見るたびに何か物足りないと感じていたのも事実なんだ。それが何だか初めはよく分からなかったんだけど、今になって考えてみるとその膨大な写真の中に花や木、雲や海が写っていても良かったんじゃないか、ということだよ。俺、兄さんの写真が記録の重みだけでなく美しさの軽さも撮ってくれることを願っていたのかもしれない。ほとんど兄さんに共感していたんだけど、倫理的なアングルと道徳的な焦点だけでなく他のもの、例えば感覚のアングルと想像力の焦点も活用するのを願っていたようなんだ。真実に対する兄さんの追求が歴史と社会に対する強迫症状から脱け出し自然と個人に向かっても開かれるのを願っていたんだろう。真実の他の層に対しても目を瞑らないことを願っていたんだと思う。例えば女性のヌードや愛する人の顔写真を写さなければと考えていたのかもしれないんだ。花や木、雲や海を背景にしてさ。あの頃、俺が兄さんの部屋に忍び込んであれこれひっくり返してたこと知ってるだろう？　たぶん俺はその時そんな写真を探していたんだろうと思うよ」

兄の顔が歪むのを感じた。時間を過去に戻すな、と私の内にある声が急いで叫んだ。私はここで止めなければと判断したにもかかわらず、話を止めることができなかった。私には制御できない熱情のようなあるものが私に取り付いていた。「カメラをもう一度手にしろよ。カメラで世間をもう一度見ろよ。兄さんのカメラで世の中の美しさを証明しろよ。そしたら俺も少しは許されるような気がするよ。俺のためにでもお願いだから……」

ここで止めなければと判断した時、止めるべきだった。しかし、私はそうできなくて、結局兄を刺激してしまった。

私は兄の瞳が焦点を失って揺れ動いていたかと思うとつりあがるのを見た。顔がビニール袋のように薄くなり画用紙のように青白くなったかと思うとティッシュのようにくしゃくしゃになるのを見た。彼はつきあがってくる衝動を抑えるかのように体を捻った。しかし、抑制の身振りとは違って発声練習をするかのようにゆっくりと大きく口を開けて、そして悲鳴を上げた。ぎゃあ！　それは獣の声だった。彼は体内の熱気に耐えられないのか自分が着ていたＴシャツの首の部分を握って下に引っ張った。薄い綿のＴシャツがビリッと音を立てて破れてしまった。彼はそれで満足しないで自分の服をずたずたに破った。服を完全に剥ぎ取ると今度は自分の皮膚を引っ掻き始めた。十個の爪が長い間日の目を見なかった柔らかい彼の皮膚に繰り返し突き刺さった。あっという間に彼の胸の辺りに熊手で掻いたような赤い筋が入り乱れて掻かれた。彼はまるで体に火がついたようにごろごろ転げまわり、自分の頭を壁や床に手当たり次第にぶつけた。顔をあちこちに打ちつけ汗を流し血が流れた。そうしながら彼は奇声を上げ続けていた。彼の体の中に住んでいる獣が外に飛び出そうと身震いをしていた。

初め、私は当惑したあまり手の出しようがなく見守っていただけだった。気を取り直してからは手にあまり彼を取り押さえることができなかった。どこからそんな力が出てくるのか分からなかった。彼の内部のどこかに爆発する準備ができている爆発物が一つ装填されているのではないかという思いがした。いや、彼の体はまさしく一つの爆発物と言った方がかえって事実に近いのかもしれない。普段は何ともなくて、時折、いったん分別を失うと、と母は言っていた。そういう時は服を引き裂き、自分の体を引っ掻き、体の肉を引きちぎり、頭を打ちまくり……あれ以上の騒ぎはないだろうよ……と母は言っていた。その話そのままだった、まるで母の話が違っていないことを証明でもするかのような実演だった。そしてその話はどんなものだったか？「そのうちに服を全部脱いで這いずり回りながら目も当てられない身振りをするのよ。口にするのも恥ずかしいことだけど……手で自慰をして……手当たり次第に精液を塗りたくって……目も当てられない……」母はそのように話していた。目も当てられない。私は、はっ！といきなり押しあがってきて気道を塞いでしまう激しい呼吸をやっとの思いで吐き出した。目も当てられなかった。私は目を瞑ったまま兄に飛びかかった。兄は身もだえし、身もだえする中で服は脱げていき、汗と涙と血でまだらになった顔はぞっとするほどで「目も当てられず」私の顔と服にも彼の汗と涙と血がつき、そして私は到底彼の相手にはなれなかった。

家には誰がいるだろうか？　家政婦は市場に出かけているはずだ。私は足でドアを蹴り飛ばして叫んだ。誰かちょっとここに来てくれ。ここに来て助けてくれ……。

父はすぐには駆けつけてくれなかった。服を全部破って捨て去り、完全に裸になった兄がクゥクゥと、笑っているのか泣いているのか区別できない声で叫びながら部屋中を這いずり回っている時になって部屋のドアが開き父が現れた。私はドアの傍で立っている父に向かって声をかけることもできず、顎で兄を指した。私は何とかしてほしいという表情をした。実はそんな必要などなかった。父はすべてのことを見ていて、そして聞いていた。それにもかかわらず父はそんなに驚いているようではなかった。無表情で見下ろしていたかと思うと、ほっておきなさいとひとこと言った。ほっておけって、いったいどういうことなんだ？「兄さんを見てください。苦しんでいるのが見えませんか。ほっておけだなんて？　どうしてほっておけますか」しかし、父は同じ言葉を繰り返した。「ほっておいて出てきなさい」私は相変わらず理解できないという表情でいると、父は短く断固とした声で、ほっておいて出てこいと言っているのだと一喝した。それは私が今まで聞いた父の声の中で最も断固とした声で、私としてはその言葉に従うしなかった。私は自分の性器を握り締めて上下に荒々しく振っているおぞましい姿の兄を置いたまま部屋から出てきた。父はガタンと音を立ててドアを閉めた。

「出来損ない奴が!」自分の部屋に戻りながら父が言った言葉だった。私は彼が誰に向かって出来損ないと言ったのか分からなかった。

兄の発作は三十分続いた。父は兄が発作を起こした時は、その場を避けてやるべきだということを知っていた。気づかずにそれに関わっていると状況を悪化させるだけだということも知っていた。だから「出来損ない」は兄ではなくまさに私のことだったのかもしれない。

兄の部屋は凄惨だった。本当に爆弾が破裂したようだった。部屋の中のすべてのものが割れたり壊れたり投げられたまま散らかっていた。兄の裸身は割れて壊れてつぶれたそんな物品の真ん中でそんな物品のようにぐったりとのびていた。目は瞑っていて、手足はだらりとのびていた。膝までしかない彼の太くて短い足が私の目を射た。ちょっと前の死闘を証明するかのように体中があちこち傷だらけだった。部屋の中からは生臭い臭いがした。兄の体から噴出した精液が部屋のあちこちに塗りつけられていた。生臭い臭いがするのはそれで、足を踏み入れた瞬間、転びそうになったぬるぬるした液体がまさしくそれだった。足をおろす場を見つけることもできずに腰を浮かせたまま立っている私は複雑な思いだった。憐憫と嫌悪、悲しさと鬱憤のような矛盾した感情が複雑に入り混じって一歩も前に進めなかった。

「どきなさい」顔をしかめたまま立っている私の体を押して父が中に入っていった。彼はふーとため息をついたかと思うと、何の意味か分からないひとり言をぶつぶつ言いながら窓を開け、その時までぐったりとのびていた兄の体をさっと抱き上げ、兄の部屋に付いている浴室に入っていった。父が兄を抱き上げた時、兄はその懐に子どものように小さく抱かれた。私は兄が意識を取り戻しているかもしれないと思った。

父は兄の体に合うように作られている浴槽の中の椅子に兄を坐らせ湯を出した。シャワーから湯が噴出した。父は自分の手にシャワーの湯を受けて温度を調節した後、兄の体に注ぎかけた。兄はじっとしていた。しかし、ぎゅっと瞑った目と固く閉ざした口は彼があるすさんだ感情に必死に耐えていることを推し量らせた。非常に小さな刺激を与えても一度にわっと涙をこぼしてしまいそうな表情だった。私は落ち着いて見守っていることができず慌てて目を避けて、めちゃくちゃになっている部屋の中を片付けはじめた。足の裏にぬるぬるしたものが付いてまわり、滑りそうになるたびに体が縮こまり、私の動作はギクシャクしていた。

父は石鹸までつけて兄の体をやさしく洗い水気を拭いていた。父の手つきは私のぎこちなさとは違って丁寧で心がこもっていた。そんな父の姿は見慣れないものだった。私は父がどんな思いをしているのか気にかかったが尋ねはしなかった。

父は兄をベッドに寝かせた。ベッドに寝ているその裸身は子どもの体を連想させ、欲情も恥辱もない子どもの無垢な世界の中に入っているように見えた。父は傷ついたところすべてに薬を塗り、薄い掛け布団をかけた。父は何も話さなかった。私は兄が壁の方を向いて寝て布団を頭の上にまで引っ張りあげているのを目撃した。その瞬間私の心の中で、ある衝動のようなものがうごめいた。しかし、その衝動の実体が何であるかはまだ摑めなかった。

父は雑巾を絞って部屋を拭いた。私は、「僕がしますよ、父さん」と言ったが、父の手にしている雑巾を取り上げなかった。父は私の言っているのは口だけだということを知っているかのように相手にしないで、そのまま仕事を続けた。父は汚れた物をすべてきれいに拭くために動き回り、雑巾を洗うために浴室に出たり入ったりした。父は最後まで落ち着いていて丁寧だった。時々兄の体を覆っている布団がごそごそと動いた。私はその場にいるのが辛くて部屋から出てきた。

13

兄が壁の方に寝返りを打ちながら布団を頭の上にまで引っ張り上げる場面を目撃した瞬間、私の心の中にうごめいていた衝動の実体と私は正面きって遭遇した。

外の空気を吸わなくてはと思い、家を脱け出した私は陵に沿って作られている散歩道を行き止まりになっているところまで歩いていった。そこで太い松の木に腕を絡ませているエゴノキの柔らかく滑らかな枝を眺め、人影の見られないうっそうとした林の深い闇に包まれた。そしてある瞬間、内面の闇の中に心を沈みこませているように見えた兄の深く沈んだ顔を思い浮かべ、どうしたわけかいきなり、彼の精神の最も奥深くにスンミがいるのではないか、という考えが思い浮かんだ。原因を見つけることが治療の始まりだと精神医学の学者たちは話している。そうだとしたら、兄の状態を解決できる唯一の鍵は彼女が持っているのではないか。蓮の花市場の女たちではなくスンミなのだ。私はあまりにも当然なその事実をとくに認めようとしていなかった。兄は彼女とどのように別れたのか、彼女がどこで何をしているのか知ろうとしなかった。何よりも気にかかっていたことなのにそうだった。それはいまだに彼女のことが私の心から消し去られていないためだった。再び私の生活を彼女がいる現実の中に引っ張り出したくなかったし、また私の生活の現実の中に彼女を引っ張り込みたくなかった。それは私にはあまりにも手に余ることだった。彼女のことを忘れたということではなかった。彼女のことを忘れなければならないとは私は思っていなかった。ただ違った現実の中で生きるだけで充分だと考えていた。彼女がいない現実で生きること。私の長い家出はそのような試みであって、その試みはある程度成果を収めたわけだ。家に帰ってきた時、兄の傍に彼女がいなかったこともそんな意味では幸いだった。時々ギターを弾きながら歌を歌っている彼女の声が耳元で生き生きと蘇った。そんな時はかつてのように私一人のために歌を歌う彼女の姿を目の前に描いてはもはやたわいないことだと思い苦笑いをしたりした。私にとって彼女は現実には存在しない人で、それで充分で当然のことだった。

しかし、今となっては、私のそんな立場とは関係なく彼女を探さなくてはという内部から湧きあがる要請に直面したわけだ。それは論理的な帰結というよりは単なる衝動に過ぎなかったが、衝動が持つ啓示的な性格、すなわち一種の超現実的な霊験を信じる心が私にはあった。彼女を探さなければいけないということが宿題のように思われた。すると、会ってどうするのかという考えもないまま、彼女を探すことをずるずる引き延ばしてはいけないと思われた。急に心せわしくなり、私は急いで道を戻っていった。

気力がすっかり抜けてしまった兄は当分はぐっすりと眠っているだろう。そうでなくとも今になって兄にスンミに関することを聞くわけにはいかなかった。父には聞けたが、父に何か私に話してくれるようなことがあるかどうかは疑問だった。しかし、父と何か対話のようなものをしたいと思ったのは、発作を起こした兄の後処理をしている父の今まで見られなかった一面が印象的だったからだ。父のそんな姿は見慣れていない上に感動的だった。案外父について私は何も知っていないと改めて思った。そんな思いは父に限ってのことではなかった。私は母や兄についてどれほど知っているか自問してみて、自分が知っていることがいかに貧弱であるかを認めた。私の家族は共有している空間と時間があまりにもわずかだった。私は一種のやるせなさを感じた。やるせなさは水のように私の胸の中で揺れ動いた。私は胸の中の水を押し出すかのように家まで全速力で駆けていった。

父はテレビを見ていた。父は一人で碁を打ったり植木に水をあげたり散歩する時以外はテレビの前に坐っていた。テレビは一日中点けっぱなしで、視聴できるチャンネルは有線テレビを含めて五十以上あった。そうかと言ってあちこちチャンネルを替えながらテレビを見るわけでもなかった。父のテレビは碁のチャンネルにいつも固定されていた。ニュースも見ないしドラマも見なかった。世の中がどう回っていようと関心がなく、この頃は新聞もあまり読んでいないようだった。そういえば新聞を読まないのは私も同じだった。

父は少し疲れて見えた。私がコーヒーを入れて部屋に入っていくと、気づいた様子も見せなかった。私は父の前にコーヒーを置いて父の視線が向けられているテレビの画面に目をやった。自営業をしているという男性がプロの碁士と一目置いてする碁をしていた。三級に挑戦するという字幕が流れているのを見ると、その対局はプロの碁士に勝つとその男性に三級の資格が与えられるようだ。父はテレビ画面の碁盤を穴が開くほど眺めていた。父も自分の碁の腕前がどれほどなのか認定してほしいと考えているのかもしれないと思った。碁について何も知らない私にはまったく退屈な光景だった。私はコーヒーを飲み終えるまで父の傍に坐ってその退屈なテレビの画面に映っている碁盤を眺めていたし、父は私が入れたコーヒーを一口も飲まないで私が横に坐っていることを意識しないまま、その退屈なテレビの画面の中の碁盤を穴が開くほど見つめていた。父に声をかけるにはその碁の対局が終わらなければならないようで、その碁はいつ終わるか分からなかった。私は仕方なくコーヒーを飲み終わった後、自分のコーヒー茶碗を持って父の部屋から出てきた。

そして、私は本当に久しぶりに私の旅行かばんの内側のファスナーを開けてスンミの歌が録音されているテープを取り出した。家出をする時、兄のカメラといっしょに持ち出した品物だった。あちこちうろつきまわりながらふと昔のことが思い出される時はそのテープを回してスンミの歌を聴いた。一度も彼女のことを忘れなければと思ったことはなかった。忘れようという努力もしなかった。だからテープを聴いていけない理由もなかった。かえってその反対だった。私は彼女の歌を繰り返し聴くことで、どこかに向かって疾走しようとする私の向こう見ずな激情と熱望を宥めた。そのテープがなかったら、たぶん私は数えきれないほど彼女の元に駆けつけていっただろう。家に帰ってきてからはテープを聴かなかった。初めから旅行かばんの中から取り出しもしなかった。兄を意識したためでもあり、ある程度彼女のテープを聴かないでも私の激情と熱望を宥めるゆとりが生じたためでもあった。家に帰ってこようと心に決めた背景にもそんなゆとりが我知らず作用したのかもしれない。

私はカセットにテープを入れてイヤホーンをつけた。彼女の歌を誰かといっしょに聴きたくはなかった。いまだにそうだった。あなたのためにあるのよ、私の心。ずっと前から立っていたのに見向きもしてくれない？　いつまで立っていたらいいの？　溶けてしまう前に、するすると溶けて跡形もなくなってしまう前に私の心を写して、写真屋さん……彼女の歌は私の体の内へと香のように染みこんでいった。いまだにそうだった。

14

スンミを探すのはそんなに大変なことではなかった。そういえば人探しは私の専門とする仕事ではないか。私は数年前、彼女の家族が住んでいたアパートを憶えていた。住所も知っていたし、電話番号も持っていた。私はまずそこに電話をかけた。スンミと話したいという私の言葉に、しわがれ声のおばあさんはそんな人いませんと冷たく言ったかと思うと電話を切ってしまった。私は番号案内に電話をかけて変更した電話番号を聞きだした。

区役所で確認したところでは、彼女の家は三年前に引っ越したことになっていた。ところが、引越し先は同じソウル区域内でそんなに遠いところではなかった。変更した番号にまた電話をかけた。電話を受けた人が誰なのか分からなかったが、太い声から判断して彼女の父親のようだった。私がスンミと話したいと言うとその人はすぐに誰なのかと尋ねた。私は何と答えていいのか分からずしばらく戸惑った。私は何者なんだ、彼女にとって？　ところがその瞬間にもっと急を要するのは彼女の父にとって私が誰なのかということだと分かった。スンミと話したいとひとり言のように話した時、彼の声には疑惑と不信が読み取れた。私はとっさに「昔の友達です」と答えたが、彼はどうしても信じられなかったのか私の名前も聞かず、「いません、スンミは」と言って受話器を下ろしてしまった。

すぐに電話をかけなおすわけにはいかなかった。彼女が家族といっしょに暮らしていないことは確かだった。家を出て一人暮らしをしているのでないとすれば、結婚したということなのだろうか。おかしなことでも意外なことでもなかった。彼女はすでに三十歳になっているわけだ。しかし、私は少し残念だった。

明くる日の午前中に私はまた電話をかけてスンミの電話番号を確認した。スンミの父親と思われる、前日話したその男性は、前日に私と通話したことを記憶していなかった。それは当然なことだった。なぜかと言えば、前日彼はスンミが通っていた学校の同窓会長からの電話を受けていなかったからだ。私はスンミが通っていた学校の同窓会長と名乗った。「お客様に代わって走る人」で習ったやり方だった。卒業生全員が集まるパーティーを企画していて、その仕事のために住所録を確認しているという同窓会長の話を彼は疑いもせずスンミの新しい電話番号と住所を教えてくれた。私は礼を言って電話を切った。

彼女が引っ越していったところはソウルの東に位置している小さな都市だった。あまり高くない山の下に建てられた五階建てのアパートで彼女は暮らしていた。広葉樹の大木がアパート団地に日陰を作っていた。私は彼女のアパートの前で十七時間も潜伏していた。十七時間は長い時間ではあったが、かといってそんなに長い時間でもなかった。「お客様に代わって走る人」で働いている時、二十八時間も一カ所に潜伏したことがあった。ある女性の裏調査をしたのだが、潜伏していた二十八時間の間女性は自分の家から一歩も動かなかった。地方へ出張に出かけながらその仕事を依頼した彼女の夫は妻の貞操を疑う症状のある人に違いなかった。

商店街の屋上から見下ろすと彼女のアパートは一目で見ることができた。アパートの入口も見えたし、内部も見えた。午後の間中彼女の家の窓はカーテンで覆われていた。カーテンが開けられたのは日が沈む街灯が点され始める頃だった。その時、私は三つ目の缶コーヒーを飲み終わっていた。彼女のアパートの居間に灯りが点された様子を四つ目の缶コーヒーの蓋を開けながら見守った。私の胸にはいまだにあまりにも鮮明に彼女のイメージが刻まれていた。パーマのかかっていないおかっぱ頭、化粧っ気のない顔、白いTシャツ、そして春の陽差しのように明るく笑う声……目に望遠鏡を当てた瞬間、胸の内から得体の知れないものがぐっとこみ上げてきた。彼女がそこにいた。おかっぱ頭に化粧をしていない素顔だった。

彼女は部屋の中を軽やかに歩き回っていた。まるで空中を浮遊しているようだった。彼女は部屋の中に入って服を着替えて出てきた。ディズニーの漫画の主人公のキャラクターが描いてある空色のワンピースは彼女の体をすばしっこい魚のように見せた。魚のようにしなやかに泳いでいるように見せた。彼女はトイレに入ったかと思うとタオルで顔を拭きながら出てきて、ショッピングバッグの中の品物を取り出して冷蔵庫に入れ、シンク台の水道をひねって、桃を洗い、桃を一口かじった。私は彼女の唇を伝って手に流れていく桃の果汁を想像した。彼女は何かを洗って下ごしらえをして煮て、冷蔵庫を開け閉めしながらまめに食事の準備をしていた。そして食事の準備がすべて終わったのか、ソファに坐ってリモコンでテレビをつけたかと思うとすぐに消してオーディオの電源を入れた。彼女はあるCDをオーディオに載せた。音楽は聞こえなかった。彼女の姿だけが見えた。彼女は頭を後ろにもたせかけた。青色がかった様々な模様のある布のソファが彼女の頭を受け止めた。彼女はそんな姿勢で長い間じっとしていた。そんなすべての場面を私は目から望遠鏡をはずさずじっと見ていた。彼女は目を瞑っているようだった。昼の間かなり疲れたのだろうと私は思った。そしてしばらくして彼女が寝入ってしまったのかもしれないと思った。

望遠鏡を下して残ったコーヒーを飲もうと思った。ところが空っぽの缶しか残っていなかった。空き缶を摑んでつぶしながら私は自分が彼女に電話をかけたがっていることが分かった。携帯を取り出して番号を押した。信号が鳴った。私はまた望遠鏡を目に当てて、携帯を耳にしたまま彼女の家の居間を見下ろした。どんな些細な動きも逃したくなかった。彼女が空気を吸ったり吐いたりした時の空気の動きも捕らえようとしたし、ひいては、できることならオーディオから流れている歌の旋律までも捕らえたかった。また信号音が鳴った。そしてその瞬間、彼女が身動きした。ソファにもたれていた頭がまず動き、視線が横に向けられた。信号音がもう一度鳴ると彼女はゆっくりと体を起こしたが、本当に寝ていて起きたかのようにしっかりした足取りではなかった。私の胸は破裂しそうなくらい膨らんだ。もうすぐ彼女が電話を受けるだろう。私は顎までこみ上げてくる息づかいが電話の中に入っていかないように手で電話機を塞いで息を殺した。二回目の信号音が鳴った時、彼女の姿が視野から消え去ったかと思ったら、すぐにまた現れた。

ところがどうしたことなのか。今度は彼女一人ではなかった。舞台の外にちょっと退場した彼女は一人の男を連れて再登場した。紺色の背広姿の男は手にしていた黒いかばんをソファに投げ出して少し前までスンミが坐っていたところにでんと坐った。ネクタイを緩めて何かを話しているようだったが、当然私の耳には何も聞こえなかった。

その時になって初めて彼女はそれまで鳴り響いていた電話に申しわけなさそうに少し急いだ足取りで、だが鳴り続けて疲れて切れてしまってても構わないとでも言うようにソファに坐っている男の話し相手をしながら受話器を取り上げた。彼女の声がやっと私の耳に入ってきた。「もしもし」私はじっとしていた。私が電話をかけた時の状況と彼女が電話を受けている状況の間のそのあまりにもかけ離れた距離感が私の意識の回路をめちゃくちゃにもつれさせてしまった状態だった。あの様子を見ながら通話はできない、と私は心の中で呟いた。電話器が置かれている空間を目で見ながら電話をかけるのは穏当なことではない。テレビ電話器が広く普及しても私はそれを利用しないだろう……突拍子もなくその瞬間私の乱れてしまった意識の表面をそのような思いがかすめていった。「もしもし、どちらさまですか」という彼女の声がまた聞こえた。彼女は私の反応を促したが、私は何も言えなかった。彼女がソファに寝転んでいる男に向かって肩をすくめて見せた。男も何のことだとでも言うように同じ身振りをした。その時、男の声が電話の中に聞こえてきたが、どんな内容かははっきりしなかった。男は彼女に向かってある仕草をしたが、その仕草は近くの商店街の屋上で望遠鏡を通して眺めている私の目には、電話を切ってさっさと自分に抱かれろという意味に取れ、彼女はその簡単な合図を読み違えなかった。

彼女が受話器を置いて彼の方に歩いていく様子を私は見た。電話は切れたが、私は望遠鏡を目からはずせなかった。電話器が置かれている空間を目で見ながら電話をすることは穏当なことではない、と私はまた心の中で何の意味もなく呟いた。彼女が男の足の上に腰掛ける様子を私は見た。男の手が蔓のように彼女の体を抱きしめる様子を私は見た。彼女の体が男の体の中に入り込んでいく様子を私は見た。男の手が彼女の体の上に遊泳するようにやわらかく動く様子を私は見た。

そしてそれ以上私は見ることができなかった。望遠鏡が地面に落ちてしまったからだ。セメントの上に落ちた望遠鏡は片隅にひびが入る負傷をしてしまった。私はそれが落ちた場所に坐り込んでしまった。それを拾おうともせず長い間じっとしていた。もつれてしまった回路はまったく回復する兆しを見せなかった。そんな混乱の中でふっと力のない笑いが漏れ出たのは自分に対する憐憫の情のためではなかったのかもしれない。スンミは私にとって何なのか、という今更のように思う疑問がこみ上げてきたためだったのだろうか。かつて彼女の歌を盗み聞きしていた私だった。他の人のために歌っている彼女の歌を盗み聞きしながら私は辛く悲しくて体を震わせていた。かなり長い時間が過ぎた現在、私は単に彼女を盗み見する者になっているにすぎないのではないか。私でない他の人が相変わらず彼女といっしょにいる。私は惨憺たる気分になった。そんなわけではないのだが、まるで彼女が私を侮辱するためにわざとそんな場面を見せているような気がした。

彼女を探してきた最初の目的を忘れて、私はもう帰ろうと自分に命令した。帰れ。屈辱の時間を再現したくないという無意識の防御機能がそのように叫んだ。私はがばっと体を起こした。彼らは食卓に坐って食事をしていた。私は急ぎ足で屋上から降りてきた。

15

彼女は朝八時二十分に家から出てきた。彼女の車は濃い赤色だった。私は朝早くから彼女の家の前に車を止めて待っていた。彼女は慎重に運転をしていたので適当な距離をおいて後を追っていくのはたやすかった。

　昨晩、私はその町から出ていけなかった。いざ帰ろうとしたら一種の未練のようなものが私の足を摑んだためでもあり、彼女を探し出そうとしたのは私の欲望のためではなく兄に必要だからだということを遅ればせながら思い出したからである。私は商店街の食堂で簡単に食事を済ませようかとも思ったが、アパートから少し離れた酒場に入り、一人でビールを飲んで酔っ払いのようにふらふらと歩いて彼女のアパートに行った。スーパーマーケットで缶ビールをいくつか買って屋上に上がる時は散々な気分だった。

　公演の終わった舞台のように彼女の家の窓にはカーテンが下りていた。カーテン越しにちらちらと動きが見えた。演劇が終わった後、幕の下りた舞台で俳優たちが何をするのかいつも気になっていた。幕が下りると幕が下りる前より瞳がひとりでにもっと大きくなった。もっとよく見るためだった。私は目を大きく見開いてカーテン越しの動きを見つめていたが、ちらちら動く人影しか見えるものはなかったし、したがって想像力を動員しない限りその家の内部の様子を目の前に描くことはできず、ところが想像力を動員した瞬間、胸がどきどきして眩暈を感じたためにすぐにそんな行動をするのを諦めてしまった。兄の部屋をうろついていた二十二歳の私が思い出されて心の傷がうずいた。彼女は他の男の女だ。あの時も今も……それほど確実で間違いのない事実はない。

真昼の陽射しの名残がかすかに感じられる屋上のセメントの地面に坐り込んで私は一人で缶ビールを飲んだ。警備員が屋上の戸を開けて近づき懐中電灯を射してこなかったら、いつまでも、あるいは夜が明けるまでそこにいたであろう。「誰、そこにいる人？」と、警備員が屋上の入口に立って大声で叫んだ。彼が手にしている懐中電灯が私の方を照らした。私は片手を上げて灯りを遮った。「早く降りてきなさい、早く」と警備員は私のいる方向に近づいてこないで、その場に立ったまま大声だけを出していた。臆病で注意深い人だった。私は分かったというように一度手を挙げて見せて身を起こした。地面には私が飲んだ空の缶が転がっていた。私は自分の気分はめちゃくちゃだということを見せつけるためにその空き缶を足で蹴った。

屋上を降りていく前に我知らずちらっと視線が彼女のアパートの方に向かったが、窓には相変わらずカーテンが下されていた。私は警備員に何時かと尋ねた。近くで見た警備員の顔は皺だらけだった。「十一時は過ぎたと思うよ」と、警戒しながら年老いた警備員は答えた。私は彼の横を通り過ぎて屋上から降りていった。

その時、私はそのまま家に帰ろうと考えていたのかもしれない。スンミは結婚して楽しく暮らしているじゃないか。わざわざ過去の因縁を思い出させて彼女を刺激する必要はなかろう。兄や私は別として、思い出させることが彼女には何の得にもならないのでは……。

彼女のアパートから出てきたその男と出くわさなかったら、たぶんそのように思ったはずだ。男は紺色の服を着ていて、黒い鞄も提げていた。彼女のアパートに入ってきた時と同じ格好だった。男は車を駐車している方に大股で歩いていき、私の前を通り過ぎていった。私は好奇心に引かれて男の顔を眺めた。幸いなことにところどころにある街灯の明かりのせいで暗くなく、私の好奇心をある程度は充たすことができた。男は髪が短く端正で、顔は赤みを帯びて、眼鏡をかけていて、目が鋭かった。上体をまっすぐにして歩いていく彼の後姿をぼんやりと眺めていた私は、不意に彼は初めて見た者ではないという思いに取りつかれた。思いは漠然としていたが強烈だった。私はその場に立ったまま記憶の中に手を伸ばした。思い出せそうで思い出せなかった。その間に男は洋服の色と同じ紺色の車を運転してアパート団地から走り去っていった。いきなり真空状態に陥ったように心が虚ろになった。頭の中が白くなったり黒くなったりした。彼女のアパートに彼女一人だけ残っている事実が疑惑とときめきを同時にもたらした。ところが男の正体に対する気がかりがつかみどころのないときめきを鎮めた。あいつをどこかで見たんだが……。すぐに彼女の部屋の明かりが消えたので私もそこから近い旅館を見つけて入っていった。

とりあえず眠りたかった。夕方から飲み続けた酒のためかずっと体が重く感じられた。眠りから覚めるともつれてしまった状況も解けているだろうという漠然とした期待が、旅館に入るやいなや布団にもぐりこませた。私はすぐに眠りについたが、深くは眠れずあれこれと夢を見続けた。そうしているうちに、ある瞬間目が覚め、ぱっと起き上がった。

あいつだ、と私は声を上げた。それからはもう眠れなかった。私は一刻も早く夜が明けるのを待ち、夜が明ける前に旅館を出た。

彼女の車が止まっているのは市立図書館だった。私は彼女の車から少し離れたところに車を駐車して、これからどうしようかとあれこれ考えをめぐらせた。彼女の歩みや身振りが単に図書館を利用している人たちとは違うことを暗に示していた。私には彼女は図書館の職員なのだろうと見当がつき、その見当は外れていなかった。図書館の外で三十分ほど時間をつぶした後で（なぜかと言えば図書館が開くのは九時からだったので）中に入っていくと、彼女は閲覧室の司書の席に坐っていた。三十度くらい頭を下げたままモニターを眺めている彼女を私は書架にもたれたままの姿勢で盗み見した。

以前と同じおかっぱ頭に化粧っ気のない顔だった。目立って白い顔もそのままだった。しかし、春の陽射しのような爽やかな笑顔は無かった。彼女の斜めに下げた横顔は直射日光を受けていない日陰に育つ葉を連想させた。私はそれが、たぶん彼女が過ごしてきた時間の傷跡だろうと勝手に考えた。

まめな人たちが数人坐ったり立ったりして本を探しているだけで、図書館の中はのんびりしていた。彼女が私を見つけてくれることを願ったが、彼女はなかなか顔を上げなかった。人々が本を選んでいくと、彼女は図書貸出カードを受け取って記録した。そんな作業をしながらも顔は上げなかった。私は、彼女がなぜそうするのかは分からないが、他人の顔をまっすぐに見ようとしない印象を受けた。彼女の心の中に何か底知れぬものが蹲《うずくま》っているようだった。「愛？」お笑い種だとでもいったように私に向かって薄ら笑いを浮かべた一人の男の図々しい顔が稲妻のように閃いた。その薄ら笑いの前で私の真心は無残にも叩きつぶされてしまった。ずっと昔のことだった。しかし、昨日のことのように生々しかった。

彼女は立ち上がって書架の方に歩いていった。彼女は胸の上に本をいっぱい載せて私のそばを通り過ぎていった。顎のところまで積み上げられた本が今にも落ちそうだった。彼女が私の傍を通り過ぎた時、ほんの微かに風が吹いた。私はその匂いを嗅ごうと静かに息をした。すると桃の香りのようなものが淡く伝わってきた。しかし、彼女は顎で本を押さえた姿勢のまま俯いて歩いていたので私を見なかった。たとえそんな姿勢でなかったとしても、彼女が私のことを分かったかどうかは疑わしい。

彼女が三歩ほど前に進んでいったかと思ったら、急にガタンと音が聞こえてきた。顎まで積み上げていた本が崩れて彼女は体の重心を失い、本が床に散らばった。結構遠いところまで飛んでいった本もあった。あら！　その短い悲鳴が私を呼ぶ合図だと思った。それまでのためらいが嘘のように、あまりにも自然に私の足は彼女へと向かった。中腰になって一冊ずつ本を集めている彼女のそばで私も中腰になって本を拾い集めた。「ありがとう」と彼女はやっと聞こえるような声で言った。私は彼女の腕の上に私が拾った本を載せていった。「私が本棚に入れましょう」と言いながら、私は自分の声が少し震えるのを感じた。「いいえ、結構です」と、彼女は顎で本を押さえたまま答えた。胸がふさがって息苦しかった。私は彼女が顔を上げて私をまっすぐに見てほしいと思った。私の存在を確認した瞬間の彼女の顔に浮かぶ最初の表情が気になりもしたのだ。ところが彼女は人の顔を見ないことに決めている人のように頭を下げっぱなしだった。私が前に立ちはだかって道を塞いでいるため、彼女は「結構です」ともう一度言った。それは道を開けてくださいという意味だった。それでも道を塞いでいると、彼女はどうしようもなく顔を上げて私を見た。

日陰の植物のような彼女の顔の上に一瞬、危惧の念が浮かんだかと思うと、すぐそれは当惑に変わった。彼女は口を開けて、「あ！」と小さな声を絞り出した。それと同時に彼女の腕に積み重ねられていた数冊の本がバタバタと音を立てて、また床の上に落ちていった。私は腰を下げてそれらを拾い上げた。彼女の目は泳いでいた。それが私に対する彼女の警戒心と畏れの表れであることが分からないわけではなかった。彼女のそんな反応に私は胸が痛かった。びっくりしながら懐かしがってくれるとは期待もしていなかったが、それでも、いやそれだけにもっと気分が暗澹とした。そんな気分で私になぜ「驚かないでください」と落ち着いて話を始めることができたかは分からない。いずれにせよ、私はとても静かな声で、まるで不意の衝撃を受けた人を慰めでもするかのような静かな声で、驚かないでくださいと話を始め、彼女はまた俯いてしまった。何かに追われるように、いきなり焦りはじめた私は、お願いしたいことがあって訪ねてきたと慌てて言い添えた。私の話ではありません。私のことで来たわけではありません。そうではないので心配しないでくださいという時の私の声は少し震え、まるで相手の好意を得るために慌てているように感じられ、それで少し惨めな気分になった。

しかし、それは私の本当の気持ちでもあった。その瞬間、私は兄の恋人に、兄のために会いに来た弟として自分の立場を守ろうとしていた。彼女は二、三回頭を振ってある程度気持ちを鎮めたかのように書架の間を通り過ぎてまっすぐに歩いていった。私は彼女を追いかけていった。彼女は本棚に本を置き始め、私は彼女の背に向けて続けてぶつぶつと話し始めた。「昨日この町に来たんです。図書館で働いていらっしゃることは知りませんでした。よく似合っていらっしゃいます。先ほどから仕事をしていらっしゃる様子を見ていたのですが、変な気分でした」と言った。

だが、昨晩彼女の家を覗いた話はしなかった。彼女の家に彼女と一緒にいた紺色の洋服を着た男についてはもちろん話さなかった。

「ちょっとお話ししたいことがあります。繰り返しますが、僕に関することではありません。僕の話はひとこともしないつもりです。関心もないでしょうし、またする話もありません。兄がどんな状態なのかご存知ですか？　僕が一番気になっているのがそれです。その次に気になるのは、なぜ別れられたのかということです。兄がそのような状態になり、それで別れたのでしょうか？　そうだからといって非難するつもりはありません。少し残念だとは思いますが、理解できない話でもないでしょう。僕、家に帰ってきてからそう時間が経っていないんです。僕も家に帰って初めてその事実を知ったのですから。実は兄の状態が深刻なんです。とても悪い状態です。僕の考えでは、これは僕ひとりの考えなんですが、スンミさんが兄を助けてくれそうな気がするんです。それで訪ねてきたんです。そしてここにいるスンミさんを探し出したのです」

何も言わず書架に本を置いていただけの彼女が反応を見せたのはそこまで話した時だった。「ウヒョンさんがどうかしたというんですか？」

16

「ウヒョンさんがどうかしたというんですか？」と彼女は聞いた。意外なことに彼女は兄の現在の状態について何も知っていなかった。彼女は兄の足が切断されてしまったことも知らないでいたし、兄が時々おぞましい発作を起こすことも知らないでいたし、当然母が予防措置としてしていた蓮の花市場の儀式と、モーテルを利用した私なりの治療方法についても知らなかった。彼女はしきりに私に質問をし、私は聞かれたことに答えた。彼女はそんなはずはないというように同じ質問を繰り返し、何かを否定するかのようにたびたび頭を振った。かび臭いながらも身近な臭いを漂わせている本が林のように取り囲んでいる書庫の中で、彼女と私はかなり長い間言葉を交わした。時々一人ずつ本を選んでいる人たちが私たちの脇を通り過ぎていったが、彼らは私たちに関心を示さず、午前中の図書館はわりと静かだった。話している途中で彼女は時々持っている本で顔を隠した。そんな時私は彼女が自分の表情を隠そうとしていると思った。また、時々彼女は書架にほとんど体重をもたれさせていた。そんな時、私は彼女の体が音もなしに倒れてしまうのではないかと心配になった。とうとう彼女は床にうずくまって坐った。彼女は手で膝の上に載せた自分の顔を蔽った。その時、私に涙を見せまいと彼女は顔を覆ったのだろう。

知りませんでした、私……と彼女は言った。私が信じられないと言ったわけでもないのに、本当なんです、とまで付け加えた。「入隊した後でもたびたびではなかったけれど、手紙が来ていたのに、ある日、突然連絡が切れたんです。返事がないんです。それで住所を頼りにチョンゴクのどこかにあった部隊を訪ねていきました。正門を守備していた下士官の階級章をつけた背の高い憲兵が他の部隊に転出していったようだと言ったんです。どういうことですかと聞いたら、そんなこともあると言って。どこに行ったか分からないかと聞いたんです。そこまでは分からないというのが彼の返事でした」彼女はほとんど泣き出しそうだった。まるで自分自身が犯した大きな過ちを告白している人のように見えた。私が知っている限り彼女が得た情報は事実ではなく、それで彼女が見せるそんなポーズは私を少し気まずくさせた。「その人が嘘を付いたんでしょうか」と彼女は震える声で聞いた。軍隊というところに行ったことがない私としては軍隊の中のメカニズムや慣行をまったく知らなかったし、したがってその人が嘘をついていたのかどうか言ってあげることもできなかった。答える代わりに私は、「僕の家に連絡をしてみなかったのですか」と聞いた。「連絡をしないわけがないでしょう」という反問がすぐに返ってきた。「お兄さんが国内にいないということはお母さんから聞きました」私は何の話をしているのかと聞き返した。彼女は自分もその話が何のことか分からず母に聞いたと言った。すると兄の体調がよくなくて決められた期間より一年早く除隊して、治療のためにアメリカに行ったと話してくれたというのだ。彼女は当然病名が何かと聞いたし、母はリンパ腺にしこりができたと答えた。一種のガンだったが、深刻な状態ではないと答えたそうだ。しばらく後でまた聞いたら、手術は成功したし、現在とても早く回復に向っているという返事をもらったということだった。

「それを信じたのですか」と質問することで私は彼女に対する気がかりを露わにしたが、「信じない理由がないでしょう」という彼女の答えに、私は不純な気がかりを一瞬のうちに消し去ってしまった。「信じないわけにはいかなかったわ。私はただひたすらに彼の健康だけを心配していたので、これまでは」と彼女はうわの空で厚い表紙の古い本のページをめくりながら言った。その言葉はある瞬間から母への不信の念を抱き始めたという意味に聞こえた。私はその心情が気にかかった。「ウヒョンさんがいつ帰国するのかと聞いたと思うわ。手術も成功したし治療も終わったというので、すぐに帰国するだろうと思ったんです。正直言ってとても会いたかったし。ところがお母さんの話では、帰国しないということだったんです。どういうことなんですか、お母さん？　ウヒョンさんがどうして帰国しないんですか？　私は驚いて聞いたんです。河が見下ろせるカフェでコーヒーを飲んでいたんですが、お母さんはコーヒーがすっかり冷めてしまっても口もつけないでいたんです。心が乱れていてとても寂しそうな表情だったことを覚えています。消え入ってしまいそうなため息も何度もついていたようで。ところが私は、どうしてそう思ったのか、ウヒョンさんに良くないことが起こっていたとは想像もしなかったわ。ため息をついた後で、お母さんがこう話したんです。アメリカで勉強をするだろうと。叔父さんの家で起居しながら勉強することになるだろうと。あまりにも突然なことでどう反応していいか分からなかったわ。ウヒョンさんからひと言も聞いていないのに……その瞬間からだったと思います。何かおかしいと感じたのは。お母さんは話を続けられなかったわ。重く息の詰まるような沈黙がとても長い間私たちを押さえつけていたと思います。しばらくしてから、ウヒョンさんに直接電話してみたいと言ったのは、その押さえつけられるような沈黙に耐えられないからではなくて、お母さんの態度と表情からようやくある疑いを感じたからだったんです。それは駄目、とお母さんは慌てて手で遮られたんです。私の視線を避けていらっしゃったけど、極まりが悪くなるほどの手振りだったんです。どんなに鈍い女性でもその手振りの意味が分からないわけはないでしょう。それはあまりにも断固としていて明確な拒否の合図だったんです。お前は駄目だ、という意味でしょう？　あまりにも驚いてしまって、急だったので、どうして？と聞き返すこともできなかったわ。でも私としてはその手振りをそのまま受け入れられなかったんです」そうでしょう、と私は彼女の日陰の植物のような横顔を眺めながら言った。彼女の長いまつげが微かに震えていた。「ウヒョンさんからは手紙もなく、電話もかかってこなかったの。胸が焼かれて気が狂ってしまいそうだったんです。とても焦ってしまいましたわ。お母さんに電話をかけても、話すことはすべて話したし、だからこれからは会う必要もないと会ってもくれなかったんです。驚くほど冷たくつれなかったんです。それで……」と言って彼女は手で髪の毛を撫上げた後、しばらく黙っていた。私はまた彼女のまつげが微かに震えるのを見たが、それが何かためらっているという徴に思えた。私は何も言わないで、彼女が話し続けるのを待っていることを暗に示した。「それである人に事情を調べて欲しいと頼んだんです。お母さんの話が本当かどうか、本当にウヒョンさんが私から離れていったのか、そうだったらその理由が何だったのか……あの時、私は正常な精神状態ではなかったんです。一日中考え込んでばかりいたので考えが偏執的に傾いていったんです。情報機関に勤務している人が身近にいたのも理由といえば理由だけれど」

そこで彼女はまた話を中断した。その頃に時間を戻すのはとても大変だという表れでもあった。彼女が記憶の狭間でぶつかっている抵抗がどういう種類のものであるか気になったが、それが何なのかと先に聞くわけにもいかなかった。私は、そうすれば事実を知ることができたのだと、母が真実を隠して嘘をついたのを知ることができただろうと、母が嘘をつくしかなかった経緯も知ることができただろうと、兄の要請ではなかったのかと、兄としてはスンミさんに自分の状況を知られるのを死ぬほど嫌がっていただろうし、それで母に無理やりに頼んだのだろうし、母は息子の必死の頼みを振り切ることができなかったのではなかろうかと言った。

「どうしたことでしょう？　そうではなかったんです」と彼女は理解できないというように眉根に皺を寄せた。「私が得た情報はウヒョンさんのお母さんがおっしゃった言葉が嘘でないことを確認させてくれたんです。ウヒョンさんがリンパ腺の手術を受けるために出国したことは事実で、アメリカで親戚の家に滞在していて、そこで勉強していたんです。お母さんから聞けなかったもっと驚くべき内容もあったんです。彼が一人ではないということ、彼には婚約している人がいるということだったんです。とても大きな病院の院長の娘で、その女性と同じ学校で勉強しているということでした。アメリカでもうすぐ結婚することになっていて、彼が彼女と別れて私のところに帰ってくる確率はゼロだということでした。望みを持つなと言われました。それで……そんな話を聞いて私はどう行動すればよかったのでしょう？　私はどうすればよかったのでしょう？」彼女の声は奥の方に消え入っていった。彼女の体を支えてあげなければと思われるほど危なげに見えた。書架の棚をしっかりと掴んでいる彼女の手に力が入っていくのを感じた。ところが私は手を差し伸べられなかった。彼女と私の間の距離感をどうすることもできなかった。その瞬間、棚を掴んでいた手が緩んだかと思うと体が下の方にすっと崩れていった。彼女はうずくまったまま坐り込んだ。

「大丈夫ですか？」と私は聞いた。「大丈夫です」と彼女が答えた。「理解できませんね」兄は留学したこともなければ婚約したことはさらになかった。私が知っている限りはそうだった。そんなことがあったとしたら私が知らないわけがなかった。彼女は、「理解できませんわ、私も」と私の言葉に同意した。そして「一体どういうことなんでしょう？」とひとり言のように付け加えた。記憶を辿っているようでもあり、自分なりに推理をしているようでもあった。私も同じだった。私も記憶を辿り推理をしてみた。しかし、何の考えも思い浮かばず、推理はつながらなかった。母はそうだったとしても彼女に情報を与えた人はどういうことなのだろうか。不思議で理解できないことだった。

「そんな情報をくれた人が誰だか聞いてもいいですか？」と聞いたのは、その瞬間、一体どうして、その人は何のたくらみがあってそうしたのかを疑うようになったからだ。いまだにはっきりとした形ではないが心の隅に引っかかるものがあったからだ。彼女は、「それはちょっと」と答えようとしなかった。「これは完全に思い込みなんですが、もしかしてスンミさんの義兄さんではないですか？」

そんなふうに質問を投げかけた時、私は自分自身の直感を信じる敏腕の刑事のように思えた。初め彼女は顔をあげて私を見つめた。当惑したようでもあり、腑に落ちないといったふうでもあった。直感が当たったような気がして軽い興奮の中に私の品のなさが、ひょっとして彼女の感情を傷つけるのではないかという心配が噴き出してきた。今度は私が彼女の視線を避けた。彼女は自分の膝の上に顔を載せた。自分の手で顔を蔽った。彼女の肩が軽く揺れた。抑えきれない感情がついにむせび泣きとして表れているのだと私は思った。そんな状況で、昨晩その男が彼女の家にいた様子を見たとは言えなかった。いくら気になるとしてもなぜ彼がよりによって彼女の家から出てきたかを追及するように聞くことはさらにできなかった。

「一人でもう少し考えてみなければ」と図書館の書架の間で窮屈にうずくまり、坐ったままで彼女が言った。心の混乱を必死で抑えている声だった。私は彼女の丸く曲がった肩に手を載せたかった。彼女の曲がった肩を静かにたたきながら何も心配しないでと、人生とは思っているほど厳粛でもなく期待しているほど整然としているものでもなく、晴れては曇り、雨が降った後、陽が射すものだと、そんなものが人生だとささやいてあげたかった。しかし、そうはできなかった。しきりに兄の顔が思い浮かんで私を制止した。こみ上げてくる感情を抑え切れなくて泣いている彼女を静かに眺めた後、私は静かに図書館を後にした。

そこを出る前に私が最後に残した言葉は、兄がまた写真を撮るようになるといいということだった。「兄がまた写真を撮るように手伝ってください」彼女はぼんやりとした顔で私の顔を見た。

17

母が私に三日間の出張計画を明かしながら列車の往復切符を購入するように言った時、私は顔も知らない依頼主の頼みごとの内容を母がすでに知っていて、私がどのように行動するか試そうとしているのではないかと疑った。そのように思えるのは、昨晩私の携帯に電話をかけてきて仕事の進み具合を報告するように求めたそいつに、私はあなたが誰なのか、どうしてこのようなことをさせるのか前もって言わないと絶対何の報告もしないと宣言したのだが、母はその直後に私に切符を買うように言ってきたのだ。

そいつに言った言葉は私の本心だった。依頼されたことは絶対しないとまでは言わなかった。そいつの要求どおりに母の行動を調べて何か価値のある情報を探し出したとしても、そいつが誰であるか、何のためにそんなことをさせるのかを明らかにしない限りはその情報を渡さないというのが私の心積もりだった。それは心の片隅にうごめいている一種の好奇心のためにその仕事をひと言で拒絶できない私の、人としての道に背いているという意識に対する自分なりの防御装置でもあった。そして、一方では目に見えない危険から母を守らなければならないという義務感のようなものでもあった。私はその仕事が私に任せられたことをかえってよかったとも考えた。私に任せられなかったとしたら他の誰かに任せられていただろうし、そうなると母を守れなくなるではないか。

母はどうしたわけか少し寂しそうな笑いを浮かべて私に、「用をしてもらおうと探したのにどこに行ってたの」と聞いた。私はスンミに会ってきたことを話さなかった。スンミから聞いた話を母からすぐにでも聞きだしたいという衝動も起こったが、それが賢明なことかどうかはいまだに確信が持てなかった。私は黙って頭をかき、母も私がどこに行ったかは聞こうともせずに用件を切り出した。「明日の朝出発する南川《ナムチョン》行きの列車の切符を一枚だよ。往復で。このお遣いでいくらもらうの？」私はにやっと笑い、母もつられて笑った。母は飛行機の切符が買えるほどの金を出しながら残りは「お小遣い」と言った。私は、「車で行ったらいいのに？」と聞き返した。彼女はそうするにはあまりに遠いところだと言った。私は、「そしたら僕が運転手をしましょうか？」と遠まわしに聞いた。監視であれ、保護であれ、それが一番効果的なような気がした。彼女は少し考えていたが、「いや、そんな必要はないわ、列車で行くのがいい」と答えた。

私は母がくれた往復の列車の切符を買って、余った金でレンタカーを借りた。私が列車の切符を買ってレンタカーを借りることを前もって知っていたかのように、母はぴったりの金をくれた。まったくためらいがなかったわけではなかったが、実は母から頼まれた瞬間からそのようにしようと決めていたのは確かだった。母が私の考えをすっかり見抜いていたとしてもどうしようもないことだった。母が何のために、いきなり南川《ナムチョン》に行こうとしているのか理解できなかった。南川《ナムチョン》に知り合いがいるという話は聞いたことがない私が、疑問を抱くのは当然のことだった。私が依頼を受けたことと何らかの形で関連があるかもしれないという、確かではないがそんな気がして私はその予感を無視できなかった。

母が乗った列車が出発する一時間前に、私はすでに南川《ナムチョン》に向かう高速道路を走っていた。そして列車から降りた母がタクシー乗り場に現れた時、私はタクシー乗り場の横に車を止めたまま彼女を待っていた。母は客待ちをしているタクシーにためらうことなく乗り込み、私はためらいもなくそのタクシーの後を追った。タクシーはゆっくりと市内を抜け出した。道が混んでいないため後を追うのは大変ではなかった。二十分くらい走ると完全に田舎道に出た。道は狭くてくねくねしていた。ところどころ舗装されていない道もあった。道の両側に林と果樹園が広がっていた。車窓を少し開けると風に乗って草の匂いが入り込んできた。私は深く呼吸をして匂いを吸い込んだ。車がほとんど通っていない道なので車間距離が広がっていた。それでもタクシーを見逃す心配はなかった。どこへ行くんだろう？　村が現れてきそうもないのにタクシーは走り続けていた。

　タクシーが止まったのは海が見下ろせる丘の上だった。うろこを光らせながらうねっている海が目にまぶしかった。山奥深く入っていくとばかり思っていたのに海だなんて。海が現れるとは予想もしていなかったので、私は急に目の前に姿を現した生き生きとした海に向かって、あっ、と短い嘆声をあげた。まるで野生の森が自分の懐をぱっと開けてその中の海を取り出してみせているように思えた。野生の森が自分の服の裾の中に海を包んでいるという私の想像はどこか神秘的で説話的なところがあった。生き生きとしていない森などどこにあるだろうか？　すべての森は太古を包み込んでいる。森は最初の神殿だったし、その神殿である木々は神性がこもっているものとして崇拝された。

　タクシーが母を降ろすためにその丘で止まったので、私はその傍をすばやく通り過ぎなければならなかった。その時、母がこちらに目を向けて私の車を眺めた。私はすんでのところでその場に車を止めそうになった。サングラスで擬装していたが、母が見抜いているような気がして、すぐにでも後から呼びかけて車を止めさせるかのようだった。それが怖くて私はルームミラーも見ないでアクセルを力強く踏んだ。まるである瞬間理由も分からないまま、一度に海の中にワーッと飛び込むというカラハリ砂漠のその盲目のスプリングボックたちのように私の車も海に向かってやみくもに降りていった。しかし、もちろん私はスプリングボックではなく、私の車が海に飛び込む前に止まった。ヒュー！　自然にため息が出た。

海べりの店で飲み物を一本買って飲んだ後、丘の上に戻ってみるとタクシーは見えなかった。もちろん母の姿も見えなかった。丘から山の方に向って一本道が見えた。車は入っていけない狭く傾斜の急な道だった。丈の高い草が道を覆っていて両側に木がびっしりと立っていた。その道以外には道はなく、私は母がその道を歩いていったと断定するしかなかった。ところが、もちろんその道を辿っていくと何が出てくるか、母が何のためにそこに入っていったのかは想像もつかなかった。

私は自動車を丘の上に止めて、草むらをかき分けて上っていった。草はさらさら音を立て、風は木の葉を揺り動かしながら通り過ぎ、道は勾配が急だった。母はどこに行ったのだろうか？　私は道の終着点を目指して注意深く足を運んだ。急な上り坂だった道が曲線となって曲がったところに至ると平らになった。そして曲がった道に沿って振り向くと、少し離れた前方に光るうろこを飛び上げて体をくねらせまぶしいほど生き生きとした海がまた目に入った。まるで山が海を吐き出したかのようなその突然の場面転換にくらっと眩暈がした。空は海の延長のように思え、その空にかもめたちがさすらうかのように飛びまわっていた。水平線はあまりにも遥か遠くにあった。

道は海岸線から突きあがってまっすぐに切り立ったような絶壁に続いているのだが、その絶壁の上に嘘のように家が一軒建てられていた。家の前には背丈がほとんど二メートルくらいに見えるすっきりとした椰子の木が一本空に向かってすっくと立っていた。木は切り立った絶壁の上に立っていたのでさらに背が高く見えた。その木の根が幹ほど太いとしたら間違いなく絶壁を貫いて下りていき、海の水に足をつけているのだろうと私は想像した。風車のように長い葉がほとんど空に達しているようにも思えた。驚くべき光景だった。絵のようでもあり夢の中にいるようでもあった。しかし、絵でもなく夢でもなかった。私はもう少し近寄ってみた。相変わらず絵のようでもあり夢の中に入っているようでもあった。しかし、もちろん絵の中に入ったのでもなく、夢の中に入ったのでもなかった。私は葉がうっそうとしたクヌギの後に身を隠して絶壁の上の背の高い椰子の木と家を見下ろした。家は海の上に浮かんでいるように見えた。そうしてみると空を突き上げるように突っ立っている椰子の木は帆を連想させた。海の上に浮かんで帆に風を受けて航海する一隻の船が目に浮かんだ。母はあの船に乗っているのだろうか？　私は、すぐに跳び下りていって事実を確認してみたいという焦りを抑えるのに必死だった。

椰子の木は幹が一つだった。横に飛び出した枝は一つもなかった。まっすぐに伸びた一本の幹の先に風車の形をした葉がそれぞれの方向に羽を伸ばしてぶら下がっていた。その木は山中の数多くの樹種の中でも飛び抜けて聳え立っていた。その瞬間、不意にそこに植えられている椰子の木の存在に今更のように私は疑問を抱いた。どうして椰子の木があそこに？　飛行機に乗って外国に行ったことのない私としては今まで実際に椰子の木を見たことがなかった。韓国に椰子の木が育っているという話も聞いたことがなかった。そうしてみると、その木を見た瞬間、何の疑いも持たず椰子の木だと断定してしまった私の認識能力には何かおかしい要素が間違いなくあった。本や、テレビのようなものを通して椰子の木の写真をたびたび見たとしても、このように何ともなく椰子の木だと思えるのは只事ではなかった。異国の木が絶壁の上に建てられた家に釣り合って作られているその現実離れした光景が一種の幻覚を注射したのかも知れなかった。私は急に喉の渇きを感じ、上着を脱いで木の上に這いのぼり椰子の実の樹液をがぶがぶと呑み込むのを想像した。

その木の下に何かの動きが感知できたのはしばらく後だった。私は椰子の木の樹液の代わりに唾をごくりと呑み込んだ。舌にくっついていた乾いた唾が喉の奥に入っていった。人が二人現れた。一人は体が不自由そうに見える人の脇を支えて出てきた。支えられている人はとてもゆっくりと動いていて、支えている人もそれに合わせてとても注意深く歩みを進めていた。支えられている人のだぶだぶの服は骨しか残っていないその人の貧弱な体を充分に隠しきれず、その人は案山子《かかし》のように見えた。彼らは椰子の木が作った長い影を踏みながら歩いていった。空からまっすぐに射している陽射しが時間を溶かしてしまったように遅くぐずぐずしていた。彼らが踏んでいく椰子の木の蔭は椰子の木の前で止まり、彼らの歩みもそこで止まった。

支えていた人は女だった。私は望遠鏡を通して確認しなくてもその女が母であることが分かった。母は支えてきた人を木の下の縁台の上に、頭を少し高くして寝かせた。椰子の木の長い影が布団のように彼に被さった。海から吹いてくる風が彼らの髪の毛をなびかせた。まるでヨットの甲板に出て寝ているような長閑な情景だった。今すぐに彼らを乗せたヨットが大洋に向かって出航しようとするかのようだった。足元では海が身をくねらせながら絶え間なく波を起こしていた。

私は縁台に寝ている人の顎と頬にぼそぼそと生えている髭を見てその人が男であることが分かった。男の白い顔は皺だらけだったがかすかな微笑が浮かんでいて、澄んで静かだった。母はその男の頭の傍に坐って椰子の木を見上げていた。二人の視線は共に椰子の木に向けられていた。彼女は指で椰子の木を指しながら何か話していた。海は絶え間なく白い歯をむき出して絶壁に押し寄せ砕け散った。

しばらくして彼女の手が男の顔を触った。何とも言えないほど甘くやさしい仕草だった。人間の感情を伝達する最も敏感な体の部分はたぶん手であろうと私はその瞬間思った。彼女の手は遠く離れて見守っている人の神経までちりちりと刺激するほどの感度の高い温もりと親密感を発散していた。彼女の溢れる優しさと愛の手は男の髪の毛を触り、耳を触り、目を触り、唇を触った。彼女の手が触れていくたびに男の顔が明るくなりながら金色に光るのを私は感じた。

彼女は縁台から立ち上がると椰子の木の後ろ側にまわった。椰子の木が彼女の体を隠した。私の目には彼女の体が椰子の木のまっすぐですんなりとした幹の中に入ってしまったように思えた。しかし、彼女は長く待たせなかった。彼女が椰子の木の後に姿を現した時（私の目には彼女の体が椰子の木の幹の中から抜け出してきたかのように思えた）、彼女は身に何もまとっていない裸の姿だった。まるで椰子の木から生まれたばかりのような裸の姿だった。エデンの園の最初の人がそうだったように彼女の体を覆うものは何もなかった。彼女の体には羞恥心さえ見られなかった。彼女の歩みはあまりにも軽くてほとんど足を地につけていないように見え、まるで踊りを踊っているように思えた。彼女は縁台の上に静かに上がり、男はそんな彼女を限りない愛情のこもった眼差しで眺めた。彼女は彼の横に静かに体を横たえた。彼女の腕が彼を抱き、彼の腕が彼女の体を抱いた。彼女の体が彼の体の上に上がり、彼女の顔が彼の顔の上に、彼女の胸が彼の胸の上に、彼女の腕が彼の腕の上に、彼女の掌が彼の掌の上に、彼女の唇が彼の唇の上に合わせられた。彼らの体は対称をなして一つとなった。彼らの体は対称をなして一本の木となった。ちょうどやっと完全な一つの体を探し出したかのように彼らの体は自然で美しく神聖にさえ見えた。天と地、そして海、ひょっとして地下の世界まで貫通している一本の野生の木が感情と感覚の体系をもつれさせてしまったせいなのか、臆面もないとか嫌悪感はなかった。かえって臆面もなく嫌悪を感じるのは隠れて彼らを見守っている私自身だった。彼らは現実の外にいて、私は現実の中にいた。現実の外の世界は清らかで、現実の中の世界は醜かった。完全に理解したという意味ではなく、理解するかしないかという次元の問題ではないことを覚ったという意味だ。自分自身が恥ずかしくてそれ以上望遠鏡に目を当てていられなくなったという意味だ。

私は木々の間に何も考えずに体を横たえた。背中に棘が刺さったかのようでズキズキしたが気にしなかった。バッタやキリギリスのような虫が私の体の上を通り過ぎていったがそのままにしておいた。そのままにしておこう、と私は呟いた。そのままにしておこう、ともう一度呟いて体を起こした。山から下りてくる時、ちらっと椰子の木の下に視線を投げかけたが、彼らはいまだに一つの体になったまま動かないでいた。何かに憑かれたようだったし、夢を見ているようでもあった。

母からの電話を受けたのは、このままソウルに戻るかどうか決められずに道があるところまで車を走らせ、埃だらけの菓子袋を陳列している海辺の小さな店で冷えていない生ぬるい飲み物を買って飲んでいる時だった。「キヒョン？」母の沈みきった声を聞いた瞬間、私の胸に壁にかけてあった棚がどんと音を立てながら落ちたように何かが下にどんと落ちた。あの、あ、ええ……どもったような私の声は当惑していることを隠すことができなかった。私が母の後を追って南川《ナムチョン》に来ていることを知っているんだ、という思いが背中に冷水をぶっかけられたかのように、一瞬、頭の中をよぎっていった。その思いをはっきり示すように母が、「今どこにいるの？」と聞いてきたので私の口は凍りついてしまった。母の声があまりにも落ち着いていて、少し前に山の中で見た情景は幻覚ではなかったかと疑ってしまうほどだった。

すぐに返事をしないでいると母は、「兄さんを連れてすぐに南川《ナムチョン》に来なさい」と言った。私は、「兄さんを？」とやっとの思いで聞いた。母は「そう」と短く答えた。私は「どうして兄さんを？」と注意深く聞きなおし、母は「来たら分かるから」とやはり短く答えた。ある瞬間、不意に自分が早とちりして心配をしたという思いがした。母は私が南川《ナムチョン》にいるのを知らないようだった。知っていながら何も知らない振りもできるだろうが、なぜかそうではないような気がした。そう思うには母の声がかもしだす雰囲気があまりにも真剣で厳粛だった。少し塞ぎ込んだ様子も感じた。私は安堵しながら心の中でソウルまでの距離を計算した。すぐに高速道路を走るとしても四時間は充分にかかるだろう。家に帰って兄を乗せて戻ってきても最短でも三時間はかかる。今日中にソウルに行って南川《ナムチョン》に戻るのはほとんど不可能だった。

ある程度落ち着きを取り戻した私は、「今ソウルにいないのですぐに動けない」ととぼけて言い返した。母は、「そしたら明日夜が明けたら早く出発しなさい」と言った。私が「どこに行けばいいの?」と聞くと、母は「南川《ナムチョン》に到着してから電話をかけなさい」と電話番号を教えてくれた。私は電話番号をメモした。

「何かあったんですか」と電話を切る前に私は何も知らない振りをして聞いた。母は「来たら分かるから……」とそれ以上は言葉を続けなかった。

18

兄は気が進まないようだった。自分が何のために一度も行ったこともなく親戚もいない南川《ナムチョン》に行かなければならないのかというのだ。母の言葉を伝えるとすぐに彼は旅行に対する拒否感を敏速に見せた。兄の閉鎖的性格（そんな性格の人たちが大体そうであるように兄の場合も生まれつきのものではなかった。足を切断する事故が起こる前の兄はどちらかというと積極的で冒険心の旺盛な方だった）を考えてみると、どこか分からない土地に、わけの分からない旅行を敢行するということは簡単な問題でないのは当然だった。私は母からそうしなさいという電話があったことを言って説得してみたが、がむしゃらに首を横に振る兄の気持ちを変えるのはたやすくなかった。兄が私に対してははっきりとはしないが、一抹の疑念を抱いているという印象を受けながら説得するのはさらに大変だった。兄は母がなぜ自分を連れてこいと言ったのかその理由を言ってみろと言い、私が答えられないでいると、それ見たことかと言ったように唇を歪めて奇妙に笑った。「お前が行けばいいじゃないか」と言った時は、騙されないとでも言うように声のトーンと表情が同じだった。理由は分からないが母が来いと言った相手は私でなく兄で、私はただ運転手にすぎない感じを受けたと言っても兄は首を横に振るだけだった。

私は仕方なく助けを求めるために父の部屋に入っていった。父は、「そしたら母さんは今南川《ナムチョン》にいるのか」と関心を見せた。碁盤から目を上げて私をまっすぐに眺めたのはその問題に対する関心がかなりのものだという表れだった。私はちょっとどきっとしたが、何も知らない人のように、「たぶんそのようだ」と答え、「そこに誰がいるんですか」と聞いた。父はしばらくの間何かを考えているようだったが、ついに重要な決定をしたかのように口を硬く閉ざして兄の部屋に入っていった。私もついて入っていった。父は部屋に入ると坐りもしないで低い声で兄の名を一度呼んで話しかけた。「行ってきなさい。待っているだろうに……」と、父はそれしか言わなかったが、私は父が兄を説き伏せたことを確信した。兄は何か言おうとしたが、父は聞きもせず兄の部屋から出ていった。

兄の喉の奥にあった疑問符が私の喉の奥にもあった。昼見た絶壁の上にあった絵のような家と椰子の木と、椰子の木の下の二人の姿が夢でも見たかのようにかすんでいた。父の断固とした積極的な態度は、母が南川《ナムチョン》に兄と私を、もしかしたら兄だけを呼んだ理由を知っているという意味に、そしてまた母が南川《ナムチョン》に行った理由を知っているという意味に、すると南川《ナムチョン》に住んでいる人が誰で、母とどういう関係なのかも知っているという意味に取れた。私は喉の奥にうずくまっている疑問符を吐き出さない限り眠りにつけないような気がした。

奥の部屋にいるのかと思った父は、庭に出ていた。庭で植木の手入れをしている父の姿は見慣れているし、不思議でもなかった。しかし、すっかり闇に閉ざされたそんな時間に庭に出ている彼の姿は見慣れないもので、それで少しおかしい気がした。私は玄関のドアノブを握ったまま、立って少しの間父が庭の植物たちに水を振りかけている様子をじっと見守っていた。暗闇の閉ざされた庭で、普段よりもっと貧相に見える彼の曲がった背中が痛ましく思われた。

父に幸せだった時はあったのだろうか？と私は心の中で呟いた。なぜだか父には幸せだった時がなかったようで、今もやはり幸せでないように思えた。夫婦間のことは当事者以外には分からないというが、母が父に親しく接していないことは誰でも知っていた。とはいえそれは父もやはり同じだった。彼らが何かの話題で真剣に意見を交換するとか、つまらない冗談を言い合って声を出して笑っている様子を見た記憶が無かった。何の問題も表立って起こらなかったが、実はそれがもっと深刻な問題だとも言えた。無関心と最小限度の対話と無干渉は関係の最悪の境地に違いなかった。そういう意味では母もやはり幸せとは縁遠い人ではなかっただろうか、と私は反問した。それでもその日は余計に父に対する憐憫の情が湧き起こり、気持ちを抑え切れなかった。おそらく、いまだに実体を把握できない南川《ナムチョン》での奇妙な体験が、ある情緒的な作用を起こしているのだろう。私は昼の南川《ナムチョン》での出来事を父に打ち明けてしまいたい衝動に駆られた。しかし、瞬間的な憐れみのために行動するということは思慮に欠けるだけでなく軽率なことだという思いがして、私は再び軽率な人間になるようなことはしないという決心をしていたので自分の衝動を抑制しようと思った。母は服を脱いでいた。海に根を下ろし空に向かって聳え立っている絶壁の端の椰子の木の下で母はエデンのイヴのように羞恥心もなく真っ裸のままで一人の男の上に身をのせた。羞恥心は彼らの体を隠せなかった。不完全な二つの肉体が合わさって初めて完全な一つの肉体を作り上げたかのような、その奇妙な光景は厳粛なある儀式を思い浮かべさせた。幻覚だとか現実離れしているとか、夢だとかというより儀式と言った方がもっとそれにふさわしい翻訳であるように思われた。しかし、何の儀式だというのだろう？

「誰が待っているというんですか？」と私は父の後に近づいて聞いた。父は私が横に来たことにさえ気づかない人のように仕事を続けていた。「さっき父さんは行ってこい、待っているだろうに、と言ったでしょう。南川《ナムチョン》で僕たちを待っている人が母さんだという意味には聞こえなかったんだけど、父さんが母さんを指して言ったとは思えないんだけど。父さんは僕たちが知らないことを知っているという印象を受けましたよ。父さんは母さんがどうして南川《ナムチョン》に行ったのか、母さんが兄さんと僕をどうして南川《ナムチョン》に呼んだのか知っているようで。父さんは……」

　私はそこまで話して口を閉ざした。その時、私の方に振り返った父が静かにしろというように指一本を唇に当てて、しっ！と声を出したからである。父はうずくまって坐った姿勢で背の低い木の葉を撫でている最中だった。私はどうして父が私を黙らせたのか気にかかったが、いったん口を閉ざした状態では何も聞くことができなかった。

　父は木の葉を撫でながら何かぶつぶつと呟いていた。彼が木に話しかけているのは確かだった。

ところが私の耳には何の話か聞きとれず、木には耳がないので当然木にも聞き取れないだろうと思った。私の考えを訂正するかのように「木にも感情がある」と父が静かに言った。「手でこの木の葉を触ってごらん」私は少し呆れたが、植物たちの手入れをするのが唯一の日課である父にとっては不可能なことでもないだろうと思いながら、父が言うように木の葉を触った。私は父にひんやりとした感触以外どんな感じも伝わらないと言った。父は木に愛と信頼を見せなさいと忠告した。私は少し呆れたような表情で「どうやって？」と聞いた。「真心をこめて愛さないといけない」と父は説明した。「手でやさしく撫でながら愛しているよとささやいてごらん」と父が付け加えた。「植物の肌はお前の手を通してお前の心を知覚するんだ」

父の説明があまりにも真剣だったので、私は木の葉に向かって「愛しているよ」とささやいた。それでもやはり何の感じも伝わってこなかった。木は私の告白を聞いているようでもなく、どんな反応も見せているようには思えなかった。たとえその木に感情があって何らかの反応を見せたとしても、私にはそれを受け入れるメカニズムがない状態ではどうしようもないことだった。交感とは相互的なものだ。父はかさかさした木の葉の表面がまるで人間の肌のように暖かく柔らかになるだろうと言った。私は自分が触っている木の葉の表面が人間の肌のように暖かく柔らかになるのを待った。ところがそんな感じは伝わってこなかった。私はまたどんな変化も見られないと言った。父はそれはお前が真心で接していないからだと言った。

「植物たちは人間の心を読み取る。説明することはできないが、植物たちは感覚を超越した驚くべき知覚能力を持っているということだ。きこりが近づくとぶるぶる震える柏の木、ウサギが近づくと真っ青になるニンジンについての記事がある雑誌に載っていたことがある。植物も感情を持った生命だ。苦痛も感じ、悲しみも感じ、幸せも感じる。人が嘘をついているのか、真実を言っているのか植物たちは本能的に覚る。偽りの愛は反応を呼び起こすことができない。人と同じく植物と交感するためにも真心で接しなければならない」と父は教師のように話した。私は真心で接しようと、心からその木を愛そうと努めた。しかし、うまくできず、木の葉が暖かくなったり柔らかくなることも結局起こらなかった。

父は他の木に移っていった。今度も木にささやきかける声が聞こえてきたが何の話かは相変わらず把握できなかった。私も他の木に移って父のように真実を伝達しようと、父のように真心から愛する気持ちを持とうと努めた。ところがやはり真心から木を愛する気持ちを持つのはたやすいことではなく、そのため木から好意的な反応を引き出すことも不可能だった。いや、好意的でないどんな反応も感知できなかった。

実を言うと父の言葉を完全に信頼しているのでもなかった。それは父を理解することとはまた別の問題だった。私は不意に、植物たちと交感することが宇宙人と接触するくらい荒唐無稽で理性的ではない思いがして、するとこれは何とも言葉にできないとてつもない出来事なんだと思われ、すぐに葉から手を離してしまった。私の思いを知ったのかどうか父はじっとしていた。父はほとんど父が手入れをしている庭の一本の木のように思えた。私は荒唐無稽でとんでもない遊びをもう止めると宣言でもするかのように、それまでとは少し違う語調で、「父さんは僕たちが南川《ナムチョン》になぜ行かなければならないのか答えてくれていませんよ」と言ったが、父が作り上げたその暗い庭の呪術的な雰囲気から抵抗を受けたからなのか、私の声は少し歪んで出た。父は私が質問を思い出させたにもかかわらず、答えなければという義務感を少しも感じていないようだった。そういうこともあり得ることだった。もしかしてそれこそ父らしい態度かもしれないと言えた。しかし、私は少し残念だったし、父が違う世界の人のようによそよそしく、いや、実は私の方が違う世界に属する人だということをその庭の空気が絶え間なく感じさせていた。そして私の小心さがまずそこから立ち去れと駄々をこね始めた。私は仕方なく後ずさりしながら庭から脱け出してしまった。

その日の夜、私は父が一本の木に変身する夢を見た。父の体から根が出て枝が生えだして葉が出た。父—木はぶ厚い地面を掘って根を深く下した。根はどんどん深くなり、柔らかい土砂層を通って硬い岩盤層に至り、最後には海に至った。根は海を懐に抱きかかえるように横に広がっていき、幹は空に達するかのように上に突き出していった。幹の先に風車の形をした葉がくっついて出てきた。青々とした海を背景に切り立った絶壁の上に一本の椰子の木が立った。木が作る影は地上の果てに向かってまっしぐらに走った。その下に裸の女と裸の男が寝ていた。彼らは互いの体の中に自分の体を押し入れていた。女の体の中に男の体が入り、男の体に女の体が入っていった。そして二人はついに一人の人間になった。椰子の木の葉が一枚はらりと落ちたかと思うと彼らの体を蔽った。私の夢はそこで終わった。私はそこで布団を蹴飛ばして夢の外に飛び出した。

19

南川《ナムチョン》の海辺の絶壁で見たその現実離れした椰子の木の残影がいつまでも私の心を捉えたので、自然に私はカメラを準備した。その景色を目の前にした瞬間、兄もカメラのシャッターを押さずにはいられない衝動に駆られるだろうと私は思った。遠足に行く気分とまでは言えないが、とにかく南川《ナムチョン》に向かう時の私の気分は兄の写真に対する意欲を惹き起こすところとして、そこほどぴったりの場所はないという期待感でかなり鼓舞されていた。しかし、私は南川《ナムチョン》行きについて何の情報も持っておらず、それでこれから起こることに漠然とした不安と緊張から逃れることはできなかった。

南川《ナムチョン》に行く四時間、兄は口を硬く閉ざしていた。発作を起こした後の兄の落ち込みはいつもよりひどかった。彼は私と目も合わせようとしなかった。車に乗るとすぐに兄は目を閉じて、すぐに寝入ったように見えた。しかし、疾走している車の中でそう簡単に眠れるものではない。兄はたびたび体の向きを変えた。運転席の横に置いてあるカメラケースを見ていないはずはないのに兄は知らない振りをしていた。私は何か話したくて口の中がむずむずした。兄の知らない秘密が私には二つもあった。そしてその二つはすべて兄と関連のあることだった。二日前にスンミが住んでいる町に行ってきた。そしてスンミと会って話をしてきた上に、彼女と一緒に夜を過ごしていた男の正体を知った。一日前は南川《ナムチョン》にいたし、母を見かけた。しかし、それらの話を口にしなかった。いつかは話さなければならないかもしれないが、今はその時ではない気がしたのだ。

南川《ナムチョン》の市内に入ってすぐに母が教えてくれた番号に電話をかけた。電話を受けた人は男だったが、「しばらくお待ちください」と言った後、母につないでくれた。「どこなの？」と母が尋ねた。私は目についた大きな建物の名前を言った。母は口で略図を説明してくれた。私はそこまで行く道を知っていたので適当に聞いていた。母は海が見える丘についたら車を止めなさいと言った。「そこで私が待っているから」私は母の指図どおりにした。

「ここだ、景色が最高だよ」と、私は車を止めて兄に話しかけた。兄は目を細く開いて足元に広がっている海を眺めた。ここなんだな、と言った時の兄の声には、どうしてなのか、ここがどこなのか知っているような、いつか以前に一度は来たことがあるような様子が見られた。しかし、実はそうではないだろうと私は思いなおした。なぜなら、兄は誰からも母について調査してほしいという依頼を受けたはずはないからだった。

私たちを待っていた母の顔は、そう思ったからそうなのか、一日しか経っていないのにとてもやつれて見えた。彼女は私たちが乗ってきた車のドアを開けて私が外に出てきても、ぼっーとした表情で立っていた。何か思い巡らしているようでもあり、ある衝撃を受けて半分くらい意識を失っているかのようにも見えた。服を脱いだ母の体を隠れて見守っていた昨日のことが思い浮かんで、私は母の顔をまっすぐに見ることができなかった。

車のトランクから兄の車椅子を出しながら私は、「僕たち来ましたよ、母さん」とわざと大きな声で挨拶をした。母はその時になって初めて気がついたように近づいてきた。私は兄の体を抱いて車椅子の上に坐らせた。母は車椅子の後ろに回り押し手を握った。私がトランクのドアを閉めて運転席の窓を閉めてカメラケースを取り出し、母たちの傍に行った時には、母は兄の車椅子を押してその山に向かう一本道を歩き始めていた。そこから少し行くと、絶壁が出てきて家が現れ、椰子の木が姿を見せることだろう。この辺りで何か話をしてくれないといけないのではないかと思ったが、母の表情がいつもとはとても違っていたので、とてもそんな話は言い出せなかった。兄もそのようだった。彼は何かを話そうかどうかためらっているのか、私の方を振り返った。

道が険しくなり傾斜が急だったので兄の車椅子の速度は少しずつ遅くなった。私が車椅子の片方の握り手に手をもっていって、「僕が押しますから」と言った。母はそこにいたのかい、とでも言うように私を眺めた。「キヒョン、お前は……」と母はそこまで言って顔を背けた。母の額にはじわじわと汗が滲んでいた。

「どうして?」と私は聞いた。「僕は行ってはいけないんですか」という私の質問は私にも少し唐突に聞こえた。母にもそう聞こえたのか、彼女は、「いや、そんなことではないけど」と口ごもった。お前のことまで気遣えなかったという様子がありありと読み取れたが、それは私にはまったく納得のできないことだった。いつもの母とは違った様子だった。

母が何かを言う前に私は車椅子の握り手を取り上げてしまった。「先に行って、母さん」と、私は力を入れて車椅子を前にすっと押した。「歩きながら話してください、ここがどこなのか、僕たちが、今どうしてここに来ているのか」母はちょっと立ち止まっていたが、すぐに歩き出して、二、三歩歩いた後で注意深い様子で、「父さんは何も言わなかった？」と話し始めた。私は昨晩父が聞かせてくれた植物たちの感情についての話を思い浮かべたが、母がそれを聞いたのではないことは明らかだったので、「いいえ」と答えた。「父さんが話してくれると思っていたのに……」という母の呟きには若干の恨みが混じっていた。父さんも何かを話したがっていたようだったけど、と言おうとしたが、言わなかった。そんな思いがふとしたが確信がなかったためだ。

「これからある人に会いに行くのよ」と、しばらくして母が話を続けた。ところがその話の後にまた終止符を打って沈黙の中に入っていった。今度は兄が辛抱できずに「誰なんですか？」と催促した。「お前たちは初めて会う人よ」と母は震えた声で答えた。「誰なんですか？」と、私が唾を飲み込んで尋ねた。「そして今はこの世の人ではないわ」と話す母の声は相変わらず震えていた。「誰なんですか？」と、兄が今にも車椅子から立ち上がりそうな勢いでまた尋ねた。ただただ気になるのはそれ一つだ、とでも言うように私と兄は代わる代わるにその人が誰なのかと尋ねた。ある予感のようなものが兄の声に滲んでいると私は感じた。兄はまた私の声からそのようなものを感じていたのかもしれない。

海が視野に入ってきた。白いうろこを光らせながら絶え間なく体をくねらせている青々とした海。海は空を反射していた。そして空を突き破るように聳え立っている一本の椰子の木も視野に入ってきた。ああ。まぶしいのか掌で目を遮り、兄が短く感嘆の声をあげた。

「ここはどこなんですか？」と、兄が信じられないというように両手を合わせて顔に当てながら尋ねた。私はカメラを持ってきてよかったと思った。また写真を撮れるようになるだろうという期待で胸がどきどきした。しかし、もちろん軽率に振舞ってはいけないことも分かっていた。刺激してはいけないことだった。私はその場に立ち止まり、母も立ち止まった。私たちの視線は遠い海から引き上げられ椰子の木の先に向かっていた。

「あの椰子の木を植えたの、その方が……」と、母はまぶしいのかしばらく目を瞑った後、潤んだ目元を指で拭って静かに話した。

20

あの椰子の木を植えたの、その方が……そのように話し始めたが、母は話を続けることができなかった。決心のつかないためらいが母の喉の奥から出てこようとする言葉を摑まえていた。母は避けたい宿題を前にしている人のように思えた。気まずい陳述を強要されている人のようにも見えた。彼女は兄と私の同情心を期待しているのかもしれないという思いがちらっとしたが、そうではないはずだ。できれば避けたいが、でも避けられない杯があること、それが生という運命であることを母が知らないわけがなかった。少し前に、彼女は今まで延ばしていた宿題をもう延ばさないという決心をちらつかせた。だから私たちに必要なのは同情心ではなかった。私たちがするべきことは母の喉の奥に棘のように刺さっている言葉が外に出てくるまでじっと我慢して待ってあげることであり、母に与えられた、ある意味では彼女が自ら受け入れた杯を退けることではなかった。

母の喉の奥に刺さっている棘の実体が気にかかるのはまた違った本心からだった。しかし、もちろん無理やりに抜き取れる棘ではなかった。私はその点ははっきりと認識していたし、推測するに兄もやはりそのようだった。私たちはそれが彼女の陳述を聴く資格を手にする道にでもなるかのように、長くて息詰まる沈黙に耐えた。私たちは長い息詰まる沈黙に耐えることで母の陳述を聴く資格を獲得した。

ある瞬間、母はぴーんと緊張していた心の紐が切れてしまったかのように草むらにどさっと坐り込んだ。きれいにアイロンをかけた麻の服のようにしゃきっしゃきっとしていた草がざわめきながら折れ曲がってしまった。眩暈がするのか軽いうめき声と共に母は額に手を当てた。何の予感のためだったのだろうか、車椅子の取っ手を握っていた私の手に自然に力が入るのを感じた。

私は視線を遠くに投げた。空を突き上げるように立っている椰子の木の青い幹が目に入ってきた。椰子の木だなんて……異国的なその一本の木が海辺に現実離れした雰囲気を醸しだしていた。

「どう話せばいいかしら」と、母は困り果てたような表情だった。しかし、それはようやく彼女の陳述が始まるという合図のようなものなので私は失望しなかった。私の推測が当たった。母はついに喉の奥に刺さった棘を抜き取る準備を整えた状態だった。「その方に会ったのは私が『たんぽぽ《ミンドゥレ》』で従業員として働いていた時だった」と母はやっと話し始めた。そのように話し始めることで彼女は決心のつかないためらいの原因が何であったか比較的正直に表現した。それは彼女の話が自分の公開されていない生の一部、またはその全部を曝け出さなければならないことだったからだ。一部が全部という格言はこの場合ぴったりと当てはまる。公開されていなかった内容を公開するのは、それがたとえ一部に過ぎなくても全部を公開するのと同じことだ。公開されていない一部は公開された全部より常に大きい。母は今、その店の主人であるが、一時は「たんぽぽ《ミンドゥレ》」で従業員として働いていたのは公開されていることであった。しかし、彼女がそこで、ある人、あの椰子の木を植えた男に会ったということは公開されていないことだった。

その時、私は二十一歳だった、と母は話を続けた。母は空を見上げた。兄は地面を見て、私は海を眺めた。私たちは互いに視線を避けた。私たちは宣告を受けるために法廷に立った容疑者のような様子だった。母だけでなく兄も私もそうだった。母が、その時私は二十一歳だったと話した時、私の心臓がどっと音を立てて崩れ落ちた。それは何だったのだろう？　いわばそれが証拠《あかし》だった。母の話の内容がただ母だけの「生」のことではないという予感に捕らわれたという証拠だった。母が話す内容がすぐさま私たちに対する宣告でもあるという予感に捕らわれていた証拠だった。

その時私は二十一歳で、都会の生活に馴染めず、世の中のこともよく知らなかった、と言った後、私の世界はあまりにも狭かった、と付け加えた。母の父親、一生に一度も金を稼いだことのない、下男を数人使っていた過ぎ去った日々のことを嘯《うそぶ》きながら本を読み酒を飲み博打に時間を費やしていた、晩年には妻が死んだことも知らず、あちこちを放浪していて、二十歳になったばかりの娘に病に罹った体を任せた父親について話しながら、母は少し涙を見せた。母がその頃を回想するのは「たんぽぽ《ミンドゥレ》」で働くようになった理由を明らかにするためであった。母は、不穏でいかがわしい時代の流れに乗って大金を手にした成金の、頭の悪く行儀が悪い上に怠け者の息子の家庭教師をしていた。そして家庭教師の収入で生活費を稼ぎ、学校に通っていた。その母の目の前に、急に病気にかかった父親が現れた。父親を無視しないかぎり学校に通うことは諦めるしかないのだが、父親に知らない振りをすることが学校を諦めることより辛かった。父親が病気にさえ罹っていなければ、父親が何とか身動きができていたら、ひょっとして知らない振りをしたかもしれないと母は言ったが、それは本心ではなかっただろう。それは、母が生きていた世界はあまりにも狭かったからだ。自らそう言ったのだから。生きている世界の大きさはその世界を認識する人の認識の大きさを超えられないものだから。

遠い親戚から連絡を受けて学校を休んで故郷に戻った時、どのようにしてそこまでたどり着いたかと思うほど心身ともに完全に病みついている父親に会った。頭のてっぺんから足先まで正常な状態の部分は一つもなかった。母はあれこれ考える間もなく急いで父親を都会の大きな病院に入院させた。そして休学した。そうするしかなかった。

ところが母には金がなかった。彼女の周辺で充分な財力を持っているのは彼女が教えていた頭の悪い生意気で怠け者の生徒の親だけだった。彼女は他になす術がなく、その生徒の親に助けを求めた。簡単に金を貸してもらえるとは思わなかった。今まで自分の出来損ないの息子の成績を少しは上げてくれた彼女に好感をもっているとはいえ簡単に金を貸してくれると期待できるものでもなかった。

「気の毒な話だね」と、家庭教師先の男主人はそんな同情のこもった言葉をかけてくれたが、金を貸すなんてとんでもないという表情がありありと見え、がっくりと気が抜けてしまった。ところが彼女の顔と体つきをじろじろと眺めていた女主人が、「こうしたらどうかしら」と、まるでおとりの餌でも投げるかのようにそれとなく意外な提案をしてきた。「なんだったら、うちの店で働いてみる？」その時まで彼女は彼らが何の仕事をしているのか知らなかった。関心もなかったし、気にもならなかった。何の店かと聞いてはみたが、その答えによって判断するという意味ではなかった。金を稼ぐのが重要なことで、他のことはその次の問題だった。いや、就職までできたら願ってもないこの上ない話だと思った。「私たち市内で大きなレストランを経営しているの。『たんぽぽ《ミンドゥレ》』という店なんだけど。大衆向けのレストランじゃなくて、政府の高官とか実業家といったすごい人物たちだけが出入りする高級レストランなのよ。私たちもあなたのような信頼できる人が店に出てレジを手伝ってくれたりしたらいいんだけど……」と、女主人は彼女について長々とほめ続けながら必要な金を先に仮払いしてあげるから働きながらゆっくりと返してくれればいいと提案してきた。これくらいあれば父親を入院させて二部屋の家を借りることができるだろうと、やさしく話してくれるその女主人の言葉があまりにも有難くて彼女は何度も感謝の言葉を繰り返した。

一週間後には彼女は「たんぽぽ《ミンドゥレ》」の従業員になっていて、一カ月間、レジに坐って食事代の計算をする仕事をした。食事代を計算して料金を受け取り帳簿につける仕事はあまりにも簡単で、楽で時間がたくさん余った。でもそれだけに給料は少なかった。そのような給料では、父親の治療費はもちろんのこと、女主人が貸してくれた金の利子を払うのも大変だった。どのように借金を返していけばいいのか目の前が真っ暗だった。かえって借金は少しずつ増えていった。

女主人はこんな方法もあるよ、と初めておとりの餌でも投げるかのようにそれとなく、お客さんがいる部屋に入って酌をすればもっとたくさんの金を稼ぐことができると教えてくれた。その話は本当だった。給料も以前より多かったが、何より酌をしたと言って政府の高官とか実業家といったすごい人物たちがくれるチップがかなりの額となった。嘘偽りなくレストランでもらう給料よりチップの方が多かった。ある女性はチップで家を一軒買ったという噂まであった。他の従業員たちが羨ましがっていて本人も否定しないところを見ると単なる噂ではないようだった。その噂に振り回されたわけではなかった。父親が入院している病院からは続けて治療費を請求されてきたし、彼女は貯めておいた金がなかった。どんなことをしても金を稼がなくてはならないという重圧感が彼女を圧迫して、彼女はその重圧感から解放されなかった。彼女は三カ月後から客たちの食事をしている傍で酌をする仕事を始めた。その時、彼女は二十一歳だった。

21

二十一歳、その歳に母は「たんぽぽ《ミンドゥレ》」である男性に出会った。初めは彼がどんな人かよく分からなかった。その店に出入りする人たちについて彼女は関心がなかった。それとなく自然に分かる以外に客たちの社会的な地位を知らず、知ろうとも思わなかった。

一緒に来た人たちは彼のことを秘書官と呼んでいた。彼女は秘書官という言葉を聞きなれていなかった。彼女は秘書官という地位の人がどこでどんな仕事をしているのか知らなかった上に、知ろうとも思わなかった。彼女にとって彼は「たんぽぽ《ミンドゥレ》」に出入りするたくさんの客の中の一人に過ぎなかった。

ところが、その男性がある瞬間から彼女に関心を見せ始めた。「たんぽぽ《ミンドゥレ》」に立ち寄るたびに彼女を指名した。もちろん以前から彼は「たんぽぽ《ミンドゥレ》」の顧客だった。だから彼が彼女に会うために「たんぽぽ《ミンドゥレ》」に来たとは言えない。少なくとも最初の頃はそうだった。彼は主に夕方二、三人かまたはそれ以上の人たちと一緒に来て食事をし、酒を飲んで二時間か三時間ほど過ごしてから帰っていった。夜の十二時を過ぎることもあったがそれは本当に珍しいことだった。そんな彼が

「たんぽぽ《ミンドゥレ》」に出入りする回数が少し増えたというのは特別な変化とは言えなかった。以前にもそんなことはたびたびあった。ほとんど毎日顔を見せていたかと思うと六カ月ほどふっと姿を見せないこともあった。しかし、夜遅い時間に一人で来て酒を飲んでいくことはそれまでにはなかった。つまり彼のそのような行動は注目の的となるほどの変化であり、その理由が彼女にあるということが初めは「たんぽぽ《ミンドゥレ》」の主人と従業員たちの間に、そしてすぐに「たんぽぽ《ミンドゥレ》」に出入りする他の客たちにまで知られるようになりながら、彼女はそれとなく妬みと噂の対象となった。

彼は口数の少ない男だった。酒は好きなようだったが酔ってしまうほどたくさん飲んだりはしなかった。彼女が盃に酒を注ぐと彼はゆっくりと飲み、彼女の盃にも注いでくれた。だが酒を無理やりに飲ませようとはしなかった。酔っ払ったりもしなかった。酒に酔った勢いで無理やりに酒を飲ませ、勝手気ままに纏わりついてうるさく振舞う客たちに疲れていた彼女が、彼に最初に好感を感じたのはそんなところだった。二人はあまり話をしなかった。彼は彼女の顔を眺めながら酒を飲んだり食事をしてから、もう帰らなくてはと立ち上がって帰っていった。ある日は二十分いただけで帰っていった。急に仕事ができて坐るとすぐに立ちあがったわけではなく、初めからそれくらいしか時間がなかったのに彼女に会うためにわざわざ立ち寄ったのだ。もちろん彼はそんなことは何も言わなかった。しかし、少なくとも「たんぽぽ《ミンドゥレ》」で働いている人なら彼女に会うために彼が無理して時間を作って急いでくるということに気づかない人はいなかった。

　彼は他の男たちとは違って何も要求しなかった。うるさく付きまとうようなことは、なおさらなかった。酔った振りをして求愛の言葉をくどくど話したとしても彼女はびくともしなかったはずだ。彼は気に入った女の歓心を買うために男たちがやらかすお決まりの振舞いについて知らず、聞いたこともないといったように振舞った。気分よく酔った時、お前の膝を借りて寝てみようかな、というくらいのものだった。二人の間にそれなりに親密感が生まれた時から、彼女は彼のために膝枕をしてあげた。彼女の膝を枕にして安らかに目を瞑っている彼は子どものように思われた。現実のぴーんと張りつめた緊張感からやっと脱け出し、目を瞑って寝ている彼の顔は安らかさに満ちていた。そんな時は心置きなく眠ることもできないまま忙しく生きている男に対する憐憫の情が湧き起こったりもして、そんな彼にひとときでも安らかな時間を与えることができる自負心で胸がいっぱいにもなった。三十分ほどぐっすりと寝た後で彼が幸せそうな様子を見せると彼女もとても幸せな気持ちになった。彼女はある人の安らかな眠りのために自分の膝を使ってもらえることで幸せだった。

　そのようにして愛が始まった。あたかも気がつかないうちにつぼみが開くように、そのようにゆっくりと。愛だったのだろうか、それが。しかし、愛でなかったのならそれは何だったのだろう。

ある日の夜、その男が一人で「たんぽぽ《ミンドゥレ》」を訪ねてきた。そんなことはなかったのに、彼はその日はどこかで酒をかなり飲んできたと母は回想していた。体の重心が取れないほどではなかったが、話をする時、舌がもつれていた。そこに坐るとすぐにまた酒を注文して飲み始めた。すでに充分に飲んでいたようだったので、それくらいにしては、と止めたが話を聞かなかった。彼はなぜかいつもとは違って興奮していた。「もうすべて終わりだ」と言ったかと思うと、「俺がピエロだとでも思っているのか」と叫んだり、ユンヒ（ユンヒは母の名前だった。しかしそれは「たんぽぽ《ミンドゥレ》」で付けてくれた名前だ。今はその名前は使わない。母の本名はソ・ヨンスクだ）の前にいると自分が情けなくなる、これ以上卑屈に生きたくない、と呟いたりもした。あまりにも前後不覚の状態だったので彼女は彼が話す言葉の意味を摑まえようがなかった。彼は話をしながら彼女の手をぎゅっと強く握り締めた。その力があまりにも強くて指に血が通わないかと思うほどだったと母は回想していた。

しかし、しばらくして彼は気を失って倒れてしまった。彼女の前で一度も乱れた様子を見せなかった彼が、その日は酒に飲まれて倒れてしまったのだ。彼を倒れさせたのは必ずしも酒ではなかったようだと母は話した。倒れる前に彼がしどろもどろにしゃべった言葉がそんなように思わせた。彼女は彼に膝枕をしてあげた。しかし、いつもとは違って三十分以内に眠りから覚める状況ではなかった。無理やりに起こすわけにもいかず、かといって目を覚ますまでひたすら膝枕をしてあげるわけにはいかなかった。彼女は部屋に布団を敷いて彼を寝かせた。洋服を脱がせ、靴下を脱がせて足を洗った。汗の臭いがする男の足を洗いながら、母は自分が彼を愛していることを実感した。他の人の前では分からないが、彼女の前ではどこまでも弱く、素直な人だったと、彼女が守ってあげ、かばってあげないと駄目なような気がするほどで、彼への愛を呼び起こしたのは彼のそんな一面だったと、その男の力や社会的な影響力のようなものは眼中になかったと、母はその問題について追及でもされているかのように断固として話した。

朝、目を覚ました男はしばらく魂の抜けた人のように坐っていた。自分がどこにいるかを確認してからやっと現実を認識でもしたかのように、少し慌てた様子を見せたと母は回想していた。彼は朝の食膳を前にしても食べようとしなかった。ある思いに没頭している様子で、彼女も言葉をかけることができなかった。席をはずした方がいいような気がして静かに引き下がっていこうとしたら、彼は自分を呼んだと母は言った。「ユンヒ」まるでその声を今も鮮明に記憶しているかのように、母はそっと「ユンヒ」と呼んだ。声は名前を優しく撫でているようだった。彼の声はただ優しいだけではなかった。どうしたわけか、彼の声を聞いた途端感電でもしたかのように体中にちりちりと電流が流れた。予感に取りつかれたようで体を動かすことができなかった。

　顔だけ振り向けて彼女は彼の言葉を待った。ところが彼はすぐには次の言葉を続けなかった。息の詰まるような沈黙の後で（二十一歳だった母がどうして息が詰まるように感じたのだろう？　ある予感に取りつかれていなかったのなら、彼が話す何らかの話を予感して待っていたのでなかったら、その瞬間息が詰まるような感じにどうして捕らわれたのだろうか？）、ようやく彼の口から発せられた言葉は、僕のために少し時間を作ってくれないか、だった。彼女が黙っていると彼も話を続けなかった。それは彼女が期待していた言葉ではなかった。しかし同意を求めるように見つめる切実な眼差しは彼女の予感にそっているものだった。彼の眼差しは、なぜそう感じたのだろうか、絶壁に追い詰められた獣の哀れさのようなものが込められていたと母は回想した。そんなはずはないのに、自分がすぐにでも同意してあげないと絶壁の下に落ちてしまいそうだった。そんな急いた思いに捕らわれて彼女は前後不覚に何度も頷いた。すると彼は有難うと言いながら立ち上がった。「行こう」彼女の手を握りながら彼は何かの決心をしたかのように断固とした声で叫んで、彼女は先ほどから取りつかれていた勢いに巻き込まれて彼の手を振り放すことができず、どこに行くかも聞かずについていった。

22

彼女と一緒に後ろの席に坐った彼は運転手に行き先を指示した。しかし彼女は行き先を注意して聞かなかった。まさかソウルから出発して南海岸まで行くとは考えもつかなかった。彼が願っていることが何であるか正確に把握できなかったし、彼が何を計画しているのかもはっきりしなかった。彼が何かをしようとしていると推測できるだけではっきりしたことは何もなかった。彼の傍にいてあげなくてはという決心だけで彼女に可能なことは何もなかった。出勤しなくてもいいのかといった平凡な日常的な挨拶を挟む余地はなかった。彼女は拒否できない運命が彼女を呼んでいると感じたし、それは事実だった。

冬だったが南川《ナムチョン》は暖かかった。ここは雪が降らないんだ、と彼が言った。「それは気温が零下になることがないからなんだよ」という彼の言葉どおり冬なのに陽射しは暖かかった。彼らは陽射しを浴びながら海辺を歩き回った。彼らは寒さを感じなかった。ここは天国なんだ、地上じゃないと彼は言った。彼女は彼の話が間違っていないと思ったので頷いた。その話を証明でもするかのように海辺の片隅には野の花が群れになって咲いていた。紫色の花だった。その花の群れの前に立ち止まって、ここは冬でも花が咲くんだと彼は言った。彼の言葉は少しもおかしく聞こえなかった。おかしいわけがなかった。目の前に群れになって咲いている花を見ているのだから。僕以外にここを知っている人は誰もいないと彼はまた言った。ここが地上でないという僕の言葉のもう一つの意味なんだ、それが、と彼は付け加えた。「この世の人にはここは存在しないところなんだ、だから天国なんだ」と、母は彼が言った言葉を生々しく記憶していた。彼女は彼が言った言葉や文章の意味としてではなく、話す人の真情を充分に分かっていたのですべてを理解したのだ。

そこは彼のふるさとの村から近いところだった。しかし、そこは近くに人家がなく、田や畑もなかった。子どもの時、薪を拾いに山の中に入っていって、そこに長い間坐っていたりしたと彼は話した。「暖かかったな、風がビュービューと吹いている日も不思議なことにそこでは風が吹かなかった。絶壁の端で海を見下ろす気分も快く、ここに来ると不思議に安らかな気持ちになったんだ。ここに家を建てて住んだら良いだろうなと呟いたりもしたもんだ。数年前、子どもの時に思い巡らせていたことがふと思い浮かんで、ソウルからここまで来てみたんだ。ところが子どもの時と違っているところがまったくなく、それで誰にも知られないように密かに家を建てたんだ。それからここは自分だけの完璧な空間になり、時々どこかに失踪してしまいたい時、そんな時は数日間ここに閉じこもって息を潜めて過ごしてから上京したりした。世間はここまで自分を追いかけてはこなかった。『存在しないところ』という言葉はそんな意味で言ったんだ」と彼は話した。

そしてある瞬間、彼はまた呟くように話した。「ここで僕といっしょに暮らそうか」ところがそんな話をする時の彼の表情はどこか暗く寂しそうに見えたと母は回想した。すぐに返事をしなかったのは彼の誘いの言葉が信じられなかったからではなく（信じられないわけがなかった。その空間の現実離れした感じが、その現実離れした空間を二人だけで占有しているという特別な認識が、彼らに完璧な信頼を植えつけていた。男が既婚者であるとか家庭を持っているということは地上のことで、現実の立場だった。ところが彼らは地上の現実から離れていた。彼らがいるところは「存在しないところ」だった。だからそんなことは考慮の対象にもなるわけがなかった）、あまりにも唐突だったからだ。もう一度尋ねたとしたら答えただろうか。しかし、彼としてももう一度聞く必要があるとは思わなかっただろう。そう言った後、彼はひどく自らを恥ずかしく思ったに違いない。その言葉が彼らを冒瀆しているように感じただろうから。そのような馬鹿げた質問は一度で充分だった。

繰り返して尋ねる代わりに彼は彼女の方に腕を伸ばし、彼女は彼の腕の中に入り込んだ。体が話した。体が最も正直で最も確実に話した。体より正直な言葉はなかった。体より確実な言葉もなかった。彼が彼女の体を抱く時、彼女は何の不自然さも感じなかった。彼の体は自分の体のように自然だった。二つの体は互いを通して完璧なものとなった。「アリストパネスがこう言ったね、愛は二つの体が最初の一つの体を探そうとする欲望であり追求だ」と、彼は彼女の体の中に入り込んでいくかのようにしっかりと彼女を抱きしめたまま話した。「プラトンが『饗宴』に書いていましたね」と彼女が彼の言葉を受け止めた。初め人間は顔が二つで手と足が四つで目も四つで生殖器も二つだったんだ。ところが人間は神に挑みかかったのであれこれ考えをめぐらせた結果、ゼウスが人間の体を二つに分けたと、彼が話をつなげていった。それで人間は自分の失った半身を探すために愛するようになるのでしょう。元の体、元の精神を探そうと、元のように一つになろうと……と、今度は彼女が話をつないだ。「それが愛の究極的な目的なんだろう。ところが真の半身に出会うというのは簡単なことではない。この世に幸せな人が多くないのはそのためなんだ」と彼は彼女の長い髪の毛をやさしく撫でながら話した。「私、今、誰よりも幸せ」と彼女は恥ずかしそうにささやいた。彼はにこっと笑った。そしてそれが自分の幸せを証明する唯一の方法であると思っているかのように自分の体を彼女の体の中に押し入れた。彼は彼女の体とつながることにより最初の人間の体を作り上げようとした。そして彼女は彼の体と一致することにより太古の人間の一つの体になろうとした。彼らは合一の場にエクスタシーの境地があることを体で知り、その境地には精神が体の下部構造、または体を作り上げる部分にすぎないということを知り、その事実を体で知ったので彼らの得た知は真のものだった。

そこまで話すと母は息が詰まったかのように深く呼吸をした。兄はどうだったか分からないが、私は渇きを感じた。私は空を見上げた。陽射しが目を射した。私は目を閉じた。目の前に球状の菌のような白い残像が浮遊していた。母は何の話をしているのだろう。話に入り込めなかった。私は思い違いをしていた。陳述は母の義務でなく権利だった。義務を課せられたのはむしろ兄と私だった。陳述に耳を傾けなければならない課題を兄と私は負わされていた。そして兄はどうか分からないが、私はその課題をどう受け止めていいのか分からなくなり始めた。できれば母の陳述をそこで止めてしまいたかった。しかし、そんな権利は私にはないことを私は理解していた。私は母と兄をちらっと眺めた。兄は先ほどから口を固く結んだまま銀色のうろこを光らせながら身をくねらせている生き生きとした海に視線を向けていた。母はまぶしそうに空を見上げた。その視線の先に椰子の木が立っていた。彼女の眼差しが遥か昔の時間の中に滑り込んでいることにはたやすく気づいた。

「ここで暮らしたかった。いや、その時間の中から脱け出したくなかった」と母は夢見心地のような声で話した。

二十一歳の冬、彼女には時間に対する分別力が生まれておらず、時間を区別することも不必要だった。時間は流れなかった。どれほど長くそこに滞在したかは分からなかったと母は回想した。時間の流れないところでの存在は状況を超越する。存在を規定する糸が消されているからだ。他の糸との繋がりなしにたった一つの糸だけでは存在の座標は描けないわけだ。彼の言葉どおりそこは現実のどこかに「存在するところ」ではなく、地上ではなかった。

しかし、ある瞬間その空間へと消えてしまった時間が浸入してきて、流れていなかった時間がいきなり流れ始めた。彼らの住んでいたところが地上であり、「存在しないところ」は地上にはなく、現実を通り抜けられるのはただの夢にすぎないことを確認させる出来事が起こった。

黒い車が彼らを連れに来た。黒い服を着た数人の男たちは丁重だった。黒い服を着た男たちは彼に何かの話を懇切丁寧に話した。彼を説得していることは間違いなかったが、どんな内容なのかははっきりしなかった。黒い服を着た男たちと一緒に来た彼の運転手は死んでも申し開きできない罪を犯した人のような表情で片隅に立っていた。運転手は彼の顔を見ることさえできなかった。申しわけありませんとぺこぺこ頭を下げているところを見ると、彼女にも事がどのように進展しているのかは大まかに推し量ることができた。運転手としてもどうしようもなかったのだろう。追及され続けて彼が滞在している場所を教えてしまった運転手を責めることはできなかった。しかし、それによって起こった状況は彼と彼女には大変なことだった。彼が頑強に拒むので黒い服を着た男たちは腕力を使った。男たちはほとんど担ぎ込むように彼を車の中に押し入れた。彼女も車に乗せられた。

車はソウルに向かって疾走した。ソウルは彼らが忘却していた現実の中心部だった。車の中で彼は彼女の手をしっかりと握っていた。彼女は必死の思いで彼を眺めた。彼女は彼がどんな話をしても聞きいれる準備ができていた。彼にどんなことが起こっているのかは分からないが、どんなことが起ころうと彼女は彼の味方だった。もう彼が死のうと言ってもついていけそうだった。彼に対する彼女の信頼はそのように深く強かった。

現実に向かって走っていくその車の中で、彼は自分が今まで間違った生き方をして偽りの人生を生きてきたと告白するように言った。「私がどんな仕事をしてどのように生きてきたかを知ったら驚くだろう。これからはそのようには生きない。ユンヒが私には唯一の希望だ」

わけの分からないことだらけだったが、彼女は何も聞かなかった。その代わりに彼に対する自分の絶対的な信頼を示すかのように彼の懐に抱かれた。本当に政治なんかには爪の垢ほどの関心もなかった。彼女の関心はただその男一人だけだった。それで彼女は言葉なんか要らないという気持ちを伝え、彼はそんな彼女の気持ちを受け止めた。彼らは長い間沈黙していた。

「私があなたにとって希望であるように、あなたは私の希望です。私はいつも同じ場所にいるでしょう」と、彼女は車から降りる前に話した。彼は「ありがとう」と言った。その言葉を聞いた途端彼女の目から涙がこぼれた。彼はハンカチを手渡してくれた。彼女は彼のハンカチで涙を拭いてそれをしっかりと握り締めた。それが長い離別の始まりとは、その時彼女は気づかなかった。しかし、予感できないことではなかった。車が出発したにもかかわらず涙がとめどなく流れて耐えられなかったと母は回想した。内面の深いところから噴き上げてくる重く悲壮な悲しみが喉を通って突き上げてきたと、歯を食いしばっても我慢できなかったと、初めは糸のようにか細かった泣き声が滝のような嗚咽になり慟哭となって地面に坐り込んでしまったと、それが彼と自分の運命を予感する兆候だったのではないかと、母は回想した。

23

「それから、その方にはお目にかかれなかった」母は悲しさを喉の奥に無理やりに押し込むような声を出した。私は母の内面に糸のようにか細い泣き声が用意されているように感じ、そのように始まった泣き声が滝のような慟哭に変わるのではないかといささか心配になった。そんな状態に耐えられるようには思えなかった。会えなかったなんて、一体どれほどの期間会えなかったのかと急いで質問したのは、どこまでも母が泣き出すのを前もって防がなくてはという考えが内から湧き出してきたからだ。

「昨日まで」と母は短く答えてから口を閉ざした。

その瞬間、彼女の記憶の奥からこみあがってくる激しい感情が彼女の口を塞いでいるのを感じた。私もつられて口を閉じてしまった。私の中のある声が、何ということだ！と呟いた。母は遥か彼方の空に視線を移し、しばらくの間じっとしていた。それがこみあがってくる激しい感情を宥めるための彼女なりの方法なのだと思われた。そのようにしなければ彼女は涙を見せてしまうだろう。その涙が嗚咽となり、慟哭になってしまうであろう。そんな事態をどう避けることができるのか、なす術はなかった。それは兄も私も望むところではなかった。感情を抑える彼女なりのやり方が成功するのに望みを託すしかなかった。そんな状況の中で質問とは、分際を弁えないことだった。陳述は彼女の権利であり、それが彼女の権利だということは、彼女が誰かの追及や催促を受けないという意味であった。

間を置いてようやく彼女は話を始めた。「その日、そのように去っていった後、その方は訪ねてこなかった」訪ねてこなかった、と言ったが、実は訪ねてくることができなかったのだ。彼は「たんぽぽ《ミンドゥレ》」にも現れなかった。現れなかったのではなく現れることができなかったのだ。それから消息が途絶えてしまった。否、完全に途絶えてしまったわけではなかった。まず、彼が秘書官を辞めたという消息を聞いた。占めていたポストを辞めさせられただけでなく、何の理由なのか分からないが、厳しい尋問を受けてどこかに監禁されているという消息もあった。監獄だという話もあり、病院だという話もあった。体がめちゃくちゃになっているという話もあり、狂ってしまったという話もあった。廃人になったという噂もあり、韓国から出国したという噂もあり、挙句の果てにはすでに死んでいるという噂も飛び交った。噂が多様なだけに確実なことは何もなかった。「たんぽぽ《ミンドゥレ》」に出入りする客の中で彼について何かを知っているような人たちもいたが、彼らの口は鉛のように重かった。かえって、彼らはあからさまにではないが何となく彼女を避けているような様子だった。

　彼女が比較的事実に近い内容を聞くことができたのは彼女が妊娠五カ月目になった頃で、彼女に事実に近い話をしてくれたのは南川《ナムチョン》のその海辺に黒い洋服を着た男たちを連れてきた彼の運転手だった。

「私もよく知らないのですが」と言いながら、彼はもじもじと、とてもためらいながら、しかし自分が仕えていた上司に対する礼儀と尊敬心と好感、そして同情心を隠すことなく表わしながら、そのように隠すことなく感情を表わす自分に対する奇妙な満足感を密かに示しながら、自分が知っている内容を伝えてくれた。運転手の話によると、彼は非常に深刻で致命的な嫌疑を受けていた。国家の安全を危険に陥れる共産主義系列の活動を封鎖して国家の安全と国民の自由を確保するという目的で反共法が制定されたのは数年前のことだった。その法律を運用する大統領直属の核心の一員だった彼が、その法律によって拘束を受けているというのはアイロニーとしか言えなかった。しかし、それが事実だと言った。詳しくは分からないが、という言葉を数限りなく言い添えながら、その運転手は、彼が国家の機密を流出したという嫌疑を受けていると話した。その情報が北朝鮮と親密な関係を持つ人物たちが集まって作っている過激な団体に流れて、彼も間違いなく北朝鮮の指令を受けて社会を混乱させようとするその危険な団体に抱き込まれ……。話にもならないぞっとするような話が彼女の胸を震えさせた。「詳しい内幕は分かりませんが、いったんそのような嫌疑を受けているのは、今のところ事実であるようです」と、運転手は自分の困った立場を理解してほしいとでも言うようにもじもじとそのように話をして急いで帰っていった。

その数日後、実際に大学生と労働者を含めた在野の活動家たち一同が内乱の陰謀を企てたという理由で拘束される事件が新聞に載った。何かの犯罪集団の人脈図を示したような組織表には彼の名前はなかったが、安心できるような状況ではなかった。どうしたのか、彼の身に何が起こっているのか想像もできないその真っ暗な何も通じない状況がさらに不安で耐えられなかった。人がこんなに跡形もなくなってしまうものなのか、考えてみればぞっとするような恐ろしさだった。お腹の中にいる子どものためにも彼に会わなければならなかった。彼女は彼の消息を知っていそうな人をあちこち尋ねまわった。しかし、無駄なことだった。彼に対する情報は不思議なほど完璧に遮断されていた。

　数カ月後、信頼できる人から聞いたと言いながら「たんぽぽ《ミンドゥレ》」の男主人が話してくれた消息が唯一のものだったが、その消息を聞いた途端彼女の胸は恋しさと悲しさで波立った。

「その人、離婚したという話だよ」と「たんぽぽ《ミンドゥレ》」の男主人が言った。「実は彼がそれほど出世したのは、すべて妻の実家が今をときめく権力を持っていたからだったんだ。彼の義父は現政権の実力者なのに、それを振り切るなんて、私には到底理解できないよ。妻がいくら冷たく生意気な女で夫をないがしろにするといってもそうじゃないか。本当にそんな女だったらしいが、妻が夫をどれほど無視して自尊心を傷つけたか周りの人はみんな知っていたよ。だからといってそうしちゃいけないよ。馬鹿にされたら馬鹿な振りをして暮らせばいいんだ。それがどうしたっていうんだ?……ユンヒ、お前をとてもひいきにしてくれたことは知っている。彼にはそんな一面があったらしいね。純情というのか、でも、天下の大事をする男にそんな純情なんて何も見せびらかすほどのことでもないんじゃないか。これ以上嫌な思いをしたくないといって自ら妻を振り切って家を出ていったようだ。その勇気はほめてあげるべきものだし気概もよいが、そんなに恵まれた立場を振り切るだなんて何ということだ。正直言って彼が自分の力で出世していい待遇を受けたと思うのかい。すべて妻の実家のおかげじゃないか。だから私なら何も言わずにただひたすら生意気な妻のことを我慢しながらずっとその地位に居続けるよ。強力な後押しなのに。とにかく私には彼が理解できない。これはどこまでも私の考えと推測だけど、彼、今度ひどい目に遭うと思うよ、特別な理由があるわけじゃない。反共法だって、内乱陰謀だって、笑かすなよ。私はこう思うよ。彼、自分で自分の首を絞めたんだ。権力を握っている人間にとって人を殺したり生かしたりすることなんて朝飯前のことだ。彼をそのように出世させたのも朝飯前のことであるように、密かに彼を埋葬するなんてことも朝飯前のことだ。権力の恐ろしさを私だって知っているのに、彼が知らないわけもないだろうし、どうしてそうしたんだろう? どうして自ら墓穴を掘ったんだろう? まったく分からない。ユンヒ、彼がお前をひいきにしていたことを妻の実家の人たちが知ったらほうっておかないと思うよ。たぶんそうなるだろうと思う。だから、ユンヒ、これ以上詮索して歩くな。忠告しておくが彼のことは忘れてしまえ。彼の人生はもう終わってしまった。今は屍も同然だ」

信じられない話だが信じないわけにはいかなかった。そしてひょっとして自ら墓穴を掘った彼の選択に自分がある役割を果たしていたのかもしれないという思いがして抑えがたい恋しさが押し寄せてきた。男主人が彼から彼女を引き離す意図でそのようにごちゃごちゃと長々しくしゃべりまくったのだとしたらその意図は的を外してしまった。彼の人生が終わったことによって男主人は彼女の心にさらに大きな火を点けた。その人の人生が終わったとしたら、終わったことで彼への思いはさらに強くなるしかなかった。彼の人生の終わりは彼女と彼にとっては始まりだと彼女は思った。彼女の心配はますます募り、続けてあちこち消息を聞きまわり、得た手がかりは何もなく、何の手がかりがなくても彼女はお腹の中の子どもを分娩するまで消息を尋ね歩き、子どもが生まれた後も消息を尋ね回った。

ここにも何度も来てみたわ、もしかしてここに来て私を待っているかもしれないと思って、と母は回想した。「でもすべて無駄だった」母の回想は水気を帯びてじめじめとしていてのろく寂しげだった。しかし、自分の行き先を知っている放浪者のように最後まで中断しなかった。ここで私の最初の子を産んだ、という話をするまで。

「ここで私の最初の子を産んだ」

母のその文章は創世記の初めの文章のように聞こえた。太古に神が世界を創造された、という文章と同じくらい、その言葉は宣言するような語調だった。その言葉を聞いた途端熱い空気が私のすべての神経をすばやく触って通り過ぎていった。何か熱いものが胸の内をいっぱいに充したような気もした。その言葉を発する時、母の喉の奥にこっそりと入り込んだ、今までとはまったく異なる思いがけない威厳と堂々たるものを理解することはできなかった。母性に対する自覚だったのだろうか？　彼女自らも理解できなかったであろうその威厳と堂々たるものの源泉は一つの文章だった。一切の疑念と質問を呑み込んでしまう大きく絶対的な一つの文章の前で私は言葉を失い、兄も言葉を失った。兄の表情を窺っただろうか？　そうしたようだが、兄がどんな表情をしていたか憶えていないところを見ると彼の表情を窺わなかったような気もする。母は初めから息子たちから顔を背けていた。しかし、母はもう記憶によって、記憶を再生しなければならない自分の役割によって振り回されはしなかった。記憶は今は母に従順になった。母は自分の体を呑み込もうとする大きな波を泳ぎぬけて、ついに海岸に到着した船人の誇りを顔に浮かべたまま兄と私を入れ代わりに眺め、「私の最初の子」と言った。母はそれ以上話す必要がなかった。少なくともその状況では。彼女には話すことがもっとあったし、私たちももっと聞くことがあったが、状況は言葉を必要としなかった。

24

どのように南川《ナムチョン》を発ってソウルに戻ってきたのか。たったの二日間が二年、いや、二十年のように長く感じられた。どのように南川《ナムチョン》を発ったのか、どのように長く感じられた。

私は兄と一緒に故人の棺の前で焼香した。棺の置かれた部屋は静かでみすぼらしかった。弔問客たちの姿もほとんど見られず、その上彼らも申し合わせたように口数が少なかった。そのように思ったからそうなのかもしれないが、弔問客たちは私たちを盗み見しながらこそこそと話し合っていた。母は部屋の片隅にうずくまって坐っていた。まるで間違って移植された木を見るようにみるに忍びなかった。その喪中の家で母が占めている立場は曖昧で不安定だった。曖昧で不安定なのは私の立場もそう変わらなかった。うまく考えがまとまらなかったというより何をどのように考えなければならないのか分からないのがさらに問題だった。母を始めとして私たち家族がその場にいなければならない人なのかどうかも判断しがたかった。

その中でも一番混乱してどうしていいのか分からないでいるのは、実は兄だった。しかし、傍で見る限りは私よりずっと落ち着いていた。衝撃を受けて発作でも起こしたらどうしようと心配していただけに彼の落ち着きは私にとって意外なことであり、理解できないことのように思えた。兄は焼香をして、しばらくの間棺の前で頭を垂れて、そして黙って母の横に坐っていた。彼が母の手をしっかりと握っている姿は驚くべきことだった。まるでそのすべてのことを事前に感知していたかのように思えた。母に威厳と誇りを植えつけた「私の最初の子」の映像が瞬間よぎったが、それが私にまともな考えをするための道を開けてはくれなかった。

　母を知っている人が数人近づいてきて礼儀正しく挨拶をする様子が不自然で、私はまごついて見守っていた。その中でも際立って私と兄と弔問客の目を引く一人の弔問客がいた。白髪頭で皺だらけの腰の曲がった老人だった。その老人は一目で母を見分けた。すぐに母の前に来て跪いて泣き出した。母が彼の腕を掴んで無理やりに体を起こそうとしたが老人は跪いたままだった。仕方なく母も床に坐った。

　老人は泣き続けながら、私はご主人様と奥様に大変な罪を犯しました、と切れ切れに謝っていた。泣き声があまりにも大きかったので老人のはっきりしない発音を聞き取るのが大変だった。しかし、老人は母に赦しを乞うているのは確かで、長い歳月の間胸にためていた様々な思いを吐き出しているのがありありと見てとれた。老人は大変な罪を犯したという言葉を何度も繰り返していた。私のような人間はとっくの昔に死んでいなければならないのに、いまだにこの罪深い命をつないでいると嘆いたりもした。そう言いながらも自分を弁明する言葉も忘れなかった。「お分かりくださっているでしょうが、あの時は国内事情があまりにもよくなかったのです」

彼が誰なのか分かるような気がした。母の人生の中で最も幸せだった頂点で、地上に存在しない彼らだけの土地南川《ナムチョン》を知っていた唯一の他人であり、ソウルから人々を連れてきたのが彼だった。彼といっしょに、彼に案内されて押しかけてきた黒い洋服の男たちは彼らを厳然とした現実の中に引き戻した。彼らは天国というものは、少なくとも地上には存在しないと知ることとなり、母は恋人を失った。恋人はどこかに去ってしまい、消息さえ聞けなくなり、その渦中に母は出産し、そして歳月が流れ、それでも母の恋人は現れず、その完璧な失踪を理解できないまま、それでもどうしようもなくその事実を受け入れて母は結婚し、そしてまた歳月が流れ、何十年ぶりなのか、母は恋人に、現実の外に存在するその場所でまた会ったのだ。「少し前にこの方が教えてくれた、ここに行ってみなさいと……」と、母が私たちの方に振り返って言った。老人は、まるでそれが自分の犯した罪の中でも最も重い罪であるかのようにさらに悲しそうに泣いた。「もっと早くご連絡差し上げようとしたんですが、ご主人様が断固として反対なさったのです。絶対に連絡してはいけないと、それで……」と老人は泣きじゃくりながら言った。彼は兄と私に向かっても頭をぺこぺこと下げてぶつぶつと呟き私たちを居心地悪くさせた。「もうこれ以上治療は受けないとおっしゃったんです。南川《ナムチョン》に連れていってくれとおっしゃったんです。そこでこの地上での最後の時間を過ごしたいとおっしゃったのは六カ月前でした」と言って老人は涙を拭った。

「いつの間にか三十五年が過ぎていたのね」と母は悔恨のこもった声で言った。「三十五年間、ご主人様はいつも奥様のことを思い続けておられました」と老人は泣きじゃくった。「一時も忘れなかったわ、私も」と母が言った。「世情が変わったようで帰国してもいいかもしれないと帰ってこられたのですが、その時はすでに病が重かったのです」と話す老人の語調はまるで自分のせいで彼が病気になったということを告白しているようだった。

「外国にいらっしゃっていたようなの。一種の国外追放みたいなものでしょう。帰国はもちろんのこと、連絡もできない状態だったらしいの」

今度は母が私と兄に向かってそう言った。

「お二人が再会なさらないでそのままお亡くなりになるとこの世への思いがあまりにも残るようで、お二人より私がもっと耐えられそうになく、それでご主人様のお気持ちに逆らったのですが、ご主人様も何か予感のようなものがあったんでしょう。奥様がいらっしゃった日は意識もはっきりしていらっしゃって、朝、目を覚まされるとすぐに体を洗いたいとおっしゃったんです。そして椰子の木の下に連れていってほしいとおっしゃって」と老人は泣きじゃくった。

「椰子の木がこれほど立派に立っているなんて本当に知らなかったわ。もしかしてという思いでここに何度もやってきた時はあの木を見つけることはできなかったのに……」

「ご主人様も同じく驚かれたようです。ここに到着した日、空に向かってすっくと聳えているあの椰子の木を見上げながら何度も信じられない、信じられないとおっしゃいました」

「信じられないことですよ。でもあの木はあのように立って、信じられないことが信じられるということを力説しているのですよ」

「ご主人様は天気のいい日は椰子の木の下に出てこられて長い間坐っていらっしゃいました。あの椰子の木に纏わるお話もしてくださったし」

「あの時、あの人と海辺を散歩しながら初めて見る種を砂浜で見つけたの」と母が私と兄を代わる代わる見ながら言った。「ブラジルかインドネシアのようなところから太平洋を越えてきたんだろうとおっしゃっていましたね」と、老人はとても不思議だというように話した。「椰子の木の種をあの家の前の絶壁に植えたの。その熱帯植物が私たちだけの空間である南川《ナムチョン》、この海辺で育つかどうか試してみようという思いだったような気もするわ」と母は椰子の木を見上げながらため息をつくように言った。

その種が太平洋を越えてきたと思ったらそれが何かの象徴のように、まるで二人の秘められた愛のように思えて厳かな気持ちになったと言った。彼らの愛に対する信頼と望みをその木に転移させたと言った。でもその木が本当に育つであろうとは思わなかったと母は言った。「土壌も違うし、気候も違うので……」その話をする時、母は喉の奥からこみ上げてくる何かを呑み込んだ。土壌も違い気候も違うがこれ見よがしに空に向かって立っている一本の椰子の木が、彼女の目頭を濡らしていた。象徴樹という単語が消化されない飲食物のように私の喉に引っかかって呑み込めないような感じに捕らわれた。木が立っている絶壁の上の空間と私が盗み見したその空間での母の奇異な行動が、現実離れしているように見えたことが理解できる気がした。病に罹り年老いた男の体の上にあがり、腕と腕、胸と胸、顔と顔、足と足を合わせた彼女の裸体が少しも醜く見えず、かえって純潔に見えたわけも薄ぼんやりと分かるようだった。

帰ってくる車の中で私たち家族は黙りこくっていた。母は疲れているようで、兄は考えを整理しているようだった。空気が鉛のように重かった。私は前方だけを見て運転した。しかし、ブラジルかインドネシアのある密林から太平洋を渡ってきて、南川《ナムチョン》のその絶壁の上で太平洋を眺めながら育っているその背の高い椰子の木がしきりに目の前にちらついて、運転するのが大変だった。木は土壌が違い気候が違う異国の地で芽を出すために土の中で何年も耐えていた。ただ耐えていたのではなく適応しながら耐えて待ったのだ。この土地の土壌と気候に合う体質を得る時まで。

木の根は海に達し、海が木を抱く。いや、その反対だ。木が海を抱いている。木が海より大きくて広い。私は木の長く深い根が太平洋を泳いでブラジルやインドネシアのある密林にたどり着く絵を目の前に描いていた。木が夜毎に一度ずつ、または二度ずつ太平洋の海の底を行ったり来たりするのを誰が知っているというのか。木は動かないで一カ所に固定されているという考えはど悪意のある偏見はないと私は思う。太平洋を渡ってきた椰子の木を見てみるがいい。海を渡ってきた木が海を渡っていけないわけがない。私の考えは、木は動かないのではなく、動いている様子が見えないだけだというところに帰着した。母と兄は私の無限大に広がっていく思考回路を妨害しなかった。兄は疲れているようで、母は考えを整理しているようだった。空気は重かった。私は前だけ見て運転した。

25

南川《ナムチョン》から戻ってきた後、私たち家族はその家でそれぞれたった一人だけで住んでいるかのように過ごしていた。母は朝早く出かけていき、夕方遅く帰ってきた。兄は自分の部屋でじっとしていたし、父もそうだった。家族が一緒に食事をすることもほとんどなかった。家事をしてくれているおばさんが四度目の朝食の準備をしながら、まったく変な家族だよ、この家の人たちは、とぶつぶつ言うのを聞いた。おばさんの話のとおりだ。しかし、考えてみるとそれは南川《ナムチョン》に行ってきてから生じた変化とは言えなかった。その度合いが少しひどくなったと言えるかもしれないが、ある日突然そうなったのではなかった。それは箪笥の隙間の埃が歳月と共に厚い層をなし少しずつ積み重なっていくように長い歳月を越えてゆっくりと積み上げられたものだった。他人の目にはおかしくて不自然なものが、私たち家族にはまったくおかしくなく自然なのはそのためだ。

私が南川《ナムチョン》に行っている間、私の留守番電話はかかってきた数件の電話をしっかりと録音していた。家出をした娘を探してほしいという中年の女性と思われる声と、クリスマスの連休ごろの済州島《チェジュド》行きの航空券を購入してほしいという若い男性の声が録音されていた。「蜂と蟻」にかかってきた電話だった。済州島《チェジュド》行きの航空券を購入してほしいという人は後でもう一度電話をかけてきて、とてもいらいらした声で、何だ、仕事をする気があるのかないのか、くそっ、と罵って電話を切った。

私は密かにスンミの声を期待していたのだが、彼女の声は録音されていなかった。母の追跡調査を依頼していた男からの声も録音されていなかった。私は少しがっかりした。その男が母と私たち家族について知っていることは私よりももっと多いだろうと思われ、それは恥ずかしいことであり、恥ずかしいというよりはぞっとするようなことだった。私はそいつが知っていることが何なのか、そして知りたがっていることが何なのか探り出さなければならなかった。私が本当に知りたいのはそいつの意図だった。そいつが私を選んでその仕事をさせたのは偶然だとは思えなかった。偶然でなければなんだろうか？　私が誰だか知っていて、私が母の息子であることを知りながら何も知らない振りをして私に仕事を依頼したのだとしたら、そこには何か意図が隠されているのは明白だった。自分が知っていることを私に知らせようとするのがそいつの目的だったのだろうか？　そうすることによってそいつは何の得をするのだろうか？　その質問に対する答えは、そいつが誰であるかによって異なるに違いない。そいつの正体が誰なのか気になって仕方なかった。

ところが、謎を解く手がかりとなるそいつの声は録音されていなかった。私が待っている時、彼は連絡してこなかった。そいつから一方的に連絡を受けることになっている状況に苛立ったがどうしようもなかった。

二日後に留守番電話に録音されたスンミの声を聞くことができた。私はその声を聞いた途端胸がときめき、それは彼女に対する私の感情がいまだに透明になっていない証拠だった。それは私の望むところではなかったので棘が刺さったようにちくりと胸が痛んだ。そんな可能性はまったくなかったが、万が一にも彼女の声が漏れて兄に聞かれるのを恐れて私は留守番電話のボリュームを下げた。そんな可能性はまったくないことを誰よりも知っていながら、彼女が個人的な感情を吐露するために密かに電話をかけてきたかのように胸をときめかせている自分の馬鹿げた心情を必死に抑えた。「あの、スンミですが」と言った後、彼女はしばらく口ごもった。私は息を殺した。彼女は「ちょっと会いたいのですが」と言った後、言葉が途切れ、しばらくして「いいえ、いいです」と急いで打ち消してから、そっと受話器を下してしまった。彼女のためらいを私は理解できるようだった。彼女は何かに対して勇気を出したが、しかし、彼女の勇気は自意識を完全に解き放つには充分ではなかった。私は彼女の自意識を理解できるようだった。しかし、彼女が発揮した勇気の内容が何であるかは、彼女に会うまでは理解できなかった。そして彼女に会ってその勇気の内容が何だったのかを知った後では、彼女がそんな勇気を出したということが信じられなかった。

彼女のためらいは私の行動に何の影響も与えなかった。私は彼女のところに一気に駆けていった。

家を出ながら留守番電話に携帯の番号を残しておいた。それはひょっとして出かけている間に彼女からまた電話がかかってくるかもしれないという期待のためだった。彼女にまた自分の声を録音するのがいいのかどうかとためらわせたくなかった。家出をした娘を探してほしいというメッセージを残した顧客がまた電話をしてくる確率はほとんどないと私は判断した。ただ確率とは関係なしに、母の追跡調査の依頼主から万一かかってくるかもしれない電話を逃してはいけないという考えも頭を離れなかったからだ。しかし、スンミからも家出をした娘を探してほしいという顧客からも、そして母の追跡調査の依頼主からも電話はかかってこなかった。

彼女は図書館にいた。私が閲覧室の中に入っていった時、彼女は自分の席に坐ってキーボードを打っていた。たぶん、そうだろうと思っていたが、彼女は憂鬱そうで顔色が青白かった。以前と同じようにひたすら俯いていた。私はゴホンゴホンと咳払いをした。図書館カードを見せてくださいと彼女が、相変わらず俯いたまま小さな声で言った。私は財布から運転免許証を取り出して彼女に手渡した。私の顔と名前を確認した彼女はしばらくじっとしていた。しかし、キーボードを打っていた手が止まったのを見て彼女が私のことを確認したことに気づいた。彼女の伏目がちなまつげが軽く震えた。

彼女は運転免許証を押し戻し、静かに立ち上がった。私は彼女について出ていった。彼女の淡々とした態度は、ひょっとして私を待っていたのかもしれないと思わせた。彼女は事務所に入ってコートを着てすぐに出てきた。ベージュ色のトレンチコートが化粧っ気のない顔によく似合っていると思った。濾紙で濾したかのようなきめ細かな陽射しが町にさんさんと降り注いでいた。彼女は顔をしかめた。それは必ずしも陽射しのためだとは思われなかった。

彼女が入っていったところは図書館近くの小さな喫茶店だった。切り出した丸太そのままをごちゃごちゃとくっつけたかのような低い天井、建ててあまり時間が経っていないのか室内には乾いた木の臭いがした。昔、聞いたことのある、曲名が思い出せない英語の歌が静かなさざなみのように漂っていた。私たちは窓際の席に坐った。顎ひげの男が近づいてきて彼女に挨拶をしてコーヒーにしますかと聞いた。彼女は頷き、男は私にだけ掌くらいの大きさのメニューを手渡した。私もコーヒーにすると言った。

私たちの前にコーヒーカップが置かれるまで、ぎこちなく冷え冷えとした沈黙が流れた。私は急に疲れを感じた。南川《ナムチョン》で起こった数日前のことが夢のようにぼんやりと思い浮かんだ。不思議な無気力感のようなものが押し寄せながら眠気が襲った。私は南川《ナムチョン》のあの椰子の木の蔭で彼女の腕に抱かれて一眠りできたらと思った。室内に流れている聞きなれた音楽の中に一種の神経安定剤のようなものが混じっていてそれが私の血管の中に浸透してきたのかもしれないという話にもならない想像をした。

かなり経ってから顎ひげの男がコーヒーを運んできた。男は自慢げに「挽きたてのコーヒーなので香りがいいはずです」と言った。見かけとは違って男の声は細くて柔らかだった。他に客がいないのでそうなのか、男は私たちに格別に親切にしてくれた。私たちのテーブルから離れる前に男は彼女の方に少し体を向けて、まるでささやくかのような声で、「あの歌かけましょうか」と聞いた。彼女が慌てた様子を顔に見せて急いで手を横に振るのを見ると、おそらく男の親切はその場には合わなかったようだ。男はすぐに去っていったが、彼女の上気した顔はすぐには鎮まらなかった。「彼、何と言ったんですか」と尋ねるのは私としては自然なことだった。しかし、それを尋ねられる人の立場はそうでないようで、彼女は何でもないと言いながら急いで話題を変えようとした。「何なんですか」と聞きかえす私の声が大きくなったのは、彼女に対してではなく喫茶店の男に対してだった。私は自分の質問が彼女を通り越して男に突き刺さるであろうと見当をつけ、私の見当は的外れではなかった。

「お客さん、いつも一人でいらっしゃると必ず聴いていかれる曲があるんですよ」と男はコーヒーカップを熱い湯につけながら親切に答えた。それがどうして顔を赤らめるほどのことなのか理解できなくて、私は顔を上げずにコーヒーカップをいじくっている彼女を一度眺めて顎ひげの男に向かって声を上げた。「何の曲なんですか。かけてください、構いませんから」すぐに私の言うとおりにする前に、男は腰を伸ばして私たちのテーブルの方を眺めた。スンミの様子を窺っているようだった。彼女の顔に浮かんでいる困惑にその男が気づくには室内が少し暗かったのかもしれない。そうでなければ私がそうしたように、彼もやはり特定の音楽をかけるかどうかの問題を深刻に考えていなかったのかもしれない。顧客の趣向に合わせた音楽をかけなければならない義務のようなものは初めからなかった。顧客へのサービスと言えるもので義務ではなかった。それはかえって特定の顧客に対する喫茶店の主人の好意的な特例というものだった。行為や特例は施すものであって、その施しが感謝の条件を作り上げるのは自然なことだが、施さないことが責められたり非難される条件を作り上げることなどないという常識的な考えを彼がしたからといってなじることはできない。顧客に対して好意的な特例を施すことでその男が感じる自負心も無視できない要因である。喫茶店の中に彼が気を使わなければならない他の客がまったくいなかったことも。

喫茶店の男は特例を施すことに決めたようだ。彼は水に濡れた手をタオルで拭いてオーディオがある方に、数歩、歩いていった。すぐにそれまで室内に流れていた昔のポップソングは止まり、しばらくして他の曲が流れ始めた。それと同時にスンミの頭がさらに下に垂れ、ほとんどテーブルにつくほどになりながら、窓の方にもたれかかるのを私は見た。ギターの伴奏がゆっくりと流れ始めた瞬間、私はなぜ彼女がそのように困惑したか理解できた。聴きなれた歌詞であり、耳慣れたメロディだった。あなたのためにあるのよ、私の心。ずっと前から立っていたのに見向きもしてくれない？　いつまで立っていたらいいの？　溶けてしまう前に、するすると溶けて跡形もなくなってしまう前に私の心を写して、写真屋さん……。

私はその歌の中の写真屋さんが誰なのか知っていた。そしてその歌が誰のために作曲され演奏されたのかも知っていた。しかし、その歌がなぜその喫茶店のオーディオを通して聴けるのかわけが分からなかった。その歌が録音されたテープは私の手元にある。もちろん他にもそのテープがないということはないだろう。しかし、私の疑念はそこで止まらなかった。歌を歌っている人は彼女ではなかった。録音状態も私が持っているテープとはとても違っていて家で録音したものとは思えなかった。彼女が私に何らかの説明をしてくれなければならないと思い、彼女から目を放さなかった。

私の追及の眼差しが分かったのか、彼女はコーヒーカップをいじくっていた手で髪の毛を撫で下ろした後、「偶然だったんです」と小さな声で言った。「偶然にこの喫茶店に入ってきたんですが、あの歌が聞こえてきたんです」という彼女の答えには納得がいかなかった。自分の答えが納得がいかないものであることを彼女も知らないわけがなかった。「あの曲を歌の上手なサークルの後輩にあげたんだけど」と彼女は大きな過ちでも犯したようにとても小さな声で続けて言った。「その後輩が大学歌謡祭に出場したようで、あの曲で……。奨励賞を受けたんですって。歌謡祭の音盤にあの歌が載ったということは聞いていたんですけど、そのことがこの店に来て分かったんです。それで……」

それで驚いたのだろう。驚いたが懐かしくて店の主人を呼んで音盤を見せてほしいと言ったのだろう。もう一度かけてほしいとも頼んだのだろう。ひょっとして自分がその曲を作ったのだと も言ったのかもしれない。そして、彼女がその店に入ってきさえすればあの男は最大のサービスでもあるかのように、「写真屋さん」をかけたのだろう。写真屋さんが誰なのか分からないままに。その歌と彼女をつなぐ密かな経緯について何も知らないまま。その歌を聞くと彼女が思い浮かべる哀しい記憶について爪の垢ほども知らないで……。

私はいまだに彼女の心の中を占めている写真屋さんに嫉妬を感じた。彼女が彼のために歌を歌う場面を隠れて盗み見した二十一歳からの私の願いは私一人だけを前において、ただ私だけのために歌う彼女の歌を聴くことだった。しかし、望みのない夢であって、今ではそれが望みのないものだということぐらい分からないわけではないが、分かっていたと思い続けてきたが、何かにかこつけて吹き出物のようにぶつぶつと突き出てくる未練をどうにもできなかった。人間の心とは本当に微妙なものだと今更のようにしみじみと思われた。

「写真屋さんはこの頃写真を撮らないいんですよ」と少し冗談交じりで話したのは、その瞬間私の心の動揺が嫌らしく思われたからだ。「それでお話しするんですけど……」と、まるで私の言葉を待っててでもいたかのように彼女が口を開いた。重荷になる課題を急いで終わらせてしまいたい彼女の気持ちをその瞬間私は読み取った。次の瞬間、彼女が、「私に会うとお兄さん、ほんとうに写真をまた撮るでしょうか」と聞いてきた時、私は何かに爪の下を突かれたような眩暈を感じた。もともと、私が彼女に頼んだことだったのにそうだった。私が彼女を尋ねていって頼んだ時とは状況がとても違っていると心の中で考えていたような気もする。兄の手にまたカメラを握らせる唯一の人は彼女だと考えていた。私の本心は彼女に会いたいと思ったのかもしれないが、そんな心がもっと大きく切実な動機だったのかもしれないが、私自身を説得して、私が説得して打ち出した表面上の動機は兄と写真だった。写真をまた撮るようにして兄を社会と連結させたいとする私の利他的な動機に加えられる不道徳だという嫌疑が恐ろしくて、私の本心をのぞいてみようとしなかったのかもしれない。スンミを探し出そうとする欲求が目をくらませたのか、その時はスンミを探し出せば兄を救い出すことができるという確信があった。しかし、兄は本当にスンミに会えばまた写真を撮るようになるのだろうか？　彼女の質問を受けると急に心が揺れ動いた。もしかして南川《ナムチョン》から戻ってきてあまり時間が経っていないせいなのかもしれなかった。数十年の歳月が流れたように感じられた。南川《ナムチョン》は空間だけが現実離れしているのではなかった。そこでは時間の流れもゆらゆらしていた。流れているのか、溢れているのか、渦巻いているのか、息を殺しているのか分からないのがそこの時間だった。

「お兄さんに会わせてください」と彼女は低い声で言った。喫茶店には「写真屋さん」の後半部分が流れていた。私の心を写して、写真屋さん　私の心を写して、写真屋さん……。頭の中は複雑なのに、私は曲にあわせて口の中でのんびりと歌を歌っていた。

「私をモーテルの部屋に入れてください」という彼女の言葉によって私はそれ以上曲に合わせて歌えなくなった。私は自分の耳を疑った。口の中で歌っていて止めたのは何も「写真屋さん」の曲が終わったからではなかった。何てことを言うのだと言わんばかりに私は目を吊り上げた。聞き違えたのならいくらでも言いなおすとでも言うかのように強くはっきりとした語調で、「お兄さんが女を待っているモーテルに私を連れていってください」と繰り返した。私は彼女の声がかすかに震えるのを感じた。連れていって、と言う時、唾を吐くように聞こえた。私は彼女が自らを冒瀆していると思われた。彼女は自分自身に唾を吐いているのと同じだった。彼女は、「私は売春婦なの、売春婦と変わるところはないわ」とまた唾を吐いた。私はほとんど泣きそうになって「そんな風に言わないでほしい」と言ったが、自分が何を言っているのか分からなかった。声はどもり胸がどきどきした。とっさに店の主人を手招きして、「コーヒーをもう少しください」と言った。しかし、彼女はコーヒーを一口も飲んでいない状態だったし、私のコーヒーカップにもコーヒーが半分以上残っていた。

26

彼女は言った。私は売春婦です。売春婦と変わるところはないわ。私はその言葉に耐えられなかった。私は彼女に、お願いだからそれ以上言わないでと頼んだ。彼女が心配になったからではなく私がその言葉に耐えられなかったからだ。しかし、彼女は私の言葉を聞かなかった。彼女は固く決心した人のように冷たく自らを卑下して冒瀆した。自分は売春婦なので兄が行くモーテルに入れてもらう資格が充分にあるという彼女の言葉は、自分自身を汚物入れに投げ込む覚悟なしに話せる言葉ではなかった。私は聞きたくないと言い、彼女は聞かなければならないと言った。私は聞く理由がないと言った。彼女は聞く義務があると言った。私が彼女を尋ねて兄の話をしたからだと言った。自分自身を知り、省みるためだとも言った。私に売春婦だということを覚らせるためだとも言った。私は同意できない。彼女が売春婦だということも、彼女が売春婦だという事実を私に覚らせようとしたということにも同意できなかった。彼女は絶対売春婦ではないし売春婦であってはならない。私は彼女を売春婦のように扱ったこともなく売春婦だと思ったこともない。私には彼女を冒瀆する、どんなわずかな理由もなかった。

私は彼女に言った。兄に会わせることはできる。それは最初から私がスンミさんに頼んだことだった。しかし、売春婦の役割ではない。それはスンミさんにふさわしくないだけでなく何より兄が望むところではない。そんなに自分自身を卑下することはスンミさんにもそうだし兄にも有益なことではない……。私の言葉は彼女を説得できなかった。彼女は意外なほど強情を張った。病的な自意識が彼女を狭い人気のない路地に追い詰めていると思わずにはいられなかった。私は気が触れてしまいそうで、もう少しここに坐っていたら本当に気が狂ってしまうかもしれないと思われ、そのまま立ち上がってしまった。コーヒーポットを手にして私たちのテーブルに近づいてきた顎ひげの男がぽかんとして私と彼女を代わる代わる眺めた。

喫茶店の中には他の曲が流れていた。歌は化粧が浮いている売春婦の顔のようにぼさぼさしていた。彼女が泣いていることに私はそれまで気づかなかった。そして彼女が泣いていることに気づいた瞬間、私の体は固く凍りついてしまった。私は木切れが倒れるようにその場にまた坐り込んでいる彼女が罪の意識に捕らわれているように思われ、彼女の罪の意識を理解できるような気もするし理解できないような気もした。

「ウヒョンさんと別れてから私はめちゃくちゃな人生を生きたんです」と、私が坐るのを待っていたかのように彼女は寂しそうに言った。「ウヒョンさんのせいだというのではありません。ただそんな風になってしまったということで、どうなってもいい、というようになったということなんです」

私は彼女の部屋を盗み見したことを話さなかった。彼女はある男と一緒にいた。そしてその男は意外にも彼女の義兄だった。しかし、その事実を私は彼女に話さなかった。ただ彼女に兄に関する偽りの情報を与えて兄のことを諦めさせた情報機関の人間というのは、その人ではないかと遠まわしに聞いただけだった。そんな風に質問を投げかけた時、私は自分自身が敏腕な刑事のように思え、彼女は戸惑い、疑いの表情を見せた。それだけでも彼女の罪意識を呼び起こすのに充分だったのだろうという連想に自然につながっていった。しかし、私は、衝撃を受けたのは事実だが、それとは関係なしに、何かで彼女を追及する気持ちはなかったし、彼女を非難しようとする気持ちなんてさらになかった。ただ理解できないという程度だった。

「義兄に会ったんです」と彼女は言った。私はその文章の時制をすぐには把握できなかった。彼女の叙述の時点が十年前に遡っていたからだ。「いつですか」という私の質問はほとんど自然に飛び出したのだが、ひょっとして彼女に問い詰めているように思われないか心配になった。ところが幸いなことに彼女はそのように思っているようではなかった。「この前、図書館にキヒョンさんが私を尋ねてきた後で。どういうことなのか問い詰めたんです」と話すことで彼女は過去の偽りの情報を与え、兄を諦めさせた一人の情報機関の人間が自分の義兄であることを示した。「どういうことなのか、どうしてそう言ったのか……。どうして私に嘘をついたのかと……。初めはそんなことないと否定したので、すべて知っていると、キヒョンさんが訪ねてきたと言ったら、その時になって……」その時になって彼はスンミのために善意の嘘をつくしかなかったと弁明したというのだ。足もない障害者と交際を続けさせて義妹の将来を駄目にするわけにはいかないというのが彼の弁明だった。

「思いやりのある義兄さんですね」と言いながら私は冷たく笑った。私の言葉の中にこめられている皮肉に彼女が気づかないはずがなかった。私はスンミの将来を駄目にしたのは兄ではなくまさしくその人間じゃないかと迫りたかったが、彼女は私の心中のそのような気持ちに気づいているようだった。私はその日の夜、彼女のアパート団地の商店街の屋上で見下ろしていたことを言ってしまいたい衝動をぐっとこらえた。彼女は私がどこまで知っているのか聞いてみたいのを必死で我慢している様子だった。彼女はその時になってやっとコーヒーを一口飲んだ。コーヒーを飲む余裕ができたのではなく、いつまでも余裕が見つけられなくてそうしたようだった。もっと呆れたのは、と彼女はコーヒーカップを静かにテーブルの上において話を続けた。「その人がウヒョンさんのお母さんに会ったというんです」「母に会ったって?」と私は聞き返した。その人がなぜ母に会ったというのだろう?「ウヒョンさんのお母さんがおっしゃった話、それはすべてその人が作り上げた話だったんです。その人がそう話せと言ったんです。そう話さないとよくないことが起こるだろうと脅迫したんですって。ウヒョンさんのお母さんが私に話したことと、後でその人が教えてくれた情報が一致したのはそうだったからなんです」と言いながら、彼女は息が詰まったのかあえぎながら息をした。

私は彼女が自分の義兄をその人と呼んでいることを意識しているのかどうか気にかかった。意識的であれ無意識的であれ、それは間違いなく彼女の心を表現する重要な記号であるに違いなかった。さらに彼女にとってはその人はただの義兄ではないのだ。しかし、その点を追及していくわけにはいかなかった。いったいその人がどうして?と聞くことがその状況で私が見せることができる唯一の反応だった。すぐに返事が来た。「欲の深い人なんです、その人、欲しいものをすべて自分のものにする」と話す彼女の話は分かるようで分からないようでもあった。その人にある種の嫌疑をかけていた私は、彼女がその話によってその嫌疑の内容をある程度確認させてくれていると自分なりに考えてしまった。私にとってそいつは疑いもなく悪い奴だった。私に恥辱を与え暴力を振るったからではない。そんなことは耐えられることであり忘れることもできる。欲しいものはすべて自分のものにするという彼女の遠まわしの陳述の中にそいつが明らかに悪い奴だというヒントが示されていた。私は馬鹿でなかった。そいつがスンミに与えた傷跡を想像するのはたやすいことだった。

思いがけなくその時また「写真屋さん」の歌が流れてきた。店の主人は親切な人かもしれないが、気の利く人でないことは確かだった。スンミのまつげが意識できないほど軽く痙攣するのを私は見た。歌が彼女の口を塞いだ。ウールのカーテンの隙間から陽射しが入り込んできた。埃が陽射しを受けて蜻蛉のように飛び交っていた。その流れの中に音楽がすべるように流れていった。音楽はゆっくりとしていて寂しげだった。彼女は「写真屋さん」が終わるまで口を閉ざしていた。その鈍くて親切な店の主人がまたその歌をかけないという保証はないので歌が終わる前から私は焦っていた。幸いなことに「写真屋さん」が終わりかけた頃、若い女性が五人、少し騒ぎながら喫茶店に入ってきた。彼がこれ以上私たちに親切にしなくてもいい状況になったので私はがやがやと騒ぎ立てている若い女性たちのおしゃべりを有難く拝聴することにした。

冷めたコーヒーをずっと音を出して飲んだ後、「それが理由なんですか」と聞いた。「スンミさんが自分を卑下して冒瀆しながら売春婦の役割をするという理由はそれなんですか」私は自意識の牢獄から彼女を引き出さないといけないと考えていたので、わざと勇ましく声を出して何でもないように言った。彼女は私の質問に答えなかった。彼女のしかめた顔が心の痛みを訴えていた。しかし私は動揺してはいけなかった。それが理由ならその提案に同意できないと私は断固として言った。兄の体と精神が正常でなく、彼を一カ月に一度ずつモーテルに連れていくのは発作を予防して治療効果を期待してのことではあるが、兄もそうだし私もそんなに気持ちのいいことではないと話した。スンミさんにその事実を知らせたのは私の胸が痛いからで、スンミさんに助けを求めるためにはこちらの事情を知らせないといけないと思ったからで、決して当たり前で自慢するほどのことではないという話をした。スンミさんは自分を冒瀆して虐待しようとしていると、それは誰にも望ましいことではないと、スンミさんの自己虐待と冒瀆によっては兄は救い出せないと、それはいい方法ではないと、だからお願いだからそんなこと言わないでほしいと宥めるように話した。

黙って私の話を聞いていたスンミはとうとうテーブルにうつ伏せになって泣きじゃくった。

「私、どうしたらいいの。これから私、どうしたらいいの……」

私は彼女の肩に置いた自分の手を想像した。しかし、私の手はテーブルの下でびくともしないでいた。ぐっと握りしめた掌は汗びっしょりだった。私はそっと手を開いてズボンにこすり付けた。何かの予感のように喫茶店に歌がまた流れ出した。あなたのためにあるのよ、私の心。ずっと前から立っていたのに見向きもしてくれない？　いつまで立っていたらいいの？　溶けてしまう前に、するすると溶けて跡形もなくなってしまう前に私の心を写して、写真屋さん……。

27

私のしたことが間違っていないかどうかは分からない。隠さなければならないとか、恥ずかしいことだとは思わないが、間違っていなかったとは言い切れなかった。私に言えることは、その瞬間の真実に忠実だったということだ。ある本の中で行動が正しいか正しくないかを決定するのは状況であり、状況の中にあったりなかったりする真実という言葉を聞いた。その本では動機が愛だとしたらその行動は善だ、と書いてあった。その文章を私は、動機が愛でなかったらその行動は善ではないという意味に解釈した。動機が愛であるならいくら悪い行動でも善であり、動機が愛でなかったらいくらよい行動でも善ではないというのか？という疑問を以前は持っていた。しかし、今は違う。私はその状況主義者の特別な主張を定言命法のように受け入れた。私はその状況主義者の特別な主張が私のために作られたものであるかのように受け入れた。動機が愛ならすべてが容赦された。愛はすべての状況と問題に対する唯一の規範であるからだ。

私がその町からたやすく離れられなかったのは、喫茶店のテーブルにうつ伏せて泣きじゃくっていたスンミの声があまりにも鮮明に私の耳に響いていたためだ。私、どうしたらいいの。これから私、どうしたらいいの……。分からない、いつ彼女を守ってやらなくてはという決心をしたのか。彼女を守る人は私しかいないとどうして自覚するようになったのか。その言葉を聞いた喫茶店の中でだったかもしれない。汗に濡れてじめじめしていた掌をズボンにこすりつけながら、この女を守ってやらなくてはならないと心の中で呟いていたような気もする。彼女を保護することが私に権利として与えられるのなら、そうでなく義務としてでも与えられるのなら、そうしたら命も投げ出せるだろうと何度も繰り返したのは、彼女と別れて陽射しが蜘蛛の巣のように肌にねばりつく町を歩いている時だった。彼女には悪いが、テーブルにうつ伏せてどうしたらいいの、と泣きじゃくっていた時ほど彼女を身近に感じたことはなかった。

だからといってどうしようというつもりはなかった。彼女は図書館に戻っていき、私はソウル行きのバスに乗るため彼女が教えてくれた道を歩いていた。私、どうしたらいいの……。彼女の声があまりにも生々しく耳に残り、私は歩みを止めて何度も振り返ってしまった。彼女が落ち込んでいる苦しさの深淵が覗かれた。できることなら彼女をその深淵から引き上げてあげたかった。できるだろうか?と私は自分に問いただした。その瞬間、彼女が落ち込んでいる深淵が再び見えた。彼女が落ち込んでいる深淵は彼女の義兄だった。彼女をして自らを売春婦だと自称させたのはそいつだった。私はそいつに向かって噴き出す炎のような憎悪を感じた。

そいつのために不幸になった人はスンミだけではなかった。兄の顔が浮かんだ。「私の最初の子」の誇りを植えつけてくれた兄の予期せぬ疾病のために、心が傷つくだけ傷ついた母の顔が浮かび、そいつから受けた自分の恥辱が思い浮かんだ。私の憎悪は胸を貫き外に飛び出そうとしていた。私は道路の傍に立っている街路樹を足で蹴った。私は自分の憎悪をそいつに見せつけたかった。スンミに対する私の愛とそいつに対する憎悪は一つだった。私はそいつを憎悪することでスンミに対する私の愛を確保しようとした。愛としての憎悪、もしくは愛を呼び起こす源泉としての私の憎悪は美しく純潔で清らかなもので、そいつを憎悪することがスンミを愛する方法だという私の考えが極端に急で狭い道だということは私も知っている。しかしその急で狭い道が一本道であればどうしようもないことだった。歩いていくほかに方法はなかった。

私はそいつを探し出さなくてはと心に決めた。人探しは私がしてきた仕事で、その中でも私の最も得意な仕事だった。私はそいつが乗っていた車の車両番号を記憶していた。その番号さえ知っていれば人に関する基本事項を把握するのは難しいことではなかった。私が家出をして放浪生活をしている時、かなりの期間、寝場所と食事を解決してくれた「お客様に代わって走る人たち」に電話をかけて、そいつの名前と年齢と住所と電話番号を簡単に手に入れた。そして私はためらうことなくそいつの家に電話をかけた。

電話を受けたのは女性だった。声がスンミとよく似ているところをみると彼女の姉だろうと推測した。しかしそれはただの推測に過ぎなかった。私はチャン・ヨンダルさんとお話ししたいのですがと言った。チャン・ヨンダルはそいつの名前だった。女性は誰ですかと聞いた。私はチョン次長だとうまく言いつくろった。そんな場合、所属が確認できない漠然とした役職を言うのが効果的であるというのは「お客様に代わって走る人たち」で覚えたことだ。どこのチョン次長なのかと聞いてきたらまたうまく言いつくろう言葉を準備しておかねばならなかったが、家事をしている大部分の女性たちはそこで疑いを持たなくなるのが普通だ。夫が働いている外の世界に対してそれほど関わらないのが世間一般の女性たちだ。

しかし、私の電話を受けた女性は夫が働いている外の世界にまったく関わらない女性ではないようだった。「失礼ですけど、何の御用でしょうか」と女性の質問は慎重だった。「あの、連絡差し上げないといけない用件があるのですが、手帳を見たらご自宅の電話番号しか書いていなかったので、今、私、外に出ていて……」と私は事も無げに嘘を並べ立てた。「会社の方に電話してみてください」と女性は気乗りのしない声でそのようにひとこと言って受話器を下してしまった。電話はかちっと音を出して切れた。私は会社の電話番号が分からなくて電話をしたと急いで話したが、私の声は相手に届かず電話線の中に閉じ込められてしまった。

私は電話を睨みつけながら彼女は自分の夫と妹の関係を知っているのだろうかと考えてみた。その短い通話だけではどんな推測も不可能だった。私はその女性が夫とスンミの関係についてどの程度知っているのか気になったが、私の美しく純潔で清らかな憎悪が通俗的な好奇心によって汚されることを望まないため、気になる気持ちを抑えた。私に必要なのは自分の憎悪を美しく純潔で清らかに維持することだった。

スンミに電話をすれば、おそらくそいつの勤務先を簡単に知ることができるだろうが、私はそうはしなかった。

夕方になって私の足がスンミのアパートに向かったのは内にこもった憎悪が自然にそちらに向かって道を作った結果だった。私は自分の内にある憎悪の召使だった。憎悪が引っ張る方向に引きずられていく覚悟はすでにできていた。私の内の憎悪は美しく純潔で清らかであると同時に聡かった。鳩のように純潔であるが蛇のように聡くなければならないという忠告を、母が読んでいる聖書のある章で読んだ記憶がある。私はその対照的なイメージの重複を理解できないでいた。純潔と知恵より、それらの象徴である鳩と蛇の矛盾したイメージが棘のように刺さって消化されなかった。ところがふとその文章の矛盾が一瞬にして消え去り、ある覚りが開かれた。その文章は私の内面の憎悪を説明するために作られた警句であるかのように急に懐かしく親しく感じられた。純潔と知恵、鳩と蛇。

私はこの前の時と同じようにスンミのアパート団地内の商店街の建物の屋上に上がっていった。私が彼女を守るためにできる方法はそれしかないという考えをほじくり出して私の行動に正当性を持たせようとしたが、心はアイロンをかけなかった綿パンツのようにくしゃくしゃと皺だらけだった。正当性をうまく持たせられない証拠だった。私は缶ビールを何本か買って屋上に上がり、欄干にもたれていた。彼女はアパートに遅く帰ってきた。私は彼女が帰ってくるまでに缶ビールを二本空けた。彼女の遅い帰宅は心配にはなったが、私の心を傷つけなかった。しかし、彼女と一緒に入ってきた男の顔を見た時、私の心はひどく傷つけられ、私は何とも言えない裏切られた思いと憤りでどうしていいか分からず屋上でうろうろと歩き回った。その町に留まらせ、その屋上に上がらせ、彼女のアパートの部屋を盗み見させた私の神通力に対する誇りなど生まれる余地はなかった。自分の姿はちょうど檻に閉じ込められた獣のようだった。実際に私はわけの分からない言葉でうなっていた。

男はソファに坐り、坐るとすぐにテレビの電源を入れ、テレビではちょうど私が飲んでいるビールの広告が流れていて、彼はビールの広告に続いて画面に現れた証券会社の広告が面白くないのかチャンネルを変え、するとテレビの画面には野球場に選手たちの姿が現れ、すぐに野球選手はいなくなりサッカー選手たちが現れ、彼はやっと気に入った番組を探したのかその時になって持っていたリモコンをテーブルの上に置いた。

彼女はあちこち歩き回った。居間と思われる部屋のドアを開けて入っていって服を着替えて出てきて、トイレと思しきところに入っていって頭にタオルを巻いて出てきて、キッチンからベランダに、またベランダからキッチンに入っていって居間に入り、少しして出てきて、またキッチンに入っていった。私は屋上の欄干から離れたりくっついたりしながら彼らの空間を盗み見した。私のうろつく動作にしたがってアパートの中の絵は繋がっては離れ、離れては繋がった。私は彼女に失望し、そいつに憤慨した。できることなら私はその絵を壊してしまいたかった。しかし、どうしていいのか分からなかった。私の失望と憤慨はあまりにも個人的で卑小なものだったので、彼らにまでその思いを届かせることはできなかった。心の動きはとても微妙なもので他人の共感を引き出すのは難しいことを私は知っていた。

ところがある瞬間、屋上の欄干にぴったりとくっついて見下ろしている私の目に信じられない場面が飛び込んできた。私はすぐに彼らの体が絡み合いカーテンが引かれるだろうと思っていた。灯りが消されるだろうとも思った。私はそんな状況を覚悟していた。しかし、私の予想は外れた。彼らは体を絡み合わせなかったし、カーテンも引かなかった。もちろん灯りも消されなかった。その代わりに緊迫した対話を取り交わしているのか二人はぴーんと張りつめた空気の中で立ったまま互に睨み合っていた。男の手が女の首元を強く殴りつけたのはしばらくしてからだった。彼女は首を抑えたまま床に倒れた。男の足が彼女の腰を踏みつけた。男が何か怒鳴っているようだが、私には聞こえなかった。心臓の血が逆流してくるようだった。彼女にあんなことをするなんて。誰も彼女に手出しをさせてはならない。その男ならなおさらそうだ。事情が何であれ彼女に暴力を振るうのを見過ごすことはできない。私は自分が見ている前で彼女をいじめているのを容赦できないと思い、歯を食いしばった。男は片手で彼女の髪の毛を引っつかみもう一つの手で続けて顔や腕、胸、腰を叩いていた。彼女は抵抗しなかった。彼女はただ床に倒れたまま泣いているだけだった。泣き声は聞こえなかったが、私は彼女が泣いていると確信できた。聞こえなかったが私は聞いた。それは合図だった。私を呼んでいる合図と同じだった。私は恥辱と痛みを同時に感じた。彼女の心のように恥辱を感じ彼女の肉体のように痛みを感じた。それが避けられないという合図と同じだった。

私は急いで携帯を取り出して彼女の電話番号を押した。電話が鳴っているに違いないのにアパートの部屋の中の動きには変化は生じなかった。男はそう演技するように役割を決められた舞台上の俳優のように滅多矢鱈に暴力を振るい、女はそのように演技するように決められた舞台上の俳優のように何の抵抗もしないで男の暴力に身を任せていた。気持ちは焦り、取ってくれ、お願いだから電話を取ってくれ……と心の中で叫んでいたが、長く鳴り響いている電話の音が止まる兆しはまったく見られなかった。彼らは自分たちの配役にあまりにも熱中していた。

焦った私は飲み残した缶ビールを投げ捨て、屋上から飛ぶように階段を降りていった。何をどうするという考えはまだなかった。どんなことをしてもそいつの手から彼女を救い出さなくてはならないという考えだけがあった。

彼女のアパートまで一息に駆けつけてチャイムを押した。押し続けた。「どなたかいませんか」と声を上げて鉄のドアをドンドンと叩いた。「誰だ?」男の声には苛立たしさが滲んでいた。こんなに夜も更けているのにうるさく他人の家のドアを叩くのかと文句を言っているのがそのまま伝わってきた。簡単にドアが開きそうな状況ではなかった。私はとっさに警備員だと言いつくろい、続いて焦った声で下の階で出火したので急いで退避しなければならないと叫んだ。「何で出火したっていうんだ？」とぶつぶつ言ったが、そいつの声からは苛立たしさは明らかに少し消えていた。私は本当にその状況を突破するために火でも点けたい心境だった。早く移動してください、急いでという台詞を言いながら、これくらいなら自分も結構演技が上手だとふと思った。その尊大な自負心はすぐにドアは開くだろうという思いに繋がった。私は愛想の悪い人のようにむっつりとした様子をしている灰色の鉄のドアを焦燥感に駆られながら睨みつけて、私の胸の中でグツグツ煮えたぎっている憎悪を思い浮かべた。愛の源泉である憎悪、愛のもう一方の顔である憎悪、そして美しく純潔で清らかな私の胸を思い浮かべた。スンミを守るためなら私は何でもするだろう。何でもするだろう。私の憎悪はすぐにでも爆発しそうだった。

むっつりとした様子の灰色の鉄のドアが開いたのは私の憎悪が爆発する直前だった。そしてドアが半分ほど開いてそいつが顔を出した瞬間、憎悪はどのように爆発するのか、憎悪が何を通して爆発するのかすぐさま分かった。それは筋肉だった。腕と拳骨の筋肉だった。腕と拳骨の筋肉が憎悪によって、美しく純潔で清らかな憎悪によって鉄のように堅固になるのを私は感じた。鉄のように堅固になった私の腕と拳骨の筋肉がそいつの顔と胸と腹部に向かって一度に叩き込まれた時、もしかしてそいつが死ぬかもしれないと思った。そいつの顔と胸と腹部に向かって拳骨を叩きつけながら、私はそいつが死んでも構わないと思った。

28

スンミは泣いた。彼女の哀れな魂は泣くことでしか自分を表現できなかった。

私は後先も考えずに彼女を引きずりだして私の車に乗せた。そして車を発進させる前にそいつの紺色の乗用車を探し出して四つのタイヤをすべてパンクさせた。それでも悔しさが収まらず花壇に設けられた鉄製の垣根を抜いて車の窓ガラスを五回も叩き割った。窓ガラスが蜘蛛の巣のように細かく砕けた。彼女はただ泣いていた。泣くこと以外に他の表現を知らない幼い子どものように泣いてばかりいた。警備員が向こうの闇の中から声を上げながら走ってきたので、私は車を発進させて荒っぽく加速のペダルを踏んだ。私の車はあっという間にアパート団地を抜け出した。

まわりすべてが真っ暗だった。アパート団地を抜け出すと街灯は一つも見えなかった。私はどこが道なのかどこに行けばいいのか分からないまま速度を出して走った。どこでもいいから行かなければならなかった。ここでなければどこでもよかった。彼女は泣いていた。彼女が激しく体を震わせているのが感じられた。私は彼女が震えているのが嫌だった。泣くのはいいとしても震えるのは嫌だった。私は震えないで、と叫んだ。震えないで、と叫びながら私は自分がどうして彼女が震えるのが嫌なのか分かった。それは私が震えているからだった。自分でも知らないうちに体が震えていた。恐れが私の暴走の原動力なのかもしれないと思った。帳のように垂れている闇を突き抜けて私の車は爆撃機のように走った。どこかに行って爆弾でも落とす勢いだった。それは本当だったのかもしれない。私の体はその中に入っている爆弾を包んでいる皮なのかもしれなかった。私はどこかに行って私の中の爆弾を爆発させてしまいたかったのかもしれない。どこであろうと、行って彼女と一緒に爆発してしまいたかったのかもしれない。

スンミはずっと震えながら泣き止まなかった。私は続けてペダルを力の限り踏みながらありったけの声で叫んだ。「どうしようというんですか？　あいつが悪い奴だということを知らないんですか？　あいつがスンミさんの体と精神を汚して魂を廃墟にしているのを感じないんですか？　そんなに鈍くなったんですか？　そんなに愚かになったんですか？　どうしてそうなったんですか？　どうしたんですか？　どうしてあいつなんですか？　私は理解できない、どうして自分を守ろうとしないのか、どうして自分をかなぐり捨てようとするのか。分からないんですか？　あいつは悪魔だ。あいつは悪魔だといったら」

彼女は泣き止まなかった。まるでそれ以外に他の意思表示の方法を忘れてしまった人のようにただ泣いてばかりいた。私は突き上げてくる憐憫の情をどうすることもできなくて、すんでのところで彼女につられて泣いてしまいそうになった。しかし、どうにか私は泣くのをこらえた。そして先ほどよりは少し優しい声で、でももう心配しないでと言った。「心配しないで。これからは私がスンミさんを守りますから。スンミさんが苦しむのを見ていられません。スンミさんを傷つける人は誰であろうと容赦しないでしょう。もう心配しないでください。いつでも私が傍にいるから……」と私は自分に誓うように悲壮な声で言った。それでも彼女の泣き声は止まなかった。かえって泣き声がもっと大きくなったような気もした。その瞬間、私の目から涙が流れ出した。自分の言葉に私自身が感動したからなのだろうか？　初めは私も騙されかけた。しかし、必ずしもそうではなかった。かえって自分の言葉が信じられなくてそうだったのかもしれない。私の内部の覚悟と外部の条件を遮る暗くて深い峡谷をその時予感してそうだったのかもしれない。私はどうしようもなくて泣きじゃくりながら、泣き続けてばかりいる彼女に向かって何かを話し続けた。あいつは悪魔だと叫んだ時、私の心は強烈に揺れ動き、どんな状況の中でも彼女を守ると誓う時、私の心はどこかへ深く沈んでいった。

道はどこに続いているのだろうか？　道は道に出会って道を作っていた。どこも道でないとこ

ろはなかった。がむしゃらに走る私の暴走車はどこかも分からない道を爆撃機のように走ってい
き、あるところで高速道路に進入していき、高速道路に進入してからも暴走し続けた。驚いた車
が慌てて道を空けてくれた。ある車はキィーと音を立てて止まったりし、ある車はパンパンと警
笛を鳴らしたりもした。しかし、私の耳にはそんな音も聞こえてこなかった。そんな時間に私と
同じ高速道路を走っていた運転手の中で一一九番か一一〇番に電話をかけて、ブレーキが故障し
た車一台が猛烈な速度で高速道路を疾走していると通報したかもしれない。しかし、私の車を追
跡してくるパトロールカーには遭わなかった。そうしてみると予想とは違って誰も私の車を通報
しなかったのだろう。そしてそれは実際のところそんなに重要なことではなかった。

重要なことは他にあった。私の車は夜が明けるまでどこか分からないところを走りまくり、そ
れでも事故を起こさなかったし、それはもちろん他の運転手たちが防御運転を上手くしてくれた
おかげだろう。いつの間にか私たちは高速道路を抜け出していて、気づかないうちに横の席のス
ンミは泣き疲れて両頬に涙の跡をつけたままシートにもたれて寝入っていた。東の空がほんのり
と明るくなってきた頃に、ガソリンが切れた私の車はひっそりとした路肩に止まってしまった。
あんなに猛烈に疾走していた車がブルルンという音も立てないですっと寝入ってしまったのだ。

何かいっぱいに膨らんでいたものがすべて抜け出してしまったように虚しかった。私はシート

の背もたれに頭をつけて静かに目を瞑った。わずか数時間前のことがはるか昔のことのように思われた。夢を見たようにぼんやりとかすんでいた。数時間でなく数百年、いや数百年でなくあの世からこの世に疾走してきたような緊迫した眩暈を感じたりもした。

目を開けて、背もたれから頭を上げて横で寝入っているスンミを見た。眠っている彼女の姿は思いのほか安らかに見えた。私が愛している女性の顔が横にある。彼女が私の傍で何の疑念もなしに（少なくともその瞬間の私の目にはそのように見えた）眠っていることが信じられなかった。私が彼女の横に坐ってぐっすりと眠っている彼女の安らかな顔を眺めていることが実感できなかった。いまだに夢を見ているような気がした。私は彼女の涙の跡が残っている頬を手で触ってみたかった。私の手で彼女の頰に残っている涙の跡を拭ってあげたかった。しかし、私が触ると夢から醒めてしまいそうで、そうできなかった。私は彼女の顔の周りをぐるぐる巡っていた虚しい手を静かに下した。そして彼女の額にそっと私の頭をもっていき目を瞑った。彼女の柔らかくて弱々しい息づかいを感じ、私は何とも言えない幸福感に浸った。このように世の中が終わればいいような気がした。何も考えたくなかった。

29

夢を見たの、とスンミが言った。

彼女の額に頭をもたれさせてこの世の終わりまでじっとしていたいと思っていたのだが、いつまでもそうしていられる気がしたのだが、知らないうちに寝入ってしまったようだった。深い眠りではなかったのか、彼女はもぞもぞと体を動かしたかと思うと驚いて上体を起こした。

彼女の弱い息づかいを感じながら妙な想像にはまり込んでいたのは確かだった。望みのないことだと抑えていた彼女との愛が現実となるような気分は、たとえ錯覚であったとしてもそれほど悪いものではなかった。心臓の鼓動が雷の音のように聞こえた。少なくとも彼女にもたれて目を瞑ったその瞬間だけは、彼女が自分のものだという思いが少しも思い上がりではないような気がした。しかし、安らかに寝入っていた彼女がもぞもぞと体を動かしたかと思うと、驚いて目を開けた様子からすれば、彼女との愛は現実となるようなたやすいものではなかったようだ。彼女は背もたれから体を起こして背筋を伸ばして前方を凝視した。

目の前に拓けている道はくねくねしてはるか遠くに見えた。道に沿って追いかけてきた太陽が向こうの山の端に姿を隠していて、彼女の視線はその太陽にそって山の麓に至っていた。果てしなくひっそりとした道だった。しかし、昨晩の乱暴な疾走を証明でもするかのように車窓には大小のシミがじとじととくっついていた。殻だけ残っている蜻蛉だった。中身を失って枯れ草のように軽くなったそれらが車窓にくっついている様子は少し奇怪だった。私は蜻蛉の重みを考えながら車の速度を考えた。蜻蛉たちに致命的な衝撃を与えるためにはどれくらいの速度を必要としたのだろうか。蜻蛉たちを車窓にくっつけるために疾走したのではなかった。しかし、蜻蛉たちに私の疾走の動機を分かってほしいというわけにもいかない。太陽は干草のような蜻蛉たちの羽の上に銀色に光っていた。私たちの車の横を時々車が通り過ぎた。

「不思議な夢だったわ」とスンミは夢見ているような声で話した。まだ夢から覚めていないのではなく、夢を見続けたまま外に出てきたという感じがした。彼女の顔に陽射しが射していた。眠りから覚めた人のようではないすっきりときれいな顔だった。彼女の顔から光が射している感じがしたのは、間違いなく横顔に射している逆光のためだったのだろう。私は彼女の頬に唇を当てたい欲求を必死で抑え、「何の夢だったんですか」と聞いた。「不思議な夢なんです」と、彼女はまだ夢から覚めていないというのではなく、夢を見続けたまま夢の外に出てきたような声で繰り返した。「あの人が私だったのかしら？　夢は一人称から三人称にもなり、そしてまた一人称に変わったりしたんです。その女性が私だったのかしら」彼女は夢の道に順序を逆にして入っていくようにゆっくりと話した。私は斜めに射している陽差しを反射させている彼女の横顔を憑かれたように眺めた。彼女がどんな夢を見たのか分からないが、私は彼女を夢見ているのかもしれないという思いが不意にした。

互いにとても愛し合っている二人だったんです、と彼女は話を続けた。「男は楽士でラッパを吹く人でした。ラッパを吹いて人々が寝る時間と仕事を終える時間を知らせるのです。城内のすべての人々がその人が吹くラッパの音に従って動きます。城内で特別な行事がある時もその人がラッパを吹くんです。その楽士には愛する女性がいました。楽士が愛する女性は貴族の娘でした。きれいで愛らしい娘です。彼が彼女を愛しているくらい彼女も彼を愛しているんです。だから彼らは幸せでした。男はラッパを吹いて城内のすべての人々を眠らせてから女性に会いに行きました。彼らは毎晩星の下で愛を誓い合うのです。空には彼らが願いをかける星があまりにも多くて彼らの誓いも終わりがありませんでした。……ところが彼らの愛にいきなり暗雲が垂れ込めたんです。城主がその女性に恋をしました。城主が彼女に求愛をしたのですが、彼女は当然断ります。嫌です。私には愛する人がいます……。城主は求愛を続けます。彼女は断り続けます。嫌です。私は他の人を愛しています。城主が自分の臣下である彼女の父親に指示します。娘の気持ちを変えてほしいと。父親は娘を説得します。城主の求愛を受け入れない理由は何なのかと。城主の愛を受け入れればこの世のものがすべてお前のものになるというのに……。彼女は首を横に振りました。嫌です。私には愛する人がいます。彼女の父親は諦めるしかありませんでした。ところが城主は諦めなかったんです……」

荷物をいっぱい積んだ大型トラックが速度を出して走りながらやかましく警笛を鳴らした。その勢いで私たちが乗っていた車が揺れた。徐行用の道でない場所に危なく止めている私の車に向かって警告しているのだが、私の車は動けなかった。私は非常灯を点けた。私の車は早朝に自然に止まってしまった。燃料タンクにはガソリンが一滴も残っていないはずだった。私は燃料表示に赤い表示が出ているのを見落としていた。ここはどこだろう？

「童話のようですね」本当にそう思った。私は本当に彼女の夢の話が童話のようだと思った。彼女の言葉どおり不思議な夢かもしれないが、悪い夢のようではなかった。少し緊張していたのだろうか、安堵したようだ。「童話ですって？」と言いながら彼女は寂しそうに笑った。「違いますか」と、私はわざと明るく笑った。彼女は肯定も否定もしなかった。その代わりにため息をついて窓を少し開けた。

「ここはどこですか」と彼女は息を吐き出しながら聞いた。私はよく分からないと答えた。彼女はこっちを向いて私の顔を見つめた。「ガス欠になったんです。夜通し走ったので」と私はきまり悪そうに笑った。彼女は笑わなかった。

「父親は諦めたが城主が諦めなかったというところまで聞いたんですが」と言ったのは、必ずしも彼女の夢の話が気になったというより彼女の話を聞かないとこれから何をしていいのか考えつかなかったからだ。彼女が目を覚まさなければ一番よかったのだが。しかし、彼女にまた寝てはと頼むわけにもいかなかった。「もっと聞きたいですか」と彼女が聞いた。私は頷いた。城主は自分の欲求が一度も挫折したことのない、自分が望むものはどんな方法を使っても手に入れる、粘り強く執拗で欲の深い、そんなタイプの人間だったようだと彼女は話を続けた。彼女の声にかすかにしみこんでいる不安な気配を私は感知した。

「城主は間もなく彼女が愛している男が自分の臣下や兵士や市民のためにラッパを吹く取るに足りない卑しい楽士だと知るようになったんです。ひどく自尊心を傷つけられた城主は彼からラッパを取り上げてしまいます。そしてラッパの代わりに槍を持たせて戦場に送ってしまったんです。戦争は激烈で残酷でした。一生ラッパしか知らなかったその青年が槍をどのように使うか知っているはずはなかったんです。ラッパの代わりに槍をもって戦場に出た楽士は目と腕を失ってしまいました。目と腕を失って帰ってきたのですが、女性は変わることなく楽士を愛したのです。目を失い腕を失った楽士はとても苦しみました。どうぞこれ以上私のことを愛さないでください と訴えます。目も腕もない私を愛し続けることは私を拷問することだ、私を愛さないで、私から去っていきなさい、と叫ぶんです。彼女はそんなことできないと首を横に振るんです。私たちが夜毎に星を見ながらした誓いを思ってごらんなさい、と女性は話すんです。空の星がなくなってしまうのなら私の愛も消え去ってしまうでしょう。でも空の星が残っている限り私の愛は残っているでしょう。憶えていてください、あなたがどこへ行こうと私はいつもあなたの傍にいるでしょう……。ある日、目と腕を失った、それでもう楽器を演奏することができなくなった不幸な楽士は、海辺でひたすら海の神に祈り願いました。私を愛する人から遠く離れさせてください。愛する人が私を探せないところに、はるか遠くへ行かせてください……。そして海の中に飛び込んでしまいます。海の神は彼の悲しみを憐れに思いました。海の神は愛を拒否するしかなかった彼の大きく深い愛に感動します。海の神は彼をラッパの形をした種にして波に流させたのです。種は波に乗って海を越えていきました。しばらく後に向こう側の海辺に一本の木が育ちました。木が空に向かってすくすくと大きくなっていくんです。まるで彼らが夜毎に眺めながら誓ったあの星たちに届こうとでもするかのように……夜になるとその木がラッパの音を出しました。ラッパの音は波を越えて海を渡っていきます。恋人がいなくなってから何も食べず眠りもせず弱りきっていた女性は、海の向こうから聞こえてくる耳慣れたラッパの音を聞いて海辺に走っていきます。その音が恋人のラッパの音だということを知らないわけがありません。彼女は涙を流しながらひたすら海の神に祈り願いました。あそこまで渡っていけるようにしてください。私の恋人が海の向こうで私を呼んでいます。私を向こうに渡れるようにしてください。海の神は首を横に振ります。そんなことはできない。海の神は目と腕を失った不幸な楽士との約束を破るわけにはいかなかったのです。胸が痛み、憐れに思ったのですが、海の神は楽士との約束を守るために彼女の涙を見ても知らない振りをしました。しかし、彼女は海辺から離れないで涙を流しながら懇願し続けます。海の神は相手にもしません。しばらく後に食べもせず寝もしないで極度に衰弱した女性は体中の水分をすべて涙として流した後、その場に倒れて死んでしまったんです……」

彼女は息苦しいのか窓をもう少し開けた。陽射しが開けられた窓から透明な手を差し入れた。車窓にくっついた蜻蛉たちの羽が銀色に輝いた。それらは陽射しを受けて体をくねらせている生き生きとした朝の海を思い起こさせた。ひょっとして近くに海があるのかもしれないという思いが、その瞬間不意に浮かんだ。吹いてくる風に潮の香りが含まれているような気もした。

彼女の夢の話が単なる童話でないことは明らかだった。不思議な夢だという彼女の言葉は間違っていなかった。彼女の言葉に混じっていた不安定な情緒がいつの間にか私に転移したのだろうか、私の感覚は感電でもしたかのように敏感に揺れ動いた。彼女がまだ知らないことを私は知っていた。彼女がぼんやりと予感していることの実体を私は理解していた。彼女の夢は私に夢を解いてもらうのを待っていた。彼女は夢を見て、私はその夢を解く人だった。私はその夢の中に入ることができず、ただ夢の外で夢を解くだけだった。私は夢を解く人にすぎないという思い、ただ彼女の夢を解くために私はそこにいるという思いは、急に私を悲惨な心境に陥れた。私はふとぼろ服をまとったような羞恥心から逃れることができなかった。顔が火照った。

彼女はまだ夢の話を終えたのではなかった。少し間をおいてから話を続けた。

「彼女の死はそんなに冷淡だった海の神を感動させました。海の神はあまりにもひどい仕打ちをしたと覚ったのです。そして死んだ彼女もやはり種に変えました。しばらくして彼女が死んだ場所に一本の木が育ちました。木は空に向かってすくすくと大きくなっていきました。まるで彼らが夜毎に眺めながら誓ったあの星たちに届こうとするかのように……。空と地面をつなぐ二本の背の高い木が海のこちらとあちらに立っているんです。すぐにでも海の上を渡っていきそうな勢いで。でも木は走っていくことができません。木は動くことができないため一カ所に固定されています。残念なことに木に変身した後でも二人の愛は結ばれないように思えました。ところがそうではありませんでした。それが終わりではなかったのです。私の夢の最後は神秘的で驚異的で奇妙なんです。夜毎に野原で会って星を見ながら果てしなく愛を誓っていた二人、そして夜になると、二本の木は驚くほど敏速に動くんです。すべての感覚とエネルギーが根に集中し、根は矢のように速く海の下に伸びていきます。木の根は海の下を横切ってあちらからこちらに、こちらからあちらに走ります。海の下を走ってくる二本の木の根は海の真ん中で出会って互いに絡み合うんです。木の根は愛する人の手のように柔らかく伸びて相手を愛撫し抱きしめました。愛撫は柔らかく抱擁は熱いんです。何ていう夢なんでしょう？　夢があまりにも鮮明で、現実のようにはっきりしていて生々しいのです。夢を見ている私の顔を本当に誰かが触っているようでした。彼女は私だったのでしょうか？　どうしてこのような不思議な夢をみたのでしょう？」

彼女は話を終えた。私は彼女の見た夢の最後の部分が見知らぬものではないのに驚いた。老人の葬式を終え、ソウルに帰る車の中で私は南川《ナムチョン》のその椰子の木についての想像に没頭していた。私は想像していた。木の根は海に達し、海が木を抱く。いや、その反対だ。木が海を抱いている。木が海より大きくて広い。私は木の長く深い根が太平洋を泳いでブラジルやインドネシアのある密林にたどり着く絵を目の前に描いていた。木が夜毎に一度ずつ、または二度ずつ太平洋の海の底を行ったり来たりするのを誰が知っているというのか。木は動かず一カ所に固定されているという考えほど悪意のある偏見はないと私は思う。太平洋を渡ってきた椰子の木を見てみるがいい。

海を渡ってきた木が太平洋を渡っていけないわけがない。私の考えは、木は動かないのではなく、動いている様子が見えないだけだというところに帰着した。

その時、私は夜毎に一度ずつ海を渡る木を想像していたが、その木が夜毎に一度ずつ海を渡っていかなければならない理由については想像できていなかった。その部分が抜けていたので私の想像は不完全だった。しかし、私の不完全な想像を完成させるために彼女が夢を見たのだろうとは言えなかった。そのような夢解きは恣意的でいい加減なものだった。私はそのように破廉恥にはなりたくなかった。

すべての木は挫折した愛の化身だ……。その文章が、前もって待機していたかのように不意に思い浮かんだ。どこかにぽとんと落ちたようでもあった。口の中でその文章をゆっくりと転がしてみたが、胸の片隅がぎくりとした。それは兄の文章だった。いつか盗み見した兄のノートでその文章を読んだ。それは二〇〇ページを越えるファイルの最初の文章だった。記憶が確かではないが、それに続く文章は次のようだったと思う。「神話の中の木はよく妖精が変身したものだと出てくる。妖精たちは神々の欲情と貪欲を避けて肉体を捨てて木になる。神々は権力を持った者で、権力を持った者たちは皆が等しく貪欲だ。彼らの欲望は一向に挫折することがない。彼らの動かし難い欲望から逃げ出すための唯一の方法が変身だ。貪欲な権力者である神々の欲望から自分たちの愛を守るために妖精たちはどうしようもなく木になる。木ごとに遂げられなかった胸の痛い悲しい愛の経緯があるのはそのためだ」そして花と木に纏わる様々な変身の話が続く。そのファイルのすべてのページが彼が収集した木々の変身話で埋められていた。

私は兄が何のためにそんなことを書いているのか訝しかった。時間をつぶすために、とも言えるが、時間をつぶすためにわざわざ木々に纏わる経緯を拾い集めているのではなかった。何かに没頭することは彼の精神衛生に害にはならないという漠然とした判断が生じなかったとしたら、私は使い道もないそんな作業をどうしてするのかと彼に聞いたかもしれない。家の近くの林の中にあるエゴノキと松の木に兄が過度に執着しているという印象を改めて確め、またそれが兄に途方もない熱情を与えているようだという思いもしたが、しかし、中断させる必要は感じなかった。

しかし、兄のノートから写してきたようなスンミのこの夢は何だろうか？　彼女は自分の夢が生々しくて現実のようだったと言ったが、これは本当に神話ではないか。私の考えも自然に神話的になっていくのはどうしようもなかった。兄が木になりたがっているのかもしれないと私は思った。木になりたい自分の念願を彼女の夢の中に透写したのかもしれないと思った。しかし、どうして？　どうして他人の夢の中に自分の念願を透写するのか？　彼女が兄のファイルを見たというのか？　不可能なことだ。そうだとすると？　兄が彼女にそのような夢を見るようにさせたのか？　彼女の夢の中に入れなくて私は外でうろうろしているのに、彼は彼女の夢の中に入っていったというのか？　彼は今でも、彼女の夢まで支配しているのだろうか？　兄の彼女に対する、または彼女の兄を愛する驚異的で神秘的な感応の前で私は取るに足りないぼろ切れにすぎないような気がした。彼は彼女の夢を演出して、私は彼が演出した彼女の夢を解くのだ。それが私という存在だ。私は自虐するように呟いた。

一人呟いている言葉を聞いたのか、「何と言いました？」とスンミが聞いてきた。「椰子の木だったんですか」と、いきなりそんな言葉が飛び出した。彼女が「何ですって？」とまた聞き返した時、どう説明していいか分からず慌てふためきながら「スンミさんが見た夢ですよ」と口ごもりながら答えた。陽射しが彼女の目の中に差し込んでいた。陽射しを外に反射させている彼女の目は透明できれいだった。きれいだと思った瞬間、一度に涙が溢れそうになった。私は涙を流さないように目元に力を入れた。

「夢で見た木、椰子の木だったですか」と、私の声は探索でもするかのように注意深かった。「どうしてそれを知っているんですか」と彼女は目を大きく見開いて見つめた。そうであろうと推測はしていたが、彼女の口を通して直接その事実を確認した気分は惨憺たるものだった。これ以上疑う余地はなかった。私は自分に与えられた役割が何であるか認識した。ある見えない力によって操縦されている感じはその力に抵抗できないという認識に導いてくれた。その力は必ずしも兄であるとは思わなかった。しかし、兄でないとも言えなかった。私は彼女を南川《ナムチョン》、椰子の木が立っている絶壁の上のその家に連れていくのが私の役割だと覚った。

私は重みを失って殻だけ残ったまま車窓にくっついていた蜻蛉をじっと眺めてから車の外に出ていった。車窓にくっついている蜻蛉を手で擦り取った。それらはうまく取れなかった。私は車のトランクから窓拭き布を取り出してそれで拭った。「私たちが今どこにいるか調べなくては。車にガソリンも入れないといけないし」と私は窓拭き布を摑んだ手に力を入れながら言った。「ここがどこだかも分からないんですか」と彼女も外に出てきた。「今のところ……。がむしゃらに走り続けたので」そのように答えていると、吹きすぎていく風に時々潮の香りがした。窓拭き布をトランクに戻してから、私は、あっ、と声を上げた。ある予感が私の胸をちくりと刺した。私は急いで顔を上げて太陽が急ぎ足で沈んでいく前面のくねくねとした道を注意深く窺った。道の終わりはそれとなく山の麓に入り込んでいた。見慣れたところだと思っていたら……ふっとそんな言葉が飛び出した。いくら何も考えないで突っ走ったとはいえ、その疾走の果てに私がここに来ているということは只事ではなかった。私のがむしゃらな疾走は実は計画されたものだったのだろうか？　偶然も必然だ。あの山の麓を通り越すと海が現れ、椰子の木も見ることができるだろうということを私は疑わなかった。私たちは南川《ナムチョン》に来ていたのだ。

30

もしかしてとエンジンをかけてみたが、車は動かなかった。私は山の麓の間にその姿を隠しているくねくねとした道をもう一度眺めてから、彼女に少しだけ歩こうと言った。どこに行こうとしているのかと彼女が聞いた。スンミさんが見た夢の中ですよと言いながら、私はちょっと寂しく笑った。彼女はからかっているのかといった表情で私の顔を眺めた。私はからかっていないという顔をしてから前に立って歩いていった。

「ここがどこだか分からないと言ったでしょ?」と後についてきながらずっと不審がっていた彼女は、海が見下ろせる丘にいたって山に向かって伸びている狭い道に入っていくと、こらえきれずに心の中の疑いを露わにした。彼女は私の顔をまっすぐに見なかった。笑いがこみ上げてきたが、私が笑うと彼女がさらに不安がるかもしれないと思い、笑いをこらえた。「さあ、やっと着きました。あそこを曲がるだけです」海は見渡す限り銀色だった。陽射しは海の上に細かく砕けた。砕けた陽射しが波に乗ってゆらゆらしながら銀色に光った。角を曲がる前にあの絶壁の上に立っている椰子の木について話してあげないといけないのでは、とちょっとためらった。しかし、どこから話していいかすぐに判断がつかなかった。私の説明は必ずしも必要ではないだろうと思われ、そのことで椰子の木について話せなくなってしまった。そもそも物事は、説明でなく目で見ることで覚りにいたるものだ。彼女はその木を見た瞬間直感するだろうし、それはどんな説明も必要としないだろう。

「何とまあ、こんなことが！」とスンミは嘆声を上げた。私はどうしたのかと聞かなかった。聞く必要がなかったからだ。彼女は椰子の木を見ていた。険しい絶壁の上に空を支えて立っている椰子の木は、間違いなく彼女が夢で見たものと同じ木であろう。

「まだ私は夢を見ているのでしょうか」とスンミは目の前に広がっている絵を信じられないというように眺めた。「夢の中にまた入り込んでしまったのかもしれないですね」と話す私の言葉は空虚だった。「何ということ！　こんなことが……どうしてこんなことが……」彼女はそれ以上何も言えないでいた。「目の前の絵のような情景が夢なのか、あるいはスンミさんが見たのは夢ではなかったんですよ」と私は自信のない声で言った。そのように言う時、私は何かに憑かれたような気分になり、呆れたことに神秘主義者になったような気分だった。すべての木は挫折した愛の化身だ。兄の文章がしきりに口の中で堂々巡りをした。「ここは地上にないところです、スンミさんが見た夢の舞台と同じところです、あの木も夢です」と言う時、私は自分が夢を解くのではなく夢を見ているように思われた。それは決して正しいことではなく、また私が望んでいることでもなかった。それで私は慌てて言い添えた。「でも私が主人公ではありません。私は夢の外にいます」彼女は、「主人公は誰ですか」と聞かなかった。この場に至って私の話の意味も分かって大体の状況判断ができるようになったのだろうか。予想していたことだが心の中が虚ろになるのをどうすることもできなかった。

私は自分に与えられた役割を思い起こした。最初に兄に会わせようという口実で彼女を探し、彼女がついに兄に会うと言った。売春婦という立場を申し出たが、それは、おそらく彼女が掲げた、掲げるしかなかった口実であったのだろう。私が彼女を探す時、口実が必要だったように、彼女もやはり兄に会うためには口実が必要だったのだろう。彼らの間に私がいる。木になりたい兄と売春婦になりたいスンミの念願の動機は同じだ。それは愛だ。もっと正確には挫折した愛に対する補償だ。彼らは木になり売春婦になっても結ばれなかった愛を結ぼうとしている。木でなく売春婦でない時は結ばれなかった愛を木になり売春婦になって結ぼうとしている。彼らの念願は現実の中では叶わない。そのために夢が必要だった。この世にはない舞台が必要だ。私の役割は決められている。そして私はすでにその役割に忠実であろうと決めたところだった。

「あの木……三十五年前にこの海辺に種として流れてきたんです。長い航海の末、この絶壁の下に上陸した時、ここに一人の男性と一人の女性が滞在していたんです。大変な愛だったんです。彼らはこの世でないところに行きたいと願っていたんです。ここがそんなところだと思っていたようです、その人たち。あるいはここをそんなところにしようと思ったのかもしれませんね。でも彼らの期待は崩れてしまいました。彼らの愛は外部の力によって壊れてしまったんです。その代わりに彼らが植えたその熱帯植物の種が発芽したんです。スンミさんは、今、その木を眺めているんですよ。木の中に透写されたその人たちの念願と夢を見ているんですよ。木に変身した彼らの挫折した愛を見ているんですよ」

話していて私は説明は必要でないだろうという少し前の予感を思い浮かべた。彼女はただ見ることによってその木が大切に守り続けてきた経緯とその空間を取り巻いている空気を感知するだろうと私は思っていた。私が予感したのは彼女と椰子の木との感応だった。それにもかかわらず私は言葉を避けることができなかった。もしかしたら私は彼女にではなく自分自身に話しているのかもしれなかった。彼女には言葉や説明を必要としなかったのかもしれないが、私には言葉や説明が必要だったような気がする。私の口から出てくる言葉は私の中から出てくるものではないような気がした。話し振りもそうだったし語彙もそうだった。他人を理解させるために私が話す言葉ではなく、自分を理解させるために他人が話している言葉のように聞こえた。彼女は驚いた顔で椰子の木のてっぺんをただ眺めていた。彼女は私の言葉を聞いているように見えなかった。そうでなければ、私の言葉は外に出ていなかったのかもしれない。

「三十五年が過ぎた後、二人はあの椰子の木の下で再会したと言ったら信じますか？　信じられないでしょうが本当なんです。一人は年老いた上に病が重く、もう一人は病気ではなかったんですが年老いていました。運命は彼らにほんの少しの時間しか与えませんでした。病に罹った男は彼女に会った後、待っていたかのように息を引き取ったからです。私はその老人が死ぬ前に、彼らがあの椰子の木の下で太古の人間のように裸のまま一つの体になっている場面を、ここに隠れて見守っていました。その様子は美しく感動的でした。その様子がどうして美しく感動的だったのでしょうか？　私はその理由が分からなかったんです。少し前まで。スンミさんが夢の話をしてくれなかったら永遠に分からなかったでしょう。それは彼らが時間から保護される空間にいたからなんです。時間は彼らに干渉し、規定し、拘束するんです。椰子の木は彼らの念願と愛が変身したものだったんです。彼らは現実の最も奥に隠れている真空の空間、彼らだけの聖所に入っていたのです。時間はその空間を侵犯することができなかったのです。干渉も規定も拘束もなかったのです。それが私が受けた感動の理由です」

私は椰子の木の下に立った。彼女も椰子の木の下に立った。椰子の木が作った蔭が私たちを踏んで通り過ぎていった。影は縁台を半分くらい蔽った。二つの体を一つの完全な体に作りあげた木の下の縁台は空いていた。私はそこを手で撫でてみた。細かい粒子の砂が手に触れた。仕方なく掌でさらさらした砂を払いながら彼女に縁台に坐るように言った。彼女は私の言うことを聞くようには見えなかった。彼女は黙って椰子の木の蔭に立っていた。その空間の現実離れした雰囲気が彼女を取り巻いていると感じた。そんな雰囲気は彼女によってさらに高揚していた。彼女が夢の中に入っていって、というのではなく彼女によってその空間が夢に変わったという感じだ。

彼女の夢は続いた。彼女が夢を見ている間、夢の空間は拡張された。彼女は主人公としてとてもふさわしかった。

31

私は海辺の村の中心部にある南川《ナムチョン》農協のチェーン店のコンビニでごはんと白菜キムチと豆腐と真空パック包装の太刀魚を買った。パンと牛乳、即席カレーも買った。歯ブラシと歯磨き粉、化粧石鹸とシャンプーを買った。タオルと靴下二足、スキンローションとティッシュも買った。

パックになったインスタントコーヒーと砂糖、ミルクと紙コップと缶入りジュースも買った。コンビニの女店員が、「新婚さんですか？」と聞いた。私は答える代わりにこの近くにガソリンスタンドはないかと尋ねた。「ガソリンスタンドは市内まで行かないとないんですけど、どうしたんですか？」私は、車がガス欠で道で立ち往生しているとありのままに答えた。彼女は、あら、どうしましょう？と自分のことのように心配してくれた。「灯油屋さんはあることはあるんですが、ガソリンは売っていないと思います。ただそれでも、ひょっとしてあるかもしれないので行ってみたらどうでしょう」コンビニの女店員は灯油屋の位置を教えてくれた。私はコンビニのビニール袋を両手に持ってコンビニから出て灯油屋に向かった。

コンビニの女店員の言葉どおり灯油屋ではガソリンは売っていなかった。灯油屋の男は私の様子をじろじろと眺めていたが、「どうしてガソリンを？」と聞いてきた。私は、車が道で立ち往生してしまったとありのままに話した。灯油屋の男は油の染みついた作業服の袖で額の汗を拭いながら、「少ししたら油を買いに市内まで行くんだが、急いでいないなら少し待てるかい？　俺が一缶買ってきてやるから……」と言った。私はそうしてくださいと頼んだ。

「私の車は山の下に止まっています。来る時、見えると思います」と私は車の番号を彼に教えた。灯油屋の男は車の横にガソリンの缶を置いておくと言った。私はガソリン一缶の代金を手渡した。

スンミは私の計画に同意した。私は兄を南川《ナムチョン》に連れてくるつもりだった。ここで兄にスンミの写真を撮らせたいと考えていた。彼女が兄に会う場所はモーテルではなかった。彼女は売春婦ではなく、売春婦であってはならなかった。椰子の木がある南川《ナムチョン》のあの海辺より彼らにふさわしい空間はどこにもなかった。その空間は地上にはない空間であり、時間が侵犯できない空間だからだ。それはもちろん私の考えだった。しかし、スンミが私の計画に異議を唱えないのは、彼女もやはり私と考えが同じ証拠だった。私はそのように判断した。

スンミはそうしてもいいなら、ソウルに行かずここにいると言った。そうしてはいけない理由はなかったが、一人で大丈夫かどうか心配になった。彼女はそんなこと心配しないでと言った。家に帰る方が安全ではないようなので、私は彼女の意見に同意した。農協のスーパーに行って日用品を買ったのもそのためだった。彼女は食べたくないと言ったが、私は無理やりパンと牛乳を食べさせた。そしてスーパーで買ってきた品物を取り出した。

家はきれいに掃除されていた。ひょっとして誰かが留守番をしているかもしれないとも思ったが、誰もいなかった。その家に住んでいた老人が亡くなったので、それ以上家を守る人もいなかった。最後まで老人を看護していた運転手もそれ以上そこにいる理由はなかったのだろう。

「大丈夫ですか」と、私は準備をすべて終えてからも出発できなくてためらいながら聞いた。

彼女は私の方を見ないで頷いた。「明日には来れるでしょう、遅くなることがあっても二日はすぎないと思います。だから一日か二日、ここで一人で過ごさなければならないでしょう、大丈夫ですか？」と私は繰り返して聞いた。自分で決めてから同意を得たことなのに、いざ彼女を一人残して出発しようと思うと安心できなかった。すぐ夜になるだろう。山の中での慣れない夜に彼女が耐えられるか心配になった。どんなことがあっても彼女を守ると自ら誓い決心したのは一日前のことだった。はるか昔のことのように思えるが、実はたったの一日しか経っていなかった。一日しか経っていないのに彼女を一人置いて出発するだなんて、胸が痛かった。

「ここ……不思議と心が安まるんです。何かしら初めてのところではないようで……」と彼女は私から顔を背けたまま低い声で言った。何か申しわけないと思っているようでもあった。急いで出発しないといけないのに私はためらっていた。ただ彼女のことが心配になっただけではなかった。何か未練のようなものがしきりに足元を摑んでいた。それは一種の喪失感のようなものだった。自発的な決断と覚悟であるにもかかわらず彼女を永遠に失ってしまうだろうという予感の波長は思いのほか長くて深刻だった。「必ず食事をしないといけませんよ、面倒だったらこの道に沿って海辺の方に歩いていってごらんなさい。二十分ほど歩いていくとコンビニの傍に食堂がありますす」と、そのように私は念を押して脱いでおいた上着を着て靴を履いた。

その瞬間、彼女がキヒョンさん、と私の名前を呼んだ。はっきりとはしないが、彼女が私に向かって名前を呼んだのはその時が初めてだった。胸の中は仁丹を呑み込んだ時のようにすっとするように思われた。私はゆっくりと体を起こした。「ありがとう」彼女の声は聞こえないほど微かだったが、私は彼女の表情から真心を読み取った。私の内から何かがぐっとこみあげてきた。出発できないように足元を摑んでいる私の中の未練が実体として現れた。私がずっと前から夢見ていた、しかし今までうまく節制してきた熱望が、その瞬間、衝動的に湧き起こった。「私の願いを聞いていただけませんか？」と、私はいきなり言った。彼女は不安そうに目をしばたたかせた。「聞いてくれると言ってください、お願いです」私の声はもしかして断られるかもしれないという憂慮と断られてはならないという切実さに震えた。彼女はかすかに頷いた。私はそれを肯定の意味に受け取った。そして彼女の肯定を引き出したのは自分の切実さではなく私に対する彼女の信頼であろうと思おうとした。

「私が兄に初めて嫉妬を感じたのはいつだか分かりますか？　兄の部屋でスンミさんが兄のために歌を歌った時です。兄の部屋にこっそりと入っていってスンミさんが兄のために歌った歌のテープをこっそりと聴いたりしました。その中で一つのテープを私が持っています。盗んだんです。そのテープには『ウヒョンのためのスンミの歌』というタイトルがついていました。家出をしてあちこち放浪していた時、そのテープをどれほど聴いたか分かりません。テープが緩んでしまってもう聴けなくなりました。その歌を聴くたびに世の中でたった一人、私のために歌うスンミさんの歌を聴きたいという熱望で胸が熱くなったりしました。それがあなたへの、あっ、すみません、ずっと無意識の内に私はスンミさんのことをあなたと呼んでいたのです、それがスンミさんへの愛を表現する方法だったんです。あなたへの愛の渇望をあなたが歌う歌に透写したのです。あなたの歌を盗み聞きした最初の日から、私の夢はただ私一人のためにあなたが歌う歌を聴くことでした。歌を歌ってくれますか？　私だけのために」私は内にこもっていた言葉を一気に吐き出した。顔が火照った。鼻先と額に冷や汗が流れた。彼女は泣きそうな顔をして私を見た。彼女はきまり悪そうに見え、どうしていいか分からないようだった。断られても仕方ないと思っていた。しかし、どうしたわけか、自らが演出した大団円の雰囲気のためという可能性も大きいが、彼女は断らないだろうという確信が私にはあった。

　しばらくして彼女は、ギターがないわと、とても小さな声で言った。私は彼女が幼い子どものように思えた。「どうしてギターが必要ですか」と口元に微笑を浮かべて私が言った。波が海岸線のあちこちに打ち寄せていた。その音は歌の背景となる伴奏のように聞こえた。私は彼女がその波の音を、歌を催促する前奏として聞いてほしいと思った。彼女は海の方に体を向けた。海の方から吹いてくる風が彼女の髪の毛を後ろになびかせた。彼女の髪の毛は私の方に飛んでくるようだったが、その髪の毛を引っ張る遠心力の抵抗を受けてまた戻っていった。

「何の歌を歌いましょうか?」と彼女はひとり言のように呟いた。しかし、私は彼女の言葉の意味が分かった。私はためらわずに、聴きたい歌は「写真屋さん」だと言った。彼女は振り返って疑い深い目で私を見た。「知っていますよ。その歌は兄のために作った曲でしょう。その歌を歌う時、スンミさんが最も愛に溢れた表情をしているんです。もちろん、歌を歌っている時のスンミさんの様子を見たことはありませんが、でも声だけでも真心が伝わってきました。あなたがどんな感情で歌っているか。歌を聴いているとスンミさんの表情が目の前に鮮明に描けるのです。だから私はその歌を聴くたびにスンミさんの顔も一緒に見ていたんです。私の心を写してください、写真屋さん……その歌、歌ってください」彼女がその歌を歌いながら兄のことを思い浮かべるとしても、どうしようもないことだと私は思った。

彼女は目を瞑って椰子の木の幹にもたれた。椰子の木の蔭が彼女の体を包んで歓迎しているのを見ながら私も目を瞑った。私のすべての神経が耳に集中した。その瞬間私はただ聞くために存在した。他の感覚器官は鈍くなり、鎮まり、内在化した。絶壁を撫でている波の音が伴奏役を務めた。私は待った。そしてついに、とても遠くから、ほとんど海の向こうの方から、もしかしてずっと昔の時間から生じてやってきたものであるかのような、それほどかすかでおぼろげな歌声が聞こえてきた。私はその歌の歌詞を知っていて旋律も知っていた。かすかでおぼろげでも彼女が歌う歌を私は完全に聴くことができた。あなたのためにあるのよ、私の心。ずっと前から立っていたのに見向きもしてくれない？　いつまで立っていたらいいの？　溶けてしまう前に、すると溶けて跡形もなくなってしまう前に私の心を写して、写真屋さん……歌は波に乗ってはるか彼方から、ほとんど海の向こうへと、また、はるか昔の過去の時間の中に流れていくようだった。それは荘厳な儀式のようだった。空と地面と海が息を殺して彼女の歌を聴いた。私は自分が涙を流しているのに気づかなかった。当然彼女も泣いているのも分からなかった。私は自分が彼女に望んだことが何であったのかを理解した。私が望んだことは私のために歌う彼女の歌だった。私は自分が望んでいたものを得た。私は自分の涙を理解した。私の涙は流さずにはいられない涙だった。しかし、彼女の涙の理由は分からないものだった。彼女はどうして涙を流したのだろうか？　私は彼女の涙を理解することができなかった。ひょっとして彼女も私を、ほんの少しでも愛したのだろうか？　そうでなければ、少なくともその瞬間だけは私を、ほんの少しでも愛していたのだろうか？

32

ほとんどソウルにまで着いたという時、電話のベルが鳴った。母だった。母の声は切羽詰っていて不安に震えていた。「どこにいるの？」と急き込むように母は言った。私はどうかしたのかと聞いた。急いで来て、急いで、とせきたてるように言った。母はどうしたわけか、とてもおろおろと慌てふためいていた。私はどうしたのかとまた聞き返した。「兄さんが……兄さんがいなくなった」兄がいなくなったとは。一度もそんなことは考えたこともなかった。兄の体の不自由さを指摘しているのではない。体の状態とは関係なしに兄は家を出てどこか他のところへと行ける人物ではなかった。家を出てどこか他のところへといなくなってしまう人は私であり兄ではなかった。長い間家を出て暮らした。しかし、兄はいつでも家にいた。兄は我が家に光りをもたらす存在だった。私が家に帰らなくても父も母もあまり気にしなかった。昨晩のこともそうだ。昨晩私はスンミを乗せて全国の道路を走り回って南川《ナムチョン》に行って、そこに留まった。それにもかかわらず私にはどこで寝たのかということも聞かなかった。彼らのせいではない。父も母も私の行動に慣れていた。ひょっとして彼らは私が昨晩家に帰っていないことすら知らないでいるかもしれない。しかし、兄は私とは違っていた。私はいなくなる可能性がある人だし、彼はそんな人ではない。私はいなくなっても構わない人だが、彼はいなくなってはならない人だ。そんな彼がいなくなったということが信じられなかった。特に、その不自由な体で彼は家を出てどこに行ったというのだ。

「どういうことなんですか？」と、私の声もつられて焦った。「分からないわ。日が暮れる頃まではいたというんだけど……あちこち探してはいるんだけど、行きそうなところがないでしょう……よくないことばかり考えてしまって」

私はすぐに家に着くからと言って電話を切った。辺りはすでに暗くなっていた。道路標示板の間にある時計は八時三十分を指していた。よくないことばかり考えてしまってと言っていた母の言葉が棘のように引っかかった。私は速度を出して前の車を追い越した。

母は玄関の前をうろついていたが、私が入ってくるのを見て、わっと泣き出した。「私のせいよ、私のせいだから、ウヒョンは、あの子は何も言わなかったけど、何も言わないので大丈夫だと思っていたのに、そうではなかったのね。衝撃を受けたのよ。そうでしょう？　私のせいでしょう？　そうでしょう？　どうしたらいいの？　どう考えても行くところがないの、どこに行ったのでしょう？　もしかして思いつくところある？」いつも落ち着いていて冷静な日頃の母の振舞いから考えれば、そのような反応は、兄がいなくなったのが意外であるように意外なことだった。母が受けた衝撃の大きさは充分に推し量られた。その衝撃の底には、自らの口で明らかにしたように、自分がこの事態の原因を提供したという一種の自責の念があった。しかし、その自責の念は母自ら作ったことであり、事態の真実とはまったく関連がないかほんの少ししか関連していない可能性が大きかった。

「父さんは、今、蓮の花市場に行かれたわ。ひょっとしてそこに行ったかもしれないと思って私が行ってみてと言ったの」「兄さんが暴れたんですか」という私の言葉は兄が発作を起こしたのかという意味だ。母は頷いた。「昼に……そうだったというの。それから自分の部屋の中に閉じこもっていたというの。お手伝いのおばさんの話では日が暮れる頃までは部屋にいたようなの。外に出るのに気づかなかったというの。晩御飯の時呼んだのに、返事をしないので部屋のドアを開けてみるといなかったというの。どこに行ったのかしら。あの子どこに行ったのかしら？　父さんはどうしていまだに電話をしてこないのかしら」と言いながら母は不安そうに歩き回った。

私は蓮の花市場には行っていないような気がすると言った。蓮の花市場に行くということは女に会いに行くということなのに、発作を起こす前ならいざ知らず発作を起こした後にそこに行く理由はないという判断だ。「それはそうだけど、あの子がどんなことを考えて家を出ていったのか、どうして分かるの？」と話す母の声には焦りの気持ちがそのままこもっていた。その言葉に続いて、ひょっとして兄が女と会うための場所として利用している郊外のモーテルに行った方がいいのではないかと言ったのも、母がどうしていいか分からず焦っている証拠だった。私は母の気持ちを充分に理解することができた。しかし、焦ることだけがいいことではなかった。

「息苦しかったのかもしれませんよ。市内に何か用事があったのかもしれないし。手伝ってもらう人もいなかっただろうし……すぐに帰ってきますよ。心配しないで」と母を落ち着かせるためにそのように言ったが、私も心配にならざるを得なかった。発作を起こした後や、モーテルから帰ってくる途中で露骨に見せていた兄の自己冒瀆が思い浮かんで心臓が止まりそうになった。最近、兄はほとんど話をしないで過ごしていた。兄の胸の中に何があるのかは推測しがたかった。それでいつも不安だった。彼が極端な考えを持たないという保証はどこにもなかった。私は兄の部屋に入ってみたかと聞いた。母が心配しているように兄が何かを決心して家を出ていったとしたら、何か家族たちに手がかりとなるものを残している可能性があるのではないか？「部屋に入ってみたけどこれといったものはなかったわ」とおろおろしている母を後にしたまま兄の部屋に入ってみた。

何に引かれたのか私の手は自然に机の片隅に置かれているファイルにいった。ファイルは厚い封筒の中に入っていた。私はまるでそれを探すためにこの部屋に入ってきたかのように、いや、探すために南川《ナムチョン》から走ってきたかのようにためらうことなく封筒を開けた。

　その中に入っている中身を知っていた。そこにはアポロンを避けて月桂樹に変身した妖精ダフネの話が入っていて（自由奔放で魅力的な妖精ダフネは乱れた髪の毛を息で撫でながら追いかけてくるアポロンから逃げるために河の神である父に訴える。私を変身させてください！　私を苦しめるこの美しさを取り去ってください！　するとダフネは木に変身する）、パン神の愛を受けていたピティスが松の木に変身した話が入っていて（パンとボレアスが同時にピティスを愛した。ボレアスは北風の神だ。ピティスが自分よりもパン神をもっと愛しているということを知ったボレアスは嫉妬に取りつかれピティスを絶壁から突き落とす。パン神は死んでいくピティスを探し出して黒い松の木になるようにする）。片思いと誤解のため死んでいった一人の女性がアーモンドの木に変身する話が入っている（トロイカの王女であるフィリスはトロイ戦争に出征した恋人を待っていた。彼の乗った船が難破したために帰還が遅くなるとフィリスは悲しさに耐えられなくて死んでしまう。彼女を可哀想に思った女神ヘラは彼女をアーモンドの木に変身させる）。ヴィーナスの姦計で愛を失ってスミレに変身したイアの話が入っている（イアはアティスという羊飼いと愛し合う間柄だったところ、アティスを寵愛していたヴィーナスはキューピットに愛を失わせる鉛の矢をアティスの胸に射させる。アティスはイアに冷たくなる。その悲しさに耐えられなくてイアが死ぬとヴィーナスはそのかわいそうな女をスミレに変身させる)。彼が収集した変身の話は私が知っている植物の数より多い。そしてそれらはすべて挫折した愛についての話だった。

誰に強いられたわけでもないのに、兄は何年間もその仕事に没頭していた。その仕事に自分なりに与えた意味があるはずだ。ファイルを封筒の中に入れておいたのはその作業が一段落したという意味なのだろうか？　私はファイルをざっとめくった。私の考えは的中した。最後のページは二五三ページで、そのページの最後の字は「終わり」だった。終わりという文字が不吉な何かの徴のように際立って目についた。

その長い作業に終止符を打って兄はどこに行ったのだろうか？　私はほんの少しの手がかりでも見つけ出したいという思いで大まかにファイルをめくってみた。私の目に飛び込んできたのは「エゴノキと松の木」という最後の項目の題名だった。その題名を見た瞬間、ふっと息が詰まりそうになった。そこに書かれているエゴノキと松の木はまるで暗号のようだった。しかし、続いて書かれている本文はすでに暗号ではなかった。「この話の男主人公はウヒョンで、女主人公はスンミである」最初の文章はそのように始まっていた。最初の文章をそのように始めることによって彼はその項目はそれまで羅列した木々の変身話とは違って神話や伝説ではなく実話だということを明確にしていた。そのように始めることによって彼はエゴノキと松の木の変身話が収集したものではなく創作したものであることを、あるいは告白したものであることを明らかにしていた。

私は急いで目で字を追った。

ウヒョンは写真を撮る。彼は写真を通して世の中を見る。彼にとって写真は趣味でもなく芸術でもない。写真は彼にとって客観的な事実と時代の真実を証拠立てる記録である。写真はその時そこでどんなことがあったのかを見る最も正確な目で、その時そこでどんなことがあったのかを伝える最も正確な口だ。彼は写真を通して時代の証拠を撮る者であることを願う。スンミは彼の恋人だ。彼女はギターを弾き歌を歌う……。しかし、彼らの愛は、すべての美しく高貴な愛がそうであるように危機を迎える。ウヒョンはもはや写真を撮ることができなくなる。ウヒョンは時代を証拠立てるために撮った自分の写真のために悪辣な権力に対抗して闘っていた同僚たちと一緒にその悪辣な権力の犬たちに捕まえられる。彼は調査を受けて拷問される。調査は形式的で拷問は過酷だった。何を探し出そうというのではなく腹いせをしているとウヒョンは思った。そして彼は軍隊に引っ張られていく。軍隊は彼の足を取り上げた。地中に埋められていた爆弾が爆発して彼の体は空中に吹き飛ばされた。空中に飛ばされたまま彼は自分の足がぼろくずのようにちぎれて飛んでいくのを見て、その瞬間自分の愛が終わったことを思う……。

それはまさしく彼らの話だった。しかし、その話はそこで終わらなかった。その話の終わりの部分で現実は巧妙に神話と入り混じっていた。

愛を失って生に対する意欲を失ったウヒョンは森に入っていき、木にしてくださいと祈る。「この体の中の欲望といまだに残っている滓のような愛情が煩わしいです。この体の中の欲望といまだに残っている滓のような愛情をお願いですから取り去ってください」森の神は彼を憐れに思い、彼の願いを聞き入れる。彼の体はいつの間にか固い樹皮に覆われる。

恋人が自分を嫌って去っていったのではなく、障害者になった体を見せたくなくて避けたということを後で知ったスンミがウヒョンを訪ねてきた時、ウヒョンはすでに木になってしまった後だった。彼女は泣きながらウヒョンがたびたび散策していた森に入っていく。彼女は泣きながら自分が愛していた、一瞬も愛さずにはいられなかった、しかし、すでにこの世にいない恋人のために歌を歌う。彼女が歌を歌うと、ある木の枝が震えた。初めは風が吹いて枝が震えているとばかり思っていた。ところがそうではなかった。彼女が続けて歌を歌うと根と枝がすべるように彼女に近づいて彼女の体に絡んだ。彼女はその木から自分が愛していた男の体臭を嗅いだ。

愛した男が松の木になったことを知った彼女は森の神に哀願する。「この人のように私も木にしてください。この人の横に纏わりついてこの人と一緒にこの森の中で暮らせるようにしてください」恋人たちに好意的な森の神は彼の願いを聞き入れたように彼女の願いも聞き入れた。彼女は滑らかな体をそのまま維持したまま木になる。

スンミが変身した木はウヒョンが変身した木に纏わりつく。枝が人の手のように相手の幹を抱きこみ、根が人の足のように相手の根に絡みつく。木になった後も彼らの欲望と愛情は消し去れない。木になった後も彼らの欲望と愛情はなくならない。いや、木になった後にはこれまで以上に彼らは自分たちの欲望と愛情を隠すことなく表出することができた。木になることによって彼らは人間であった時は結ばれなかった愛を結んだ。木は欲望を持ち、愛する。木は誰よりも欲望を持ち、誰よりも強く切実に愛する。強い欲望と切実な愛が彼らを木にした。

そこまで読むと兄がどこにいるか分かるような気がした。私はファイルを元のところに戻して兄の部屋から急いで出てきながら、「一カ所思い当たるところがあります」と母に向かって叫んだ。母はどこにいるのか、自分も一緒に行くとついてきたが、私は靴箱の上にあった懐中電灯を探し出して飛び出した。確かだとは言い切れなかった。エゴノキと松の木に纏わる話を最後にその作業を終えたということだけで、彼がそこに行っただろうと推測することはできなかった。たとえ彼が手に余る仕事を終えた後の虚しさを宥めるためにエゴノキと松の木がある散歩道まで行ったとしても、こんな夜遅い時間までそこにいると自信を持って言うのは無理だった。ところが気持ちは彼がそこにいると思う方に傾いた。彼は自ら自分は松の木になったと書いたではないか。

彼の車椅子を押してその道を歩いていった日の夜のことが思い浮かんだ。私は彼をモーテルから連れて帰る途中だった。兄は、王陵の垣根に沿って長く伸びているでこぼこしてくねくねした散歩道に連れていってほしいと私に頼んだ。そこで彼は闇の中に立っているエゴノキと松の木について話した。松の木の太い幹を抱きこんでいる、女の肌のように滑らかなエゴノキについて話した。そして彼はまた話した。「ここに立ってあの垣根越しにびっしりと木の植わった森の中を想像してみるんだ。我先に空を占めようと競いながら伸び上がっている大木と森のどこかにある奥深い洞窟を想像するんだ。体をこすり合いながらいっしょに暮らしている木と草、鳥や虫たち、土や獣を想像するんだ。どんどん入っていって、限りなく入っていくと、どこかに朝鮮トネリコがすっくと空に向かって立っているかもしれない。どんどん限りなく奥へ入っていくと、僕もその木を見ることができるだろうか？……僕もあの中に入っていきたいと呟いたりするんだ。あの中に入っていって僕も森の中の何かになりたいと呟いたりもするんだ。あの中に入っていって空だけでなく時間まで支えている、太古から立ち続けているあの巨大な朝鮮トネリコに触れることを夢見たりするんだ」その話をした時、兄はひとり言を言っているようだった。何かに対する切実な念願のようなものが感じられたが、それが何であるかはっきりとは分からなかった。その時は分からなかった彼の切実な念願を、今は分かるような気がした。

私は闇に閉ざされた夜の森が恐ろしかった。夜の森は論理の外の世界で、精霊と魔女たちの空間だ、と私は思う。その森の中に一人で入ってみたことはなかった。懐中電灯の灯りで明るくなる闇でないなら、懐中電灯の灯りで消え去る恐ろしさでもなかった。暗い森に向かって走っていきながら私が兄の名を呼んだのは恐ろしさのためだった。ウヒョン兄さん、と叫ぶ私の声がそれほど大きくないのも恐ろしさのためだった。私は自分の声が闇が生みだす恐ろしさを追い払うだろうと期待して、そうしながらも私の大きい声によって闇が生みだす恐ろしさがさらに恐ろしさを増すかもしれないと憂慮した。

エゴノキが立っている地点にいたって、ようやく私は止まった。それ以上進めないように垣根が前を遮っていた。垣根の内側の森は深い闇に包まれ怪奇な静寂が立ち込めていた。闇はその森を支配していた。黒い口を大きく開けている、それはまるでブラックホールのように見えた。ただ暗闇だけ、エゴノキも松の木も見えなかった。私はその前に立って懐中電灯で垣根の内側を照らして「兄さん、ウヒョン兄さん！」と兄を呼んだ。懐中電灯の灯りはぎっしりと詰まった闇の組織を少しもばらばらにできず、私の声は森に呑み込まれてしまった。近くでパタパタと羽ばたきしながら一羽の鳥が飛び立っただけだった。私はぎくっと驚いて一歩退いた。懐中電灯の灯りが作った長くだらだらとした影が、かえって怪奇さをいっそう感じさせた。私は慌てて懐中電灯の灯りを他に移した。

踊りを踊っているように揺れる懐中電灯の灯りで銀色の物体を捕らえられていなかったら、そしてそれがおそらく兄の車椅子だろうと思わなかったら、私はそのまま道を引き返してきてしまっていただろう。私は銀色の物体があるところに少し近づいて、それが兄の車椅子だということを確認した。「兄さん！」と呼んだが、返事はなかった。車椅子は溝に一方の車輪をはめ込んだまま斜めに倒れていた。「兄さん！」と、私は溝から車椅子を引っ張り出しながら、もう一度兄の名を呼んだ。兄はいなかった。

どこに行ったのだろうか？　兄がここまで来たということは確認したわけだ。兄がここまで一人で来たということも信じられなったが、ここまで来て車椅子を捨ててどこかへいなくなってしまったことはさらに信じられなった。私は散歩道と森を分けている垣根を睨みつけた。奥へ入っていき、どんどん入っていって森の中の何かになりたいと言っていた兄の言葉を思い浮かべた。あの中に入っていって空だけでなく時間までも支えている、太古から立ち続けているあの巨大な朝鮮トネリコを触ってみたいという夢を見たりするんだ、と彼は言った。私は自分を説得するように、まさか、とそっと言って舌で唇を舐めた。渇きを感じた。口の中が焼けつくような感じは垣根の内側から来る誘いを断わることはできないという証拠だった。垣根は鉄の柱と有刺鉄線で作られていた。有刺鉄線の隙間を広げると中に入ることはできたが、それは正常な体の人にも簡単なことではないようだった。足のない兄が有刺鉄線を広げてその中に入れたかどうかは疑問だった。しかし、そこでなかったらどこへ行ったというのか。そこ以外に他に行きそうなところはなかった。

有刺鉄線に体を押し入れる前に私は気味悪さをふるい落とすように一度空咳をした。それでも気味悪さはそのままくっついて離れなかった。

33

灯りを消せと父が言った。父がそこにいるとは思いもしなかったので、初めはそれが父の声とは思わなかった。そこまで来る間、私の足の前を照らしていた懐中電灯の灯りを弱くして私は、誰？　兄さん？と聞いた。「今、寝入ったところだ」と言う父の言葉を聞いて初めて、そこにうずくまっている影が父であることに気づいた。「父さんですか」という私の声には驚きとうれしさが半分ずつ入り混じっていた。

　森の中は静かだった。時々、哀れに鳥が鳴き、私の肩に掛かった乾いた枝が折れたりしたが、それらは森の中の静けさを破りはしなかった。歩みを進める度に足元から聞こえてくるバサバサという音も同じだった。そんな騒音によって森の中の静けさが鮮明に感じられるような印象だった。その静けさは青白く不安だった。

　有刺鉄線を広げて内側の闇の中にやっとの思いで足を踏み入れながら、私は太古の沈黙の中に歩いていっているという想像をした。しかし、恐ろしさは変わることなく私は小さな声で兄の名を呼びながらゆっくりと前に進んだ。闇は私の声を吸い取り紙のように吸い込んだ。黒い森の静けさはそこに歩いてきた最初の目的を忘れさせかねないほど圧倒的なものだった。森自体が一つの巨大な朝鮮トネリコで、森自体がすでに深く暗い洞窟だった。だから私に向かって話しているに違いない誰かの声を聞いた時、私はしばらく意識が屈折する現象を経験しなければならなかった。

　父は太い木の根元にもたれて坐っていた。兄は彼の膝に頭をあてて寝ていた。父は兄の髪の毛を撫でていた。映画の中の静止画面のような静けさと緊張がその絵の中で渦巻いた。突然の沈黙と息詰まる厳かさ……。彼らは真空の中に入っているように見えた。見えない紐が向こう側とこちらの領域を分け隔てているように見えた。その中には入っていけそうになくて私はその場に立ち止まった。

父は兄の髪の毛を撫でながら何かを話していた。何の話なのか聞こえなかったが、私は彼が唇を動かしているのが直感で分かった。何かについてやさしく説明しているのか、愛情のこもった忠告をしているかのようだった。ひょっとして子守唄を歌っているのかもしれない。兄の表情は見えなかったが間違いなく安らかな表情をしているだろうと私は想像した。その場面は見慣れないものではなかった。私は庭で植物たちの葉を撫でている父の姿が難なく思い浮かんだ。父は植物たちに対して真心をもって接しなければならないと私に忠告した。心から愛していると言わなければならないと言った。人が嘘をついているのか、真実を言っているのか植物たちは本能的に分かってしまうと父は言った。偽りの愛は反応を起こすことができない、人と同じく植物と交感するためにも真心をもって接しなければならない、と父は言った。瞬間、私は、植物と同じく人と交感するためにも真心で接しなければ、という父の新しい声を聞いたようだった。あの日、庭で植物たちと交感している彼を待たなければならなかったように、その森の中でも私は兄と交感している彼を待たなければならなかった。

懐中電灯にそれ以上頼らなくてもよくなると、闇の中の物体が微かに光を発し始めた。木々は地面に向かって枝を伸ばしていた。木の枝はまるで傘のように父と兄を囲んでいた。木々は父と兄を保護するかのようにも見えたし、監禁しているようにも見えた。

「兄が木になりたいと言った」という父の声は、はるか遠いところから聞こえてくるようだった。その言葉を聞いた瞬間、私はいつからか私がその言葉を言いたかったのだと覚った。兄は木になりたがった。それが、おそらく、彼を木々の変身話に没頭させた本当の理由だろう。

ようやく兄と父が作った領域の中に入場するのを許されたことを幸いに思いながら、父さんが兄さんを連れてきたのですか、この森の中に?と聞いた。私は父が兄を探しに出かけたということを母から聞いた。兄が父と一緒に家を出ていったのではないことを知っていた。それにもかかわらずそんな質問が出てきたのは、兄が誰かの助けなしにここまで入ってくるのは不可能であろうと既に判断したのと、二人が発散する特別な親密感のためだった。いやそうじゃないと父は低く言った。「蓮の花市場に行ってみようと家を出たのだが、ウヒョンがこの散歩道が好きだったことをふと思い出したんだ。それでもしかしてと思い、ここに先に来てみたんだが、道の行き止まりにウヒョンの車椅子が捨てられていたんだ。一人で垣根を越えることなどできるだろうかと疑っても見たが、だからといって越えられないと考えることもできなかった。ウヒョンはここに倒れていた。体があざだらけで血だらけだ。垣根をどのように越えたのか、またここまでどうやって来れたのか……。謎のようだ。たぶん、ウヒョンはできるだけ人がいないところに入っていこうとしたんだろう。できる限り人の出入りが禁止されているこの山の中の最も奥深いところに入っていこうとしたようだ」と私に事情を説明しながらも父は庭の植物たちにしているように兄の体をさすっていた。

兄に対する憐憫が一度に湧き起こった。私は兄の苦しさと悲しみを充分に理解できると思っていた。しかし、私の理解は部分的で貧弱だった。兄がこの世の中で自分の居場所を探すことを放棄したのは悪いことではなかった。本当に悪いことは、彼がこの世での居場所を放棄した自分自身に耐えられず、苦しんだ点にあった。彼が心から望んだのは、この世での居場所探しを放棄した彼自身を苦しめない超越の精神か、さもなくば無感覚だったのだろうという考えは私を当惑させた。それは存在の変身を通してのみ可能なことではないか。現在の存在を捨てまったく異なる存在になることを願う彼の変身に対する夢は、どれほど大きく絶望的な欲望だろうか。存在を跳び越えようとする欲望ほど大きな欲望はどこにあるだろうか。欲望を消そうとする欲望ほど絶望的な欲望はどこにあるだろうか。

木になりたいと言った、と父がまた話を続けた。父の声は森の闇の中に花のように落ちた。「私が懐に抱くとウヒョンは体を震わせながら涙を流した。私は彼の涙を拭いてやらなかった。私は涙を流すままにしてあげた。涙が彼を浄化するのを期待した。彼の悲しみと苦痛と渇望が涙といっしょに彼の体の中から脱け出すように……涙が涸れていくとウヒョンが言った。木になりたいです。私の懐に抱かれてその言葉を繰り返した。木になりたいです……私は言ってやった。お前はもう木なんだよ。木を夢見る人は木の魂を持った人だし、木の魂を持った人はもう木なんだ」と話す時、私は父が心から兄を愛しているのを感じることができた。

「僕が背負いますから、家まで」私はやっとそのように言った。私の言葉は浅はかで貧しかった。私の言葉は精神の超越も無感覚も夢見ない者の言葉だった。または精神の超越や無感覚を夢見るほど苦しくなかった者の言葉だった。私の思考と行動は現実の境界線を越えたことがなかった。それが私が兄と父に対して感じる劣等感であり疎外感の中身だった。「たぶんぐっすりと眠ることだろう。私の考えでは目が覚めるまで、このままもう少しここにいた方がよさそうだ」と言いながら父は、私にはもう少しここにいろとか、家に帰れとは言わなかった。私は心配している母が気になったが、父と兄を置いてそこから離れていいかどうかすぐには決心がつかなかった。それで私の立場は曖昧だった。また父の呟きが聞こえた。父の言葉どおり兄は深い眠りに陥っているようだ。父は兄の体をさすりながら何かの話を絶え間なくしていた。兄の夢の中に入って対話をしているのかもしれないという思いがしたのは、やはり私の疎外感がそれほど深かったためなのかもしれない。

34

　夜の森はもう恐ろしくなかった。暗い森の中に長い間坐っている人にとって闇は発光体だった。闇は自ら光りを発し闇の中に潜んでいる恐怖を追い出した。

　私は父の横に坐った。父の上着が兄の体の上に被せられているのを父の横に坐って初めて知った。私は自分の上着を脱いで父の貧弱な肩に被せてやった。骨だらけの父の肩は乾いた木の枝を触っているような感じがした。私は自分が兄を抱いていようと言ったが、父はいいよ、と断った。そしてまた沈黙が流れた。闇とは親しくなったが、沈黙は相変わらず居心地が悪かった。

　しばらく後で、お前の母さんは純潔だと父が口を開いた時、私はどきっとした。私の口にはいつの頃からか外に出す準備をしていた言葉があった。しかし、外に出そうとしない内部の抑制力が唇に力を入れてその言葉を閉じ込めていた。実際に何かを話したかったのは父であったことをその時まで私は知らなかった。父の声は森の闇の中にゆっくりと染みこんでいった。お前の母さんは純潔だ。父はどうしていきなりそんなことを言ったのだろう。そんなはずはないと何度も頭を振ったが、それでも私は父に対する不純な疑いを完全に拭い去ることはできないでいた。母の追跡調査を依頼した人は父であるかもしれないという疑いは、偶然な機会に何かの啓示のように私にやってきた後、いつまでも付きまとっていた。父に直接確認してみようかと機会をねらったりもしたが、最後の瞬間にいつも私はその勇気を抑えた。ところが、この夜に、この森の中で、父はそれを自ら告白しようとしているのだろうか。しないでください、と私は叫んだ。父は私の声を聞かなかった。というのは私は心の中でだけ叫んだからだ。

「母さんを尾行するように頼んだのは私だ」と父はささやくように言った。父の視線は兄に向けられていて、父の手は兄の髪の毛を撫でていたので、見た限りは兄に話しているように見えた。いや、ひょっとして実際に私より兄に話しているのかもしれなかった。その場で何らかの反応を見せると追及しているように取られるかもしれないと思うと、私は何も話すことができなかった。胸がどきどきと音を立てながら打ったが、私はじっと聞いていた。

少し前に一人の男が私を訪ねてきた、と父が話を続けた。「髪の毛が白くて腰の曲がった老人だった。彼が自己紹介をするまで誰か分からなかった。老人は、母さんがその後一度もその愛を忘れなかった男の昔の部下だった。その老人が言った。その人が韓国に来ていると。病が重くて余命いくばくもないと。言葉には出さないが母さんと息子にとても会いたがっているようだと。

私は断りたかった。お前たちに、特にウヒョンにその話をどのようにすればいいか困り果ててしまった。今更になって昔話をほじくり出して心の傷と衝撃を与えるのはよくないことのように思えた。そんな話は死ぬまでしないつもりだった……。今になって別の父親の存在を知らせてウヒョンに何がいいことがあるか。でも私は三日間悩んだ末、その老人の要求を受け入れた。その代わり状況を理解させるまでの時間が欲しいと言った。その頃キヒョンは『蜂と蟻』を起こしただろう。いい考えではなかったが、その時ふとこの方法が思い浮かんだんだ。私たちの家族の秘密をお前たちが自ら分かるようになるのを願った。母さんは南川《ナムチョン》に行くだろうし、するとキヒョンは母さんとその人について分かるようになるだろうし、結局お前たちは私か母さんに事実を確認するようになるだろうと考えた。そんな過程を通して自然に真実に接近するようになるだろうと……それでその老人にそんな電話をさせたんだ。もう電話はしないだろう。そんな必要がなくなったことはお前も分かっているだろう。その人の病気がそんなに重かったとは知らなかった。私が悪かった……」

兄は父の話を聞いているのだろうか。根拠はないが私はそうだろうと思った。根拠はないが兄はすでに目を覚ましているかもしれないと思った。そうでなければ、兄はすでにそのすべての経緯を父から聞いていたかもしれなかった。「すべてを知っていたんですか？　母さんとその男の……」と私は語尾を濁した。少しでも父に不憫な思いをさせる質問はしたくなかった。しかし、父は私と兄に自分のすべてを明らかにすることを決心した人のようだった。いつもと違う父だった。

お前たちの母さんと初めて会った時、その時、私は二十五歳で母さんは二十一歳だった、と父は告白するように話した。父にはためらいがなかった。母さんが「たんぽぽ《ミンドゥレ》」で働く前から私は「たんぽぽ《ミンドゥレ》」で働いていた料理人だったと父は言った。母さんに初めて会った瞬間、私の胸はときめいた。そんな気持ちは初めてだった。彼女を愛するようになるだろうと初めて会った日に予感していたと、父は気がつかないほどわずかに震える声で話した。そしてその時から今まで母さんを一瞬も愛さなかったことはなかった、それは母さんがその人をその時以後たったの一瞬も愛さなかったことがないのと同じだ、と父は寂しそうに話した。私の目に他の人が見えないようにお前の母さんの目には私が見えなかった、と父は沈みこんだ声で話した。でもそんなことはどうでもいいことだ、なぜかと言えば彼女に対する私の愛だけで私は充分に幸せだったから、と父は言った。母さんは私に愛する幸せを教えてくれた最初の人で、唯一の人だ。その理由だけで母さんは私にとってとても大切な人なんだ、と父は言った。知っているかもしれないが、母さんがウヒョンを生んだのは南川《ナムチョン》、あの絶壁の上に建てられた絵のような家でだったと言った後、父は昔のことを思い浮かべているかのようにしばらく口を閉ざした。そして、母さんがそこで出産すると言ったので私はそこまで臨月の母さんを車に乗せていった、と付け加えた。そこでウヒョンを私の手で取り上げた、と父は話した。母さんは望まなかったが、私は望んだ、母さんは私を追い出したが、私は絶対離れなかった。離れることができなかったからだ。一カ月の間母さんの産後の養生を手伝ったのも私だった、と父は言った。海辺には海産物が豊富で、私は腕のいい料理人だったし、そこには私たちの他には誰もいなかった、と父は言った。母さんのために料理を作り、食事を準備しながら私は自分がこの世で一番幸せな人間だと感じた、と父は言った。南川《ナムチョン》は忘れることのできないところだ、母さんにもそうだし私にもそうだ、母さんの記憶の中で一番幸せだった時間がそこにあり、私の記憶の中で一番幸せだった時間もそこにある、と父は言った。母さんは私を受け入れなかったが、その後も私は母さんの周囲をうろついた、それは母さんを守ることが私の使命だと思ったためで、またそれが私の喜びであったからだ。母さんが私を愛さないということは私が彼女を愛さない理由にはならなかった、と父は悲壮な声で言った。後に私は一人で南川《ナムチョン》に行ったりした、母さんは行かなかったが私は行った、母さんはそこに行くと苦しいだろうが、私はそこに行くと幸せだった、それで母さんは行かなかったし、私は行った、と父は言った。いつだったかその絶壁の上に椰子の木が一本育ち始めた、気候と土壌の条件を克服してその土地に芽を出した椰子の木は奇跡のようだった、と父は言った。私はその奇跡を見るためにもそこに行かないわけにはいかなかった、私の膝ぐらいだった椰子の木はすぐに私の背くらいになり、私の背の二倍くらいになり三倍くらいになり、四倍くらいになった、と父は言った。私は、たぶん、その椰子の木を見ながら私に現れるある奇跡のようなものを期待していたのかもしれない、でも今はそれはつまらないことだったと知っている、と父は言った。母さんと暮らす前から私は母さんを愛していたし、私と暮らすようになってからも母さんはその人だけを愛した、と父は微かな笑いを浮かべて言った。息を整えるかのようにしばらく話を中断していた父は、でも母さんは純潔だ、と付け加えた。理解できないかもしれないが、私は母さんのその純潔を愛しているのかもしれない、と重ねて父は言った。

母の純潔を強調して話す父の心中を隅から隅まで思い巡らすことはたやすいことではなかった。父が話す母の純潔が正確に何を意味しているのかも正直言って理解できなかった。それにもかかわらず私は父をすべて理解できるような気がした。人に対する理解は単語の意味を理解することと同じではない。誰かを理解するためにその人が使う単語の意味を理解するのではない。以前、私は父に対して可哀想だと思ったことがあった。特に、母との関係であまり幸せに見えなかった父の立場に同情したことがあった。私はその時、父が海を抱いている南川《ナムチョン》のあの大きな椰子の木のように広く大きいということを知らなかった。漠然と予感したがそれは微かでぼんやりとしていた。それは知識とは言えなかった。私はその時、父がすでに木の魂を持っているということが分かっていなかった。

「父さん！」と私はいつもよりずっと情を込めて父を呼んだ。父は片手をあげて私の頭の上に載せた。まるで葉をいっぱいにつけている木の枝に頭を触られたような感じだった。その手を待っていたかのように私の体はすっと父の胸に倒れこんだ。葉をいっぱいつけた木の枝のような手が私の髪の毛を撫でた。その瞬間私は父の手を待っていたということを覚った。激情に捕らえられた私の心臓はどきどきと鼓動した。父の胸に顔を埋めたまま私は自分の心臓の音だけでなく父と兄の心臓の音まで聞いた。夜の森はもう恐ろしくなかった。森は親しく夜は暖かかった。私は、空を支えている、空だけでなく時間までも支えている、太古の巨大な朝鮮トネリコをすでに見てしまったのだと思った。兄が森の中に入って見たいと言ったその巨大な朝鮮トネリコはこの森のどこかに植えられているのではなく、人間の心の中に植えられているものだと思った。森の中のどこかに植えられている朝鮮トネリコを、ある瞬間私たちが発見するのではなく、私たち自らが朝鮮トネリコになるのだと思った。どきどきしていた私の心臓は少しずつ安定し始めた。

35

兄は二日間寝込んでいた。医者は安静にしていた方がいいと話した。母は兄のベッドの傍を離れなかった。母が外出しないで二日も家に居続けたのは、私が覚えている限りその時が初めてだった。

私は南川《ナムチョン》にいるスンミのために焦っていた。計画通りだとしたら兄を車に乗せて南川《ナムチョン》に向かって走っていなければならなかった。しかし、寝込んでいる人を連れていくこともできず、私一人で行くのは無意味だった。ある瞬間、その家に電話があったことを思い出した。母は私に南川《ナムチョン》に到着したら電話をするようにと言いながら電話番号を教えてくれたことがあった。その家にいまだに電話があると確信することはできなかった。それにその番号をメモした紙は見つからなかった。私は仕方なく母に南川《ナムチョン》の電話番号を知っているかと聞いた。母は、どうしてそれを？と聞き返した。「聞いてみただけ」と、私の返事は充分ではなかった。「聞いてみただけって？」と母は疑いに満ちた目で私を眺めた。「そこに誰かいるのかしら？」と母はひとり言のように呟きながらも私の顔から目を離さなかった。「知っているのですか、知らないのですか？」と私は母の追及を前もって遮断するつもりで迫った。知っているんだけど、電話をとる人はいないでしょう、あの老人も上京したというから、と言いながら母は台所の方に行った。

母は茶を入れた。私は食卓に坐って母が茶を入れる様子を見つめていて、父さんのも入れては、と衝動的に言った。話をしている人が自分ではないような気がした。私の中の誰かが私に話させているような気がした。母が父のために茶を入れているのを見たことがなかった。二人は一緒に茶を飲まなかった。食事も一緒にせず、寝床も一緒にしなかった。それなのに父にも茶を入れたらなんて言うとは。

「知ってますか？　父さんは母さんのために料理をして食事の準備をした数十年前の南川《ナムチョン》での一カ月を一生で一番幸せな時間だったと思い続けているということ」と話す私の言葉は思いに先走っていった。母は反応を示さなかった。振り返りもしなかった。茶のスプーンが茶碗の縁にぶつかってカチャンという音が聞こえた。母が当惑していることは間違いなかったが、私は自分の内から出てくる言葉を抑制することができなかった。「父さんは母さんを心から愛していたし、今も愛していますよ」ガスレンジの上に載せられている茶瓶の沸騰している音が聞こえた。私は不必要な話をしたのではないかと後悔した。しかし、すでに事態は元に戻すことのできない状態だった。

しばらくして、お前は私がまるで父さんを憎んでもいるかのように話すのね、と母は、流し台の前で振り向かないまま静かに話した。「違います、そんな意味では……」と手を左右に振ろうとした時、母は続けて話した。「私も知っているわ。父さんは驚くべき人よ。父さんに会わなかったら私の人生はどうなっていたことか……。たぶん生きていられなかったでしょう。父さんは私の命の恩人よ。私はたびたび神様が私を守ってくださるためにあの方を私に送ってくださったのではないかと思うの。父さんを憎んでいるのではなく畏れ多く思っているのよ。父さんを避けているのではなく到底近づいていくことができないのよ、そして、それが私と父さんの間の愛の方式なのよ」と話しながら母は振り返って理解できる?と尋ねるような眼差しで私の目をまっすぐに見つめた。私は母の視線を避けた。母は茶碗を私の前に置いて父さんに持っていってあげなさいと言った。「母さんが直接持っていくと喜ばれるでしょう」と私は揺れている緑色の茶を眺めながら言った。母はそっと目を瞑った後、目を開けた。私は少しひどいことを言ったような気がしたが、間違っているとは思わなかった。

父さんの前では私は……、と母は目を開けたまま話した後、また目を瞑って続きを話した。「顔を上げることができないの。父さんの顔をまっすぐに見れずに私はずっと暮らしてきたの。誰にもやましいことはないのに、父さんにだけはやましくないことはまったくないの」母と父の間の愛の方式というものの実体がおぼろげながら分かるような気がした。「母さん！」と私は母を呼んでおいて次の言葉が続かなかった。話をする代わりに茶碗を手にした。愛はすべて異なるものだと自分自身に話した。愛するという内容は同じでも人々が愛する方式は一つも同じものがない。百人は百種類の方式で愛する。だから特別でない愛は一つもない。父の部屋に茶を持っていきながら私はそんな風に思った。

父の部屋から出てくると母は食卓の前に坐って茶を飲んでいた。私は母と向かい合って坐った。「そこの電話番号を聞いた理由を話してくれる？」と黙って茶を飲んでいた母が茶碗を手で包み込んで聞いた。最初は自分の計画を誰にも言わないでおこうと思っていた。誰にも言わないで兄をそこに連れていこうと思っていた。でもそんな必要があるだろうか？　必ずしも母に隠す必要があるだろうか？

そこに、ある人がいるんです、と私は言ってしまった。母は疑問に満ちた目で私を見ながら誰がいるというの、と聞いた。「母さんも知っている人、ユン・スンミ……」私の口から出たスンミという名前が母を混乱させたに違いない。彼女は目を大きく見開いてどういうことなのかと必死になって考えているように見えた。しかし何も思いつかないことを認めるかのように母は、その子が何でそこに？　どうして？と聞いた。当惑している様子が歴然としていた。「兄さんを待っているのです、僕が彼女をそこまで連れていったんです」母はどうして?と追及しなかった。その代わりにとても当惑した眼差しで私を眺めていたが、静かに立ち上がって電話番号が書かれているメモを持ってきた。

私がメモを受け取って食卓から離れようとした時、母は大丈夫かしら?と注意深く聞いた。私は彼女の質問が何を意味しているのか理解した。私は大丈夫でしょう、とわざと明るい声で答えた。

その直後、電話をかけた。二回ほどベルが鳴ったかと思うと欠番だという案内が流れた。もう一度かけてみたが同じことだった。後で私を見守っていた母がどうしたのかと目で尋ねた。私は電話が通じないんです、と言った。「困ったわね?」と母が失望した目で聞いた。「明日兄さんを連れていってもいいですか」と私は聞いた。「そうね」と母は自信なさそうに答えた。

36

父が料理をした。父に直接料理を頼んだ人はいなかった。私がしたのは、自分が料理をするからみんなで食事をしようと大騒ぎしたことだけだった。家事を任せていたお手伝いのおばさんは母から三日間休暇をもらった。母が、兄が回復するまで「たんぽぽ《ミンドゥレ》」に出ないで家にいることにして決めた処置だった。私は市場に行って買い物をし、料理の本を取り出してうろうろし、父の部屋を覗いてはラジョギ〔中華料理の一種、とに肉に衣を被せて揚げ、味付けしたもの〕を作りたいんだけど、椎茸をどれくらい水につけておくのか、鶏肉はどれくらいの大きさに切るのか、揚げる温度はどれくらいがいいのか聞いた。結局父は台所に出てきて前掛けをして本格的に料理を始めた。

私の計算は狙い通りだった。私は家族が心ではみんな望んでいるのにうまく行動に移せないでいるのが何であるか確信し、それができるのは私しかいないということも確認した。ひょっとして家族みんなは私がその役割を担うことを、顔には出さないが、心の中では切実に願っているのかもしれないという思いもした。万一そうならば何もぐずぐずする必要はなかった。心を開いて胸の中に収めていた思いを露わにしたのは今度が初めてだった。これ以上の機会は来ないだろう。今度の機会を逃すと機会は永遠に来ないかもしれない。私は父の料理の腕前を利用することにした。父が作る料理が私の家族を一つに結んでくれるだろうという方向に期待をかけてみることにした。

父は私が買ってきた料理の材料を見回しながらどんな料理を作るつもりなのかと聞いた。私はラジョギと八宝菜の作り方が載っている料理の本を見せてあげた。父は笑っているようだった。そして紙に何種類かの材料をメモしてくれた。父は私が買ってきた材料と冷蔵庫の中の材料をいちいち確認した後、豆腐と牛肉、平茸、セリ、ニベとブロッコリーとカリフラワーと枝豆と牡蠣と牛乳を買ってこいといった。私はそれらを買いに車でデパートの食料品売り場に行ってきた。葡萄酒も一瓶買った。父の料理の手つきはすばやく見事だった。父はセリを下ごしらえしてニンニクをつぶすような簡単なことだけ私にさせて、すべての料理を一人で作った。母は台所で何が繰り広げられているか知らないはずはなかった。だが顔を出そうとはしなかった。

夕食は晩餐だった。父が作った料理が食卓の上に並べられた時、私は、料理は本当に美しいものだと思った。父はラジョギとニベの蒸し物、豆腐の鍋物、牡蠣の汁物を作った。それらは食べるために並べられているのではなく鑑賞しなさいと並べられているようだった。それらは食べ物ではなく芸術作品のように思えた。母も兄も私と同じ思いなのか食卓の前でしばらく口を開けたままでいた。母の顔に滲んだ感激の表情を見逃さなかった。

「さあ、皆様、お坐りになって世界でも指折り数えられる素晴らしい料理人の作った料理を楽しんでください」と私はわざとふざけた声を上げ、四つのワイングラスに葡萄酒を注いだ。「シャトーオーソンです。知る人ぞ知る、このワインはフランスのボルドー地方のサンテミリオンで獲れた葡萄で作った酒です。このワインに詩人でありローマ帝国の総督であったオーソンの名前をつけたのは、一時彼がこの地方を占領したことがあったことに由来しているということです」と私はグラスを上げて乾杯しようと言った。家族はもぞもぞしながらも私について杯を上げた。

私は勢いに乗って父にひと言お話しくださいと言った。父は恥ずかしそうに顔を赤らめた。しかし私たちは父が何か話をするまで待った。兄も母も父の話を待っていた。父は何か極めて重要な演説でもするかのように咳払いを二回もしてから、「愛しているよ」とだけ言った。父は低い声で言ったが、その言葉は家中に鳴り響いた。「今度は母さんの番です」と私は母を見ながら言った。まるで何かの行事のようね、ともじもじしていた母は、いいわ、何と言っていいか分からないけど、これからはできるだけ家族で一緒に食事をするようにしましょう、と言った。母の最後の言葉は内にこもっていって、ほとんど聞き取れなかった。「兄さんもひと言話して」と私は兄を促した。兄は父と母と私の顔をゆっくりと見回していたが、静かに目を瞑った。閉じた彼の目から一筋の涙がすっと流れた。

私は食卓の雰囲気がこれ以上深刻になるのを願わなかったので、急いで事態を収拾した。「手がだるいです。これは持っていなさいと注がれたものではありません。乾杯しましょう」互いに杯をぶつけ合った。私は父の杯に私の杯を、母の杯と、兄の杯にも私の杯をぶつけた。父と母も互いに杯をぶつけ合った。葡萄酒はゆらゆらと揺れ、ガラスの杯はチーンと軽快な音を出した。

「これはニベの蒸し物で、あれはラジョギです。この前にあるのは豆腐の鍋物という料理で、そして皆さんの前に置かれているのは牡蠣の汁物です。父さんの作った芸術品は鑑賞しなさいと作られたものではありません。私たちの口に入るように作られたものです。残さないで召し上がってください」という私の長口上にみんなは声に出さずに笑った。彼らは私の努力を高く評価している最中だった。少しもおかしくない私の台詞に無理して笑おうとしている彼らの努力も評価しなければと私は思った。いずれにせよ、それらは私たち家族が努力をしている明らかな証拠だった。

味がどうだったかは分からない。誰も味について話さなかったし、私も話さなかった。私にとって食卓に並べられた食べ物はただ象徴に過ぎなかった。食べ物の味は分別できずそんな必要もなく、そんな余裕もなかった。味覚は他の感覚のために自分の場を譲った。私にはそれは期待感であり、母にはそれは記憶だった。過去の決定的なある時間に対する記憶が牡蠣の汁物を吸っていた母の手を止め、母の目頭を濡らしている様子を見た。料理をしながら父が話してくれたところによると、牡蠣の汁物は母が産後の養生をするために南川《ナムチョン》に滞在していた時、父が一カ月の間ほとんど毎日作った料理だった。母はとても牡蠣の汁物が好きだったと父は記憶していた。母が好きだったので父は海の水が引いた時、岩にくっついた牡蠣を採りに自ら海辺に出かけたという。母の心の中に満ち潮のように押し寄せてくる感慨が手に取るように分かった。

37

夜が明けると私は兄を連れて南川《ナムチョン》に行くだろう。南川《ナムチョン》にスンミがいる。彼女は私が愛している女性だ。父が母を愛したように私は彼女を愛している。しかし、彼女は兄を愛している。母がその人を愛したように彼女は兄を愛している。しかし、そうだからといって母が父を愛していないと言えないように、スンミは私を愛さないだろうとは言えない。

一晩中私は眠れなかった。私は少し興奮していた。興奮を鎮めようとしたがうまくいかなかった。あれこれと様々な思いが行き来した。この数日間の時間がふと千年の歳月のように長く感じられた。ちょうど千年ほど生き抜いたような気分だった。千年の間に堆積したものが私の胸と頭いっぱいに積まれたような気がした。明け方になってやっと眠りについたが、私は実際に目の前で起こっているような生々しいほどはっきりした夢を見た。私の夢は明くる日に起ることに対する予告編のようなものだった。

南川《ナムチョン》が舞台だ。海の水は休むことなく絶壁を舐めていた。絶壁の上には空を支えている、空だけでなく時間までも支えている、太古からそこに立っているような椰子の木が一本ある。椰子の木の下に一人の女性が立っている。女性は服を着ていなかった。服を脱いだ純粋、彼女の名前はスンミだ。そして兄がその前に立っている。兄は私が買ってあげたカメラを持っている。私が兄にカメラを買ってあげたのは兄のカメラを売り飛ばしたのが私だからであり、兄に二度とカメラを手にしないと決心させたのが私だからである。兄がまたカメラを持つようにならなければいけないと私は考えたし、そうなるように努力してきた。それは兄を回復させ、また世の中に戻ってくるようにするためだったが、必ずしもそれだけではなかった。それよりさらに大きな動機は兄に対する罪意識だった。兄がカメラを手にしてまた写真を撮れば、私の罪意識も少しは減るように思えた。しかし、どんな場合でも完全な自由というものはないということを私は骨身に染みて感じている。原罪は刺青のように消し去ることはできない。カメラを持った兄の顔は久しぶりに明るく輝いていた。服を脱いだ純潔、兄はスンミの体をカメラで撮る。兄はまたカメラを通して世の中を見る。これから兄はカメラに入ってくるスンミを通して世の中を見る。その世の中は愛の世界だ。そこから少し離れた丘の木の後で私はいつかのように息を殺したままその様子を見守っている。私が願っていた光景だ。それにもかかわらず兄がシャッターを押すたびに、私の心臓はカチッと音を出す。空だけでなく時間まで支えている椰子の木は風が吹いても揺れない。陽射しは海の上に注いで涙になる。宝石のように光る涙。しかし、私は決して涙を流さない。

あとがき

がっしりと太い松の幹の中に入るように抱き込んでいる、滑らかで浅黒い肌をした女体を連想させるエゴノキを見ました。家から程近い王陵の森の中でした。その情景から植物たちの欲望について考えるようになりました。求道者のように天だけを仰ぎ見て静かに立っている木々の内面から沸き起こっている欲望。木々はそこに立っていたいのではなく、そこに立っているしかないためにそうしているのだという一つの文章がくらっと眩暈を呼び起こしました。木々の内面に至らなくて私たちがどうして彼らの愛と痛みと念願をすべて理解できるでしょうか？　夜の森に行ってみたことがありますか？　彼らのざわめき合う声を聞いたことがありますか？　彼らのせわしく動き回る様子と、どこか知らない世界に向かって走っていく千万個の欲望の根を見たことがありますか？

……

擬人化されない木はありません。文学の脈絡では、世の中のすべてのものは人と関連して存在します。神さえもそうです。私の小説の主人公たち、木になろうとし、またはすでに木になっているその人物たちに、私は一つの庭園を作ってあげようと思いました。ですからこの本は彼らの庭園です。しかし、それは不安定です。そんなところは存在しないか、ほとんど存在しないからです。この小説の中でその場所は南川《ナムチョン》で、そこもやはり神のエデンとは違って、同じように不安定です。そんなところは存在しないか、ほとんど存在しないからです。

ずいぶん走ってきたように思うのですが、未だに目に見えるものがはっきりしないで、把握できたものもありません。変わったのは単に風景だけでしょうか？　私は風景が変わるたびに愚かにもずいぶん歩いてきたと自負してきたように思われます。疾走する風景の中に入り込めないまま、ただその場で足踏みをしていたような悟りは、多少落胆と決まり悪さを感じさせます。未だに文学が銅の鏡で見るようにぼんやりとしています。顔と顔を合わせるときが来るでしょうか？　もしかして永遠に来ないかもしれません。どうせ銅の鏡で見るのが文学でしょうから。

李承雨《イスンウ》

訳者解説

愛は道であると同時に壁である。愛は道でない道であり壁でない壁だ。愛は壁の道であり道の壁だ。

（李承雨、散文集「いつもそうではないが、大体そうだ」）

本書『植物たちの私生活』は、『生の裏面《りめん》』（拙訳、藤原書店、二〇一一年）に続く、李承雨《イスンウ》（이승우）の長篇邦訳の第二作目である。原書『식물들의 사생활』は、一九九九年に一年間、『明日を開く作家（내일을 여는 작가）』に連載され、二〇〇〇年に文学トンネ（문학동네）から出版された。

この作品のテーマは、とりあえず、「愛」、しかも「危険で正常でない愛」だと言えるだろう。冒頭の強烈なシーンから、その後、思いがけない方向へ展開するこの小説の筋書きのように、すべての「愛」の話は、過度な熱情や必然的な偶然に支配される。「愛」とは、そういうものだからだ。だが、これほどの思弁的な作家がこのような「愛」の話を書くのは、多少意外でもある。

とはいえ、実は、李承雨には『暖かい雨』(一九九一)や『愛の伝説』(一九九六)ですでに試みられたように、「無機質」のような、なくてはならない「愛」の話を書きたいという思いがあったようだ。恋愛小説は、軽くて感傷的だという偏見もある。しかし、恋愛小説ほど文学と人間の本質に接近させる主題もない。その意味では、すべての作家は「たった一篇の恋愛小説」に対する思いを持っているのだろう。これにふさわしく、この小説で李承雨は、緻密な構成、正確な文章といった、みずから得意とする手法を駆使して、明確な主題意識をもって、「愛」を取り上げる。そして、観念の具体化、神性の人間化、集団の自我化、歴史の現在化という大きな枠組みの中で「愛」を語る。つまり、「愛」についても、李承雨は、やはりいつものように馬鹿正直な正攻法を選んでいるのだ。

だが、『植物たちの私生活』は、彼が思い描いていた恋愛小説であると同時に、そうではないとも言える。この小説の中には、すべてをかけて、心から愛する人びとの話が出てくる。しかし、ここでの「愛」は「欲望」のもうひとつの名でもある、という点で恋愛小説と区別される。女性と男性の間の問題だけではなく、人間と人間、自我と他者、自我と世界の間の問題を扱うのだ。

「欲望」は、恋人の間の「欲情」より本質的で、動物たちの本能的な「欲求」より、人間的である。人間だから「欲望」があり、「欲望」があるから人間なのだ。愛さないことはあっても、何かを望まないわけにはいかない。何も望まないことを望むのも人間だからだ。愛さないことを望むのも「欲望」だからだ。

木である人間、人間である木。それは、木に似ているとか、木を愛するという意味でもあるが、むしろ、それ自体が木である人間という意味だ。

この小説には、朝鮮トネリコ、松の木、エゴノキ、椰子の木といった「象徴木」が登場する。これらの木は、木でなければ成し遂げられない夢と願いを持った人の「欲望」を持っている。彼らは、木になってでもそのような夢と願いを成し遂げようとする。「木を夢見る人は木の魂を持った人で、木の魂を持った人はすでに木なのである」。すなわち「すべての木は挫折した愛の化身」だ。この小説は、そんな木の秘密と傷でつくり上げられた神聖な森なのだ。

『植物たちの私生活』は、こんな植物たちとの交感を通して、「生」を植物としてつくろうとする小説だ。木のように生きようというのはたやすい。しかし、李承雨はさらに前に進む。木自体が人間が持っている「欲望」の象形文字であることを分からせるのだ。そのため、その「欲望」は、壊されたり、挫折したりする。しかし、それにもかかわらず、そんな「欲望」は決して止めることはできない。つまり、これらの木は、私たちが、この世の動物性に追い詰められて仕方なく「変身」した木なのではなく、植物としてみずから「進化」してなった木なのである。この世では不可能で挫折するほかない「愛」の化身としての木が育つ「南川《ナムチョン》」という聖地、「この世には存在しない場所」を、私たちも、それぞれ心のどこかに持っているのではなかろうか。

韓国の作家の中でも李承雨の作品は、海外で盛んに翻訳されている。詳しくは『生の裏面』の訳者解説をご覧いただきたいが、本書『植物たちの私生活』は、英語、ドイツ語、イタリア語での翻訳出版の交渉や翻訳作業が進められており、スペイン語版は、すでに出版されている（二〇〇九年、メキシコ Emitano 出版社）。

こうしたなか、とくにフランスでの評価は際立っている。二〇〇〇年には、フランスで『生の裏面』が出版され、フェミナ賞の外国文学部門の候補に挙がった。二〇〇六年には、ジュルマ（Zulma）社から出版された『植物たちの私生活』の初版が一カ月を待たず売切れ、二〇〇九年には、韓国の小説として初めて世界文学のコレクションとして著名なガリマール（Gallimard）社のフォリオシリーズに収められた。また、『ル・フィガロ』紙は、「古代神話がアジアの小説に及ぼした影響が村上春樹やカズオ・イシグロの小説に反映されたように、韓国の作家李承雨は神話を活用して永遠の愛を主題にした美しい夢幻的な神話をつくりだした」と評したが、以下のようなフランス読書界の反応は、李承雨文学の本質を正確に捉えているのではなかろうか。

「まぶしいばかりの小説だ。筋書きと主題の独創性のためにというよりは――実のところ主題は聖書に出てくる話ほど古いものだ——そのような主題を扱う作家のトーンが正確なためである。読んでまた読んだような、苦難に遭ってまた遭ったような、追憶の追憶であるような話がまるで初めて出会うような趣を与えるそのようなトーンの真実性は特別なところにあるのではない。まさしく単語の選択、リズム、文章の均衡、描写された事物に身近な様相を付与する暗示的なタッチにある。何よりも、人物たちが出遭う事件に単純な筋書きではなくある運命、世の中の意味を明らかにするある調和の取れた一体感が加えられる。まるで人物たちにある瞑想的な距離感を感じるが、現実でもあり、まるで夢の中に生きているような感じを同時に受ける。一見すると理解できない題名は——フランス語の題名は『植物たちの夢の中の生』——はまさしくそこに起因している。すなわち人物たちが活動して、愛して、苦しむこの話は、木の夢の中に現れるぞっとする内容だということだ。しかし、誰が自信ありげに言えるであろうか? それは、宇宙という非現実的な存在の夢にすぎず、現れた時のようにいきなり消えてしまいそのあとに何も残らないものではなかろうか?」(文化関連インターネットサイト evene.fr)

二〇〇八年にノーベル文学賞を受賞した作家のル・クレジオが、現代韓国文学、とりわけ李承雨を高く評価していることも注目されるが、こちらも詳しくは『生の裏面』の「訳者解説」をご覧いただきたい。

『植物たちの私生活』の韓国内での評価も、いくつか紹介したい。

「肉体が肉体のまま魂を志向する過程を『死＝美しさ』の命題として肉付けしていくのが悲劇的な浪漫主義の美学の要諦だ。李承雨の『植物たちの私生活』でその美学は完璧に形象化された。筋書きと文体、美学思想、そして小説としてのボリュームのすべてがそれぞれ真価を発揮しながら同時に『最適な一つの体』を作り上げている。」（金正煥《キムジョンファン》、詩人）

「李承雨の文章は大衆を誘惑する華麗な修辞と言語遊戯の空虚な文章とは違って正直だ。正直さは時には過激な現実超越の浪漫的な想像力として実現されたりもする。『植物たちの私生活』の真中にそそり立つ椰子の木の心象に凝結している植物的な絶対の愛は自己中心の欲望に閉じ込められて真っ赤に充血している私たちの動物的な貪欲を振り返らせる。動物的な貪欲で汚くそして痛みを感じている私たちをきれいにして暖かく抱き寄せ慰撫してくれる。『植物たちの私生活』は正直で硬く見えるその殻の中に優しく力強い生命の躍動で自ら美しいだけでなくその周りを明るくする一つの世界を抱いている。」（鄭《チョン》豪雄《ホウン》、文学評論家）

「本の題を見た瞬間、この小説に魅了されてしまった。ありふれた愛だけが書かれている小説でなく植物と人間を奇妙に接木した後、それを媒介にして愛につないでいく小説だといえばこの小説の題を解説することになるだろうか？　この小説の題からも分かるように植物たちの私生活（生命力が強くてあるメッセージと豊かな内容や深い意味が込められた）とは、悲しい人間の群像を根がもぎ取られてふらついている植物の姿に喩えたものである。この本を読みながら何度も粛然と襟を正し胸の動悸を感じた。ある意味では多少非現実的ではないか、という問題もあるが、その非現実な面を責めそのまま無視してしまうには、この本を読んで感じる魅力が余りにも大きい。かえってそんな点で美しい小説だと思われる。」（金仁淑《キムインスク》、作家）

『生の裏面』を翻訳した際、李承雨特有の難解な文章にとても苦しめられたことを思い出す。『植物たちの私生活』は『生の裏面』に比べて文章自体にはそれほど苦しめられなかったが、おどろおどろしい内容をどのような文体で翻訳すればいいか、何度も読み返し、書き直しをせずにはいられなかった。そんな意味でとても苦労させられた翻訳ではあったが、ストーリーがどのように展開するのか予想がつかず、先へ先へと読む者を急き立てる巧みさは、李承雨の小説家としての真面目《しんめんもく》ではなかろうか。彼の小説創作ノートである『あなたはすでに小説を書き始めた』（二〇〇六）の中で、「小説は魂ではなく肉体だ。イメージではなく形象だ」、「日常や現実が小説になるためには作家の息遣いが必要だ。いわばあなただけの視覚、あなたの欲望や解釈」、「小説家は神秘主義であってはならない。あれこれ考え推理しなければならない」、「ある光り輝く感覚やある深遠な思惟も話を通さなくては小説にならない」、「小説を書くことは高尚なことではない。私たちの生が高尚でないために、小説もやはり高尚ではない」と書いているが、確かに読むたびに、李承雨の小説はそのような小説だと思わずにはいられない。

　李承雨は、「あとがき」で「未だに文学が銅の鏡で見るようにぼんやりしています」と述べている。語彙と語彙の間の感応、人間と人間との間の感応を絶妙に描写している作家の言葉としては非常に謙虚に思えるが、李承雨が「銅の鏡で見るのが文学だ」と思い、文学の道を走り続けるかぎり、これからも翻訳に苦しめられながらも、訳者として、読者としてその文学を満喫できることを期待してやまない。

二〇一二年四月一三日

金《キム》順《ス》姫《ニ》

＊本稿執筆にあたっては、金《キム》美《ミ》賢《ヒョン》氏による原書『植物たちの私生活』の解説「愛の木々（사랑의 나무들）」を参考にさせていただいた。

著者紹介

李承雨（イ・スンウ／이승우／Lee Seung-U）
1959年韓国全羅南道生まれ。ソウル神学大学神学科卒業。朝鮮大学文芸創作学科教授。1981年、中篇小説『エリュシクトンの肖像』で作家デビュー。人間と宗教への根本的な問いや、また〈不在の父〉を主題とする作品などで大きな注目を浴びる。主要作品に『迷宮についての推測』『私はとても長生きするだろう』『古びた日記』『私の中にまた別の誰かがいる』『人々は自分の家に何があるかを知らない』『尋ね人広告』『真昼の視線』など。大山文学賞、東西文学賞、現代文学賞を受賞。邦訳作品に『生の裏面』（金順姫訳、藤原書店、2011年）「ナイフ」（『新潮』2010年6月号、特集「文学アジア　都市篇」）『死海』（『いまは静かな時　韓国現代文学選集』トランスビュー）。『植物たちの私生活』が、韓国小説として初めて、仏Gallimard社のFolioコレクションに収められるなど、主要作品が英、仏、独、露、中などで翻訳刊行され、あるいは翻訳が進行中で、世界的に評価が高まっている。

訳者紹介

金順姫（キム・スニ／김순희／Kim Soon-Hee）

大阪市生まれ。翻訳者。関西学院大学文学部卒業、韓国外国語大学大学院にて修士、博士課程修了。東洋大学にて、『源氏物語研究』で博士学位取得。韓国外国語大学通訳翻訳大学院講師、ソウル大学語学研究所講師を経て、梨花女子大学通訳翻訳大学院兼任教授。著書に『源氏物語研究――明石一族をめぐって』『日韓・韓日通訳翻訳の世界（共著）』、訳書に、韓→日『生の裏面』『無所有』『梨の花が白く散っていた夜に』『韓国の民話伝説』『韓国人の作法』／日→韓『茶道と日本の美』（『柳宗悦茶道論集』）『柳宗悦評伝』（『柳宗悦　時代と思想』）『浅川巧評伝』（『朝鮮の土になった日本人』）『江戸の旅人たち』（『江戸の旅人たち』）。

植物《しょくぶつ》たちの私生活《しせいかつ》

2012年5月30日　初版第1刷発行 ©

訳　者　金　順　姫

発行者　藤　原　良　雄

発行所　株式会社　藤　原　書　店

〒162-0041　東京都新宿区早稲田鶴巻町523
電　話　03（5272）0301
FAX　03（5272）0450
振　替　00160‐4‐17013
info@fujiwara-shoten.co.jp

印刷・製本　音羽印刷

落丁本・乱丁本はお取替えいたします
定価はカバーに表示してあります

Printed in Japan
ISBN978-4-89434-856-1

全体小説を志向した戦後文学の旗手

野間 宏（1915–1991）

1946年、戦後の混乱の中で新しい文学の鮮烈な出発を告げる「暗い絵」で注目を集めた野間宏は、「顔の中の赤い月」「崩解感覚」等の作品で、荒廃した人間の身体と感覚を象徴派的文体で描きだした。その後、社会、人間全体の総合的な把握をめざす「全体小説」の理念を提唱、最大の長篇『青年の環』（71年）を完成。晩年は、差別、環境の問題に深く関わり、新たな自然観・人間観の構築をめざした。

「狭山裁判」の全貌

完本 狭山裁判（全三巻）

野間 宏

野間宏『狭山裁判』刊行委員会編

『青年の環』の野間宏が、一九七五年から死の間際まで、雑誌『世界』に生涯を賭して書き続けた一九一回・六六〇〇枚にわたる畢生の大作「狭山裁判」の集大成。裁判の欺瞞性を徹底的に批判した文学者の記念碑的作品。〔附〕狭山事件・裁判年譜、野間宏の足跡他。

限定千部

㊤六八八頁 ㊥六五四頁 ㊦六四〇頁

菊判上製貼函入 三八〇〇〇円（分売不可）

（一九九七年七月刊）

◇978-4-89434-074-9

一九三二年、野間宏十八歳

作家の戦中日記（一九三二―四五）㊤㊦

野間 宏

編集委員＝尾末奎司・加藤亮三・紅野謙介・寺田博

戦後文学の旗手、野間宏の思想遍歴の全貌を明かす第一級資料を初公開。戦後、大作家として花開くまでの苦悩の日々の記録を、軍隊時代の貴重な手帳等の資料も含め、余すところなく活字と写真版で復元する。

限定千部

㊤六四〇頁 ㊦六四二頁

A5上製貼函入 三〇〇〇〇円（分売不可）

（二〇〇一年六月刊）

◇978-4-89434-237-8

全体小説作家、初の後期短篇集

死体について

野間宏後期短篇集

野間 宏

「未来への暗示、人間存在への問い、そして文学的企みに満ちた傑作『泥海』……読者はこの中に、心地良い混沌の深みを見るだろう。」（中村文則氏評）

〔収録〕「泥海」「タガメ男」「青粉秘書」「死体について（未完）」（解説・山下実）

四六上製 二四八頁 二二〇〇円

（二〇一〇年五月刊）

◇978-4-89434-745-8

二〇一〇年一月一二日、ハイチ大地震

ハイチ震災日記

（私のまわりのすべてが揺れる）

D・ラフェリエール
立花英裕訳

首都ポルトープランスで、死者三〇万超の災害の只中に立ち会った作家が、ひとつひとつ手帳に書き留めた、震災前／後に引き裂かれた時間の中を生きるハイチの人々の苦難、悲しみ、祈り、そして人間と人間の温かい交流と、独自の歴史への誇りに根ざした未来へのまなざし。

四六上製　二三二頁　二二〇〇円
（二〇一一年九月刊）
◇978-4-89434-822-6

TOUT BOUGE AUTOUR DE MOI　Dany LAFERRIÈRE

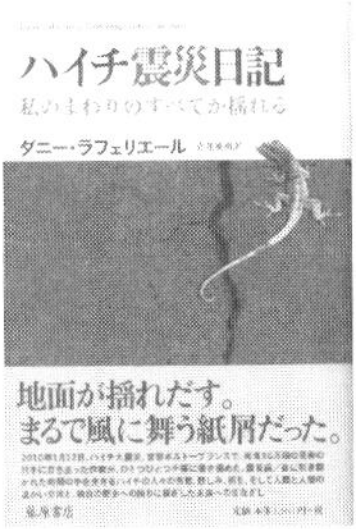

ある亡命作家の帰郷

帰還の謎

D・ラフェリエール
小倉和子訳

独裁政権に追われ、故郷ハイチも家族も失い異郷ニューヨークで独り亡くなった父。同じように亡命を強いられた私が、面影も思い出も持たぬ父の魂とともに故郷に還る……。詩と散文が自在に混じりあい織り上げられた、まったく新しい小説（ロマン）。

仏・メディシス賞受賞作

四六上製　四〇〇頁　三六〇〇円
（二〇一一年九月刊）
◇978-4-89434-823-3

L'ÉNIGME DU RETOUR　Dany LAFERRIÈRE

地中海を跋扈したオスマン大提督の生涯

改宗者クルチ・アリ

（教会からモスクへ）

O・N・ギュルメン
和久井路子訳

十六世紀、イタリア出身ながら海賊に捕われイスラムに改宗、レパントの海戦を生き延びて海軍提督に登り詰めたクルチ・アリ。宗教の境界を越え破天荒の活躍をした異色の存在の数奇な生涯を描く、トルコ現代文学の話題作！

四六上製　四四八頁　三六〇〇円
（二〇一〇年四月刊）
◇978-4-89434-733-5

MÜHTEDİ　Osman Necmi GÜRMEN

〝女〟のアルジェリア戦争

墓のない女

A・ジェバール
持田明子訳

植民地アルジェリアがフランスからの独立を求めて闘った一九五〇年代後半。「ゲリラの母」と呼ばれた女闘士〝ズリハ〟の生涯を、その娘や友人のさまざまな証言をかさねてポリフォニックに浮びあがらせる。マグレブを代表する女性作家（アカデミー・フランセーズ会員）が描く、〝女〟のアルジェリア戦争。

四六上製　二五六頁　二六〇〇円
（二〇一一年一一月刊）
◇978-4-89434-832-5

LA FEMME SANS SÉPULTURE　Assia DJEBAR

2006年ノーベル文学賞受賞！　現代トルコ文学の最高峰

オルハン・パムク（1952-　）

“東”と“西”が接する都市イスタンブールに生まれ、3年間のニューヨーク滞在を除いて、現在もその地に住み続ける。

異文明の接触の只中でおきる軋みに耳を澄まし、喪失の過程に目を凝らすその作品は、複数の異質な声を響かせることで、エキゾティシズムを注意深く排しつつ、ある文化、ある時代、ある都市への淡いノスタルジーを湛えた独特の世界を生み出している。作品は世界各国語に翻訳されベストセラーとなっているが、2005年には、トルコ国内でタブーとされている「アルメニア人問題」に触れたことで、国家侮辱罪に問われ、トルコのＥＵ加盟問題への影響が話題となった。

2006年、トルコの作家として初のノーベル文学賞を受賞。受賞理由は「生まれ故郷の街に漂う憂いを帯びた魂を追い求めた末、文化の衝突と交錯を表現するための新たな境地を見いだした」とされている。

目くるめく歴史ミステリー

わたしの名は紅《あか》

O・パムク
和久井路子訳

西洋の影が差し始めた十六世紀末オスマン・トルコ——謎の連続殺人事件に巻き込まれ、宗教・絵画の根本を問われたイスラムの絵師たちの動揺、そしてその究極の選択とは。東西文明が交差する都市イスタンブルで展開される歴史ミステリー。

四六変上製　六三二頁　三七〇〇円
（二〇〇四年一一月刊）
◇978-4-89434-409-9

BENIM ADIM KIRMIZI　Orhan PAMUK

「最初で最後の政治小説」

雪

O・パムク
和久井路子訳

九〇年代初頭、雪に閉ざされたトルコ地方都市で発生した、イスラム過激派に対抗するクーデター事件の渦中で、詩人が直面した宗教、そして暴力の本質とは。「9・11」以降のイスラム過激派をめぐる情勢を見事に予見して、アメリカをはじめ世界各国でベストセラーとなった話題作。

四六変上製　五七六頁　三二〇〇円
（二〇〇六年三月刊）
◇978-4-89434-504-1

KAR　Orhan PAMUK

この十年に綴った最新の「新生」詩論

生光《せいこう》

辻井喬

「昭和史」を長篇詩で書きえた『わたつみ 三部作』(一九九二～九九年)を自ら解説する「詩が滅びる時」。二〇〇五年、韓国の大詩人・高銀との出会いの衝撃を受けて、自身の詩・詩論が変わってゆく実感を綴る「高銀問題の重み」。近・現代詩、俳句・短歌をめぐってのエッセイ――詩人・辻井喬の詩作の道程、最新詩論の画期的集成。

四六上製 二八八頁 二〇〇〇円
(二〇一一年二月刊)
◇978-4-89434-787-8

最高の俳句／短歌 入門

語る 俳句 短歌

金子兜太＋佐佐木幸綱

黒田杏子編 推薦＝鶴見俊輔

「大政翼賛会の気分は日本に残っている。頭をさげていれば戦後は通りすぎるという共通の理解である。戦中もかわりなく自分のもの言いを守った短詩型の健在を示したのが金子兜太、佐佐木幸綱である。二人の作風が若い世代を揺すぶる力となることを。」

四六上製 二七二頁 二四〇〇円
(二〇一〇年六月刊)
◇978-4-89434-746-5

半島と列島をつなぐ「言葉の架け橋」

「アジア」の渚で (日韓詩人の対話)

高銀・吉増剛造

序＝姜尚中

民主化と統一に生涯を懸け、半島の運命を全身に背負う「韓国最高の詩人」、高銀。日本語の臨界で、現代における詩の運命を孤高に背負う「詩人の中の詩人」、吉増剛造。「海の広場」に描かれる「東北アジア」の未来。

四六変上製 二四八頁 二二〇〇円
(二〇〇五年五月刊)
◇978-4-89434-452-5

失われゆく「朝鮮」に殉教した詩人

空と風と星の詩人 尹東柱《ユンドンジュ》評伝

宋友恵 愛沢革訳

一九四五年二月一六日、福岡刑務所で(おそらく人体実験によって)二十七歳の若さで獄死した朝鮮人・学徒詩人、尹東柱。日本植民地支配下、失われゆく「朝鮮」に毅然として殉教し、死後、奇跡的に遺された手稿によって、その存在自体が朝鮮民族の「詩」となった詩人の生涯。

四六上製 六〇八頁 六五〇〇円
(二〇〇九年一月刊)
◇978-4-89434-671-0

韓国が生んだ大詩人

高銀詩選集

いま、君に詩が来たのか

高銀　金應教編

青柳優子・金應教・佐川亜紀訳

自殺未遂、出家と還俗、虚無、放蕩、耽美。投獄・拷問を受けながら、民主化・統一に生涯をかけ、朝鮮民族の運命を全身に背負うに至った詩人。やがて仏教精神の静寂を、革命を、民衆の暮らしを、民族の歴史を、宇宙を歌い、遂にひとつの詩それ自体となった、その生涯。

［解説］崔元植［跋］辻井喬

A5上製　二六四頁　三六〇〇円

（二〇〇七年三月刊）

◇978-4-89434-563-8

韓国現代史と共に生きた詩人

鄭喜成詩選集

詩を探し求めて

鄭喜成

牧瀬暁子訳＝解説

豊かな教養に基づく典雅な古典的詩作から出発しながら、韓国現代史の過酷な「現実」を誠実に受け止め、時に孤独な沈黙を強いられながらも「言葉」と「詩」を手放すことなく、ついに独自の詩的世界を築いた鄭喜成。各時代の葛藤を刻み込んだ作品を精選し、その詩の歴程を一望する。

A5上製　二四〇頁　三六〇〇円

（二〇一二年一月刊）

◇978-4-89434-839-4

「人々は銘々自分の詩を生きている」

金時鐘詩集選

境界《きょうがい》の詩

（猪飼野詩集／光州詩片）

解説対談＝鶴見俊輔＋金時鐘

七三年二月を期して消滅した大阪の在日朝鮮人集落「猪飼野」をめぐる連作詩『猪飼野詩集』、八〇年五月の光州事件を悼む激情の詩集『光州詩片』の二冊を集成。「詩は人間を描きだすもの」（金時鐘）

〈補〉「鏡としての金時鐘」（辻井喬）

A5上製　三九二頁　四六〇〇円

（二〇〇五年八月刊）

◇978-4-89434-468-6

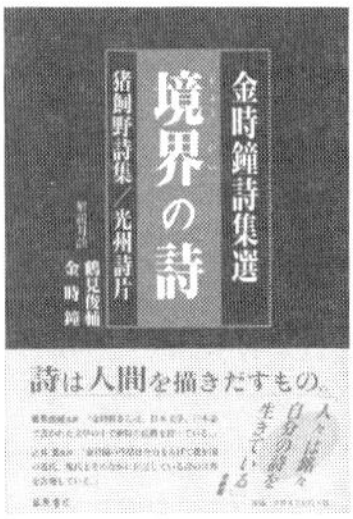

今、その裡に燃える詩

金時鐘四時詩集

失くした季節

金時鐘

「猪飼野詩集」「光州詩片」「長編詩集 新潟」で知られる在日詩人であり、思想家・金時鐘。植民地下の朝鮮で生まれ育った詩人が、日本語の抒情との対峙を常に内部に重く抱えながら日本語でうたう、四季の詩。『環』誌好評連載の巻頭詩に、十八篇の詩を追加した最新詩集。

第41回高見順賞受賞

四六変上製　一八四頁　二五〇〇円

（二〇一〇年二月刊）

◇978-4-89434-728-1

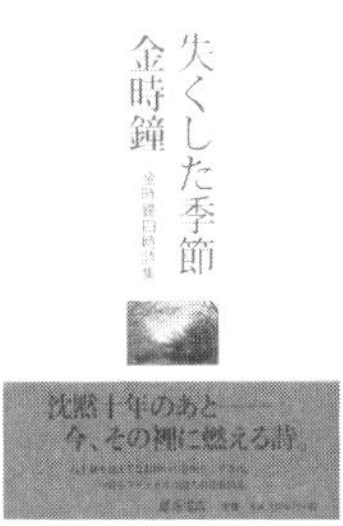